Gabriel Trujillo Muñoz
Erinnerung an die Toten

metro

Gabriel Trujillo Muñoz
Erinnerung an die Toten

Aus dem Spanischen von
Sabine Giersberg

Unionsverlag

metro – Spannungsliteratur im Unionsverlag, herausgegeben von Thomas Wörtche

Die spanische Originalfassung von *Erinnerung an die Toten* erschien 2006 unter dem Titel *La memoria de los muertos* bei Ediciones Vandalay in Sonora. Die Originalfassung von *Schmierenkomödie* ist unter dem Titel *Pueste en escena* im Band *El festín de los cuervos* enthalten, erschienen 2002 bei Norma Ediciones in Mexiko-Stadt.
Deutsche Erstausgabe

Die Übersetzung aus dem Spanischen wurde unterstützt durch die Gesellschaft zur Förderung der Literatur aus Afrika, Asien und Lateinamerika e.V. in Zusammenarbeit mit der Schweizer Kulturstiftung PRO HELVETIA.

Im Internet
Aktuelle Informationen,
Dokumente, Materialien
www.unionsverlag.com

Rieterstrasse 18, CH-8027 Zürich
Telefon 0041-44-283 20 00, Fax 0041-44-283 20 01
mail@unionsverlag.ch

Umschlaggestaltung: Theres Rütschi, Zürich
Umschlagfoto: Nahum Ordoñez
Druck und Bindung: Clausen & Bosse, Leck
ISBN 978-3-293-00378-1

Inhalt

Erinnerung an die Toten 7

Schmierenkomödie 187

Anhang 247

Erinnerung an die Toten

I know of people in the grave
Who would be very glad
To know the news I know tonight
If they the chance had had

Emily Dickinson

1

Der Tag erwachte in Mexicali, so als ob die Welt verwundet wäre: Eine rötliche Staubwolke bedeckte den Himmel. Kein Vogel am Himmel. Das Leben erwachte mit einem aufsteigenden Flugzeug, das seine erste Ladung Insektizide über die sich zu beiden Seiten der Grenze zwischen Mexiko und den Vereinigten Staaten erstreckenden Rüben- und Zwiebelfelder versprühte.

Anstelle krähender Hähne hörten die noch halb schlafenden Mexikaner an der Grenze die Sirenen der Polizeipatrouillen auf der Suche nach Gesetzesbrechern. Diesmal kam zu dem Lärm von unzähligen Streifenwagen das unverwechselbare Geräusch von Hubschraubern hinzu, die die Stadt wie afrikanische Wespen überflogen.

Handyklingeln neben dem rechten Ohr von Miguel Ángel Morgado, der nur eins wollte: weiterschlafen. Aber das Klingeln hörte nicht auf. Da fiel es ihm wieder ein: Auf der anderen Seite des Fensters wartete nicht das majestätische, vibrierende Chaos von Mexico City, sondern ein nebulöseres, schemenhafteres – das Chaos seiner Geburtsstadt Mexicali, der Hauptstadt von Baja California, nördliche Grenze, Wüstenübergang; der Grund all seiner Albträume und schlechten Erinnerungen. Das Niemandsland, das sein Erbe war.

Er tastete nach dem Handy, sein verschlafener Blick fiel auf die Uhrzeit: Punkt 6 Uhr.

Hoffentlich gute Nachrichten. Hoffentlich holten sie ihn zurück in die Hauptstadt.

»Licenciado Morgado? Miguel Morgado?«

Er kannte die Stimme nicht. Eine Frau. Nervös.

»Hier ist Miguel Ángel Morgado. Wen wollten Sie sprechen?«

Auf der anderen Seite zögerliches Atmen. »Rechtsanwalt Morgado. Den Spezialisten für Kriminalfälle.«

»Das bin ich. Was kann ich für Sie tun, Señora?«

Stille. Dann: »Ich muss mit Ihnen sprechen, sofort. Erinnern Sie sich, dass ich gestern mit Ihnen einen Termin für heute Nachmittag ausgemacht habe? Die Ereignisse haben sich überstürzt, und ich muss Ihnen etwas sehr Wichtiges erzählen. Etwas sehr, sehr Wichtiges, verstehen Sie?«

Miguel Ángel war jetzt hellwach. In Kriminalfällen ermitteln, das machte er nicht mehr. Er war alt, wie seine Kollegen sagten, er wollte nur noch ein ruhiges Leben jenseits von Scheinwerfern und Schusswechseln. »Was für einen Termin?« Morgado war noch etwas benommen.

»Meine Sekretärin hat Sie gestern angerufen. Erinnern Sie sich nicht?«

Morgado richtete sich auf. »Schwach«, murmelte er.

»Was halten Sie davon, wenn ich gleich jetzt vorbeikomme?«

»Eine fantastische Idee«, erwiderte er.

Aber am anderen Ende der Leitung war schon niemand mehr. Er blieb in Unterhosen vor der Badezimmertür stehen und wusste nicht, wie er auf diesen abrupten Abbruch des Gesprächs reagieren sollte. Wer war diese Frau? Und von was für einer Geschichte redete sie?

Aus dem Spiegel im Flur sah ihn ein Mann mit wirrem Haar an, der fast ein halbes Jahrhundert alt war und sich keinen Reim auf das Telefonat machen konnte.

Da klopfte es an die Tür seines Apartments. Schnell, hartnäckig. »Wer ist da?«, rief er, warf das Handy aufs Sofa und öffnete wütend. Vor ihm stand eine kleine, unauffällige Frau im grauen Sportdress. Aber der Blick dieser Frau war etwas ganz Besonderes. In ihren Augen glühte etwas, das stärker war als die Sonne von Mexicali: heftige Wut, unbändiger Hass.

»Was wollen Sie?«, fragte Morgado schon weniger aufgebracht.

Die Frau hob ihr Handy hoch, in dem Morgados Nummer aufleuchtete. Dann ließ sie den Blick an ihm hinuntergleiten. »Sie tragen Unterhosen mit Früchten, wie meine Söhne.«

»Das geht aber unter die Gürtellinie«, erwiderte Morgado und versuchte, sich hinter der Tür zu verstecken. Beide lachten, ohne zu wissen warum.

Über ihren Köpfen flog mit rasender Geschwindigkeit ein Hubschrauber der Streitkräfte über den Urwald aus Parabolantennen, Kühlaggregaten und Stromleitungen hinweg.

»Muss ich hier draußen stehen bleiben oder darf ich reinkommen?«

»Erlauben Sie mir, dass ich mich etwas herrichte?«, fragte Morgado und ließ sie eintreten.

Langsam ging sie ins Wohnzimmer. »Glauben Sie, das nützt noch was?« Morgado musste wieder lachen. Er wusste nicht, warum er dieser Frau erlaubte, in seine Wohnung, in sein Leben einzudringen, aber sie gefiel ihm. Irgendwie kam sie ihm auch bekannt vor. Als hätte er sie vor Urzeiten schon einmal gesehen.

»Setzen Sie sich hin, wo Platz ist«, rief er aus dem Bad, wo er sich das Gesicht wusch und sich so schnell wie möglich anzog.

»Sie brauchen eine Frau, hat Ihnen das schon mal jemand gesagt?«

»Mein ganzes Leben lang. Das geht mir zum einen Ohr rein und zum anderen wieder raus.«

»Mir wurde gesagt, dass Sie ein eigensinniger Mann sind.«

»Eher starrköpfig.«

»Und dass Sie unmögliche Fälle gelöst haben.«

»Glauben Sie nicht alles, was man über mich redet.«

»Dass Sie Geheimnisse geknackt und sich mit dem Gesetz angelegt haben.«

»Keine Sorge, das habe ich nicht mehr vor.«

Morgado kehrte so gesellschaftsfähig wie möglich ins Wohnzimmer zurück. Die Frau blätterte gerade in einem Reisemagazin. Sie hob den Kopf und blickte ihn an. »Ich fürchte, ich hätte da noch ein Problem für Sie.«

Morgado zog es vor, stehen zu bleiben. »Möchten Sie einen Kaffee? Ich brauche dringend einen.«

Sie lächelte, und der Zorn verschwand aus ihrem Blick, der jetzt wieder menschlicher wurde.

»Es dauert nur eine Minute.«

»Nicht nötig. Celina kümmert sich schon darum.«

Morgado verstand nicht und ging in die Küche. Dort stand eine Frau mit Häubchen und Schürze und füllte gerade eine Cafetera, nicht seine eigene, sondern eine aus echtem Silber mit Kaffeetütchen *made in Madagascar.*

»Wer sind Sie?«

»Celina, Señor. Das Hausmädchen von Señora Bertha de Palacios.«

Dann hörte er hinter sich eine Tenorstimme: »Und ich bin Albert Collins, der Bodyguard zum Schutz der Señora.«

2

Zwei Tassen Kaffee später und geistig etwas präsenter begann Morgado hinzunehmen, dass er ein Eindringling in seinem eigenen Apartment in der Colonia Nueva von Mexicali war.

»Noch Kaffee?«, fragte Celina zuvorkommend.

»Ich fühle mich wie in einem englischen Spielfilm.«

»Sie werden sich daran gewöhnen, Sie werden sehen.«

»Mich daran gewöhnen?«

»Wir haben vor, eine Weile hierzubleiben«, erwiderte Albert, der ihn nicht aus den Augen ließ, »zumindest bis …«

»… Sie den Fall lösen, in den ich bedauerlicherweise verwickelt bin.«

»Bedauerlicherweise oder unschuldigerweise?«

Genervt gab die Frau Celina einen Befehl mit den Augen. Das Mädchen ging hinaus und kehrte mit einem roten Lederkoffer zurück, den sie Morgado vor die Füße stellte.

»Da ist alles drin … was ich aufbewahrt habe, meine ich.«

Morgado wollte den Koffer nicht anrühren. Er wollte nicht wissen, was er enthielt. Er wollte sich nicht wieder in einen neuen Fall von Schuld und Sühne verwickeln lassen. Die Frau erriet seine Vorbehalte. »Ich versichere Ihnen, es wird Sie faszinieren. Außerdem ist es ein historischer Fall.«

Aha, der Köder, dachte Morgado.

Aber Señora Palacios war ihm einen Schritt voraus. »Ich will Ihnen nichts vormachen, es ist eine gefährliche Ermittlung. Aber die Einwohner von Baja California werden es Ihnen danken, wenn Sie der Angelegenheit auf den Grund gehen.«

»Geht es um die Bundesstromkommission und ihre überhöhten Preise?«, versuchte Morgado zu witzeln.

»Dieser Koffer enthält einen Fluch«, sagte die Frau ohne einen Anflug von Zweifel. »Einen Familienfluch, den ich seit Kindheitstagen mit mir rumschleppe.« Morgado sah den Koffer an, als wäre es die Büchse der Pandora mit Gucci-Emblem auf dem Schloss.

»Machen Sie ihn auf, keine Angst. Die Dämonen darin haben es nur auf mich abgesehen, das versichere ich Ihnen.«

Morgado öffnete den Koffer, und ein Packen vergilbter Dokumente sprang ihm förmlich entgegen.

»Mein jetziger Name ist Bertha Esquer de Palacios, aber geboren wurde ich als Bertha Esquer Salivie, Tochter von Amalia Salivie Rosas und Emilio Esquer Lagunas, ich bin die Schwester von John Salivie, dem Senator von Kalifornien. Dem nächsten Präsidenten der USA, wie es heißt.«

Morgado blinzelte. Von all den Namen sagte ihm nur einer etwas. »Ihr Vater war der berühmte Gouverneur?«

»Ja, Gouverneur von Baja California.«

»Das war in den Sechzigern, oder?«

»Ja. 1963, kurz nachdem John F. Kennedy erschossen wurde, hat man auch meinen Vater ermordet. Am 20. Dezember, am helllichten Tag.«

Morgado stellte den Koffer wieder auf den Boden. »Na ja … Sie … also … die Leute sagen … etwas anderes, und Sie, Señora werden das sehr wohl wissen.«

Die Frau trank einen Schluck Kaffee und lächelte eisig. »Ich weiß, was die Leute sagen, aber glauben Sie an Legenden oder an Tatsachen?«

»Ich glaube, jede Legende basiert auf Tatsachen, die irgendwann übertrieben oder verzerrt wurden.«

»Das glaube ich auch. Und der Tod meines Vaters ist ein gutes Beispiel dafür.«

Morgado verstand jetzt, was für einen Fall man da in seine Hände legte – eine unnötige Last neben seiner Arbeit als Verteidiger der Menschenrechte von Migranten. »Sie brauchen einen Historiker, keinen Detektiv.«

»Ich brauche einen guten Mann wie Sie. Einen, der niemandem etwas schuldet, vor allem nicht unseren Politikern, unserer Gesellschaft.«

Morgado wollte gerade etwas darauf erwidern, als Celina ins Wohnzimmer kam und, ohne zu fragen, den Fernseher einschaltete. »Sie haben es gerade im Radio gebracht, Señora«, lautete ihre Entschuldigung.

Sie stellte den Sender mit den Lokalnachrichten ein. Dort waren die unzähligen Streifenwagen zu sehen, die Morgado im Morgengrauen gehört hatte. Sie befanden sich in einem Brachfeld außerhalb der Stadt. Der Kameramann hatte mühselig das Bild eines weißen, von Kugeln durchsiebten Vans eingefangen. Eine Reporterin meldete, soeben sei bestätigt worden, dass es sich bei dem Ermordeten um Roberto

Palacios Jáuregui handelte, den Procurador von Baja California.

»Das tut mir sehr leid«, sagte Celina betrübt und schaute besorgt ihre Chefin an.

»Mach dir keine Gedanken. Früher oder später musste es so kommen.«

Die Reporterin war noch auf Sendung. »Obwohl spekuliert wird, dass der Mord auf das Konto eines Drogenkartells geht, bestätigen uns inoffizielle Quellen, dass auch im persönlichen Umfeld des Procuradors Roberto Palacios ermittelt wird.«

Morgado betrachtete die entspannte, distanzierte Haltung der Frau vor ihm. Sie hielt seinem Blick stand. Keine Spur von Schmerz. Keinerlei Anzeichen von Trauer. »Ihr Mann, vermute ich.«

»Mein Exmann. Verstehen Sie jetzt?«

»Was?«

»Dass wir einen Detektiv brauchen. Jemanden wie Sie.«

»Hat das was mit dem Mord an Ihrem Exmann zu tun?«

»Natürlich, er war nicht in diesem Van. Man hat die Leiche dort hineingelegt.«

Morgado stand auf und warf dabei die Kaffeetasse zu Boden. Celina eilte herbei, um die Scherben aufzusammeln. »Haben Sie ihn getötet?«

»Nein«, erwiderte Palacios' Witwe amüsiert. »Und Albert und Celina auch nicht, falls es Sie interessiert.«

»Und warum behaupten Sie dann, man hätte die Leiche in den Van gelegt?«

»Weil wir in diesem Van saßen, Señor Morgado.«

3

Morgado verließ sein Apartment, als lebte er in Jerusalem: Er schaute argwöhnisch in alle Richtungen und hielt jeden Nachbarn für einen potenziellen Terroristen. In der Ferne, fast am Stadtrand, kreiste unermüdlich ein Helikopter.

Dann öffnete er den Kofferraum seines alten Wagens und lud Kisten mit Büchern, Platten und Kleidern aus. Morgado war bereits drei Wochen in Mexicali und hatte noch keine Zeit gehabt, alles, was er aus seiner früheren Wohnung in der Colonia del Valle im Distrito Federal ausgeräumt hatte, in die neue Wohnung zu bringen. Die Kisten auszuladen, hieß, dass der Umzug endgültig war. Dass er nicht länger ein Hauptstädter aus dem Norden war, sondern einer aus dem Norden, der dem Hauptstadtdasein abgeschworen hatte. Er war zurückgekehrt, um zu bleiben, um wieder ein Mexicalese zu werden.

»Und dieser ganze Krimskrams?«, fragte die frischgebackene Witwe von Palacios, als sie ihn die letzte Kiste hereinschleppen sah.

»Meine Habseligkeiten.«

»Sind Sie nicht auf den Gedanken gekommen, sie dem Universitätsmuseum zu vererben? Ich könnte mit der Direktorin sprechen, sie ist eine gute Freundin von mir. Sie könnte …«

»Nein danke!«, explodierte Morgado.

»Ich wollte nur …«

»Ich sehe, Sie wollen sich auf meine Kosten amüsieren. Aber bitte nicht jetzt.«

»Mögen Sie The Clash?«, fragte Albert, der Leibwächter, beiläufig.

Morgado stellte die letzte Kiste auf ein Fensterbrett. »Ich möchte dich bitten, nicht in meinen Schallplatten herumzuwühlen.«

»Aber das ist ein Juwel: *London Calling.* Wow!«

»Genau deshalb. Magst du Rockmusik?«

»The seventies, man. I'm an addict of that rock decade.«

Morgado taute auf. *»Progressive, glamrock, punk* oder *heavy?«*

»Alles. Sogar Softrock. Hast du Bread, Paper Lace, Badfinger gehört?«

Morgados Antwort musste warten, denn wieder betrat Celina triumphierend das Wohnzimmer: »Bedaure, Señora, aber was der Rechtsanwalt in seiner Küche hat, reicht nicht für eine akzeptable Mahlzeit. Ich habe getan, was ich konnte.«

Morgado fuhr angesichts dieser versteckten Kritik auf. »Natürlich gibt es zu essen, im rechten Wandschrank findest du …«

Bertha de Palacios konnte sich die Gelegenheit nicht entgehen lassen. »Cornflakes? Campbell-Suppen?«

»Ja. Wieso?«

Diesmal lachten das Hausmädchen und ihre Chefin gemeinsam.

»Was haben diese schwierigen Weiber nur?«

Albert zuckte die Achseln, eine Platte von Led Zeppelin in der Hand. »Frag mich nicht. Ich bin nur der Kugelfang.«

»Genau, mein Junge. Mein Bruder weiß sehr gut, wen er einstellt.«

»Ist er nicht Ihr Angestellter?«, fragte Morgado.

»Nein. Der meines Bruders, John Salivie. Er ist mein einziger Bruder und der Ältere von uns beiden.«

»Und Senator von Kalifornien«, fügte Albert hinzu. »Hör

mal, hast du auch einen Plattenspieler, auf dem man diese Kostbarkeiten spielen kann?«

»Im Schlafzimmer.«

»Darf ich?«

»Ja. Leg auf, was du willst.«

Als Albert gegangen war, setzte Morgado sich neben die Frau. Er betrachtete sie zum ersten Mal nicht als Erscheinung.

»Was suchen Sie?«

»Die Wunde.«

Die Ex des toten Procurador lächelte. »Keine einzige Kugel ist durch die Karosserie des Van gedrungen. Sie haben uns nicht erwischt. Aber wir mussten ihn zurücklassen und einen anderen Wagen nehmen und dann noch einen anderen, und so sind wir hierhergekommen.«

Morgado sah sie durchdringend an. »Ich spreche von der anderen Wunde.«

Sie verschränkte nervös die Hände, wusste nicht, wo sie sie lassen, wie sie reagieren sollte, ohne die Haltung zu verlieren.

»Es war vor vierzig Jahren, nicht wahr? Warum jetzt?«, wollte er wissen.

»Jemand hat mir meinen Vater genommen, als ich fünf Jahre alt war. Er hatte gesagt, er käme spät nach Hause, ich solle auf jeden Fall auf ihn warten, aber er kam nie wieder.«

»Haben Sie mit ihm gesprochen, bevor er an jenem Tag wegging?«

»Er hat mich in seine starken Arme genommen und mich wie eine Feder hochgehoben.«

Ihr Gesicht wurde weicher, als sie sich an diesen glücklichen Augenblick ihrer Kindheit erinnerte. »Er sagte, er würde mir auf der anderen Seite Schokolade kaufen und mit dem

Weihnachtsmann verhandeln, damit er mir viele Geschenke bringt, ich solle mir keine Sorgen machen.«

»Sie hatten sich das Jahr über schlecht benommen.«

Die Frau schluckte eine unsichtbare Träne herunter. »Ja. Von klein auf benehme ich mich schlecht.«

»Verhandeln ist ein seltsames Wort, wenn man mit einer kleinen Rotznase spricht.«

»So war mein Papa. Er sprach mit der Familie, mit meiner Mutter, mit mir und meinem Bruder Juan, Johnny, als wären wir sein Publikum, als wollte er, dass wir für seine Sache stimmen.«

»War er ein guter Gouverneur?«

»Wer weiß das schon? Er hat ja nur die halbe Amtszeit regiert. Und dann der Skandal.«

»Eine Geschichte, die jeder aus dem Norden kennt«, fügte Morgado hinzu, damit das Thema langsam auf den Tisch kam.

»Sie haben nur wenige Jahre hier in Mexicali gelebt, kennen Sie die Gerüchte?«

»Ich würde sie als urbane Legende bezeichnen.«

Die Frau blinzelte überrascht. »Wie die Behauptung, chinesisches Essen würde aus Katzen- und Hundefleisch bestehen?«

»So ähnlich. Die Leute glauben das felsenfest.«

»Aber wir essen es trotzdem, nicht wahr?«

»Wir mögen das schlechte Leben.«

»Oder wir sind nicht so leichtgläubig wie die, die diese Gerüchte verbreiten.«

Morgado dachte über ihre Antwort nach. »Als das passiert ist, hab ich noch hier gelebt. Ich war damals auch noch ein Kind. Ich kann mich erinnern, dass ich *Familie Feuerstein* im

Fernsehen geschaut habe. Währenddessen haben die Erwachsenen getuschelt. Es war ein offenes Geheimnis.«

»In der Schule hat man sich über mich lustig gemacht. Wenn ich das Klassenzimmer betrat, fingen die anderen Kinder an zu keuchen und ließen sich dann zu Boden fallen, als wären sie gerade an einem Herzanfall gestorben. Jeden Tag. Bis man uns nach San Diego geschickt hat. Zu meinem Onkel Arnold Salivie, dem älteren Bruder meiner Mutter. Andere Welt. Anderes Leben.«

Jetzt liefen wirklich Tränen über ihre Wangen. Morgado hätte sie am liebsten berührt. Die Frau beugte sich zu ihm und legte ihr Gesicht auf seine Schulter. Es war ein langer Seufzer, und Morgado konnte nicht anders, als sie in den Arm zu nehmen und zu wiegen wie ein kleines Mädchen, das immer noch auf die von seinem Vater versprochene Schokolade wartet. Mehr als vierzig Jahre später.

4

Morgado verließ Mexicali über die Stadtautobahn, und fünf Minuten später reihte er sich ein, um die Grenze zu den Vereinigten Staaten zu passieren. Es war noch nicht einmal 10 Uhr morgens, und es hatte sich schon eine beachtliche Schlange gebildet, die sich nur zäh vorwärtsbewegte.

»Das wird jeden Tag schlimmer«, schimpfte er.

Vom Rücksitz kam Alberts Stimme: »Seit dem 11. September ist die gesamte Grenze Kriegsgebiet.«

»Was auch immer, aber die betreiben einen ganz schönen Aufwand, bis sie uns in ihr Paradies reinlassen.«

»Neue Regeln für alle. Du solltest mal unsere Flughäfen sehen. Und die Stadien. Ziemlicher Stress.«

Hinter ihm saßen die drei Flüchtlinge.

»Sind Sie sicher, dass wir keine Probleme bekommen?«

»Wenn wir es schaffen, rüberzukommen, bekommen Sie ein offizielles Empfehlungsschreiben als Winkeladvokat, das versichere ich Ihnen.«

»Und etwa zehn Jahre Gefängnis.« Gelächter hinter ihm. Im Rückspiegel sah Morgado drei Streifenwagen über den freien Standstreifen näher kommen. »Bullen, rechts.«

»Haben sie Blaulicht an?«

»Nein.«

»Schlecht, dann können die Behörden später behaupten, es seien keine echten Polizisten gewesen.«

»Was soll ich tun?«

»Haben Sie eine Idee?«

»Festhalten. Auf gehts.«

Morgado streifte ein Auto der linken Reihe leicht und fuhr auf die äußerste Spur, die zu einem geschlossenen Eingang der Grenzkontrolle führte. Die Streifenpolizisten hatten es gesehen und versuchten, durch die fünf Autoreihen zu kommen.

»Sie sind hinter uns her«, sagte Albert, während er seine Automatik kontrollierte, eine Parabellum in Luxusausführung. »Hast du eine kugelsichere Weste?«

»Nein«, sagte Morgado und brach in Schweiß aus. »Nur ein Led-Zeppelin-T-Shirt.«

»Stairway to Heaven?«

»Ja.«

»Unter den gegebenen Umständen keine gute Wahl«, meinte der Leibwächter. »Aber ein exzellenter Geschmack in Sachen Klassik-Rock.«

»Und jetzt?«, fragte der Rechtsanwalt.

Albert zeigte auf die Stahlschranke. »Fahr da durch, dein Wagen ist alt, viel Metall, kein Kunststoff, der hält das aus, da bin ich sicher.«

Morgado dachte nicht lange nach und trat das Gaspedal durch. Da hörte er auch schon das Pfeifen.

»Die schießen auf uns!«, schrie Albert. »Auf den Boden! Auf den Boden!«

Morgado sah die Schranke auf sich zukommen, dann spürte er einen Schlag, der ihn, wäre er nicht angeschnallt gewesen, durch die Windschutzscheibe geschleudert hätte.

Der Wagen schien den Aufprall im ersten Moment nicht übelgenommen zu haben, aber als sie an dem Kontrollhäuschen vorbei waren, tauchten plötzlich Betonschranken auf, die eine Weiterfahrt unmöglich machten. Morgado stieg in die Eisen, und sie kamen wenige Zentimeter vor dem unüberwindlichen Hindernis zum Stehen.

Eine Kugel schlug durch die hintere Tür, und die Heckscheibe zerbarst in einem Splitterregen. Morgado entfernte die Glassplitter und öffnete den Gurt. Er stieg aus dem Auto und sah zwei Männer in Anzug und Krawatte, die aus etwa zwanzig Metern Distanz mit Maschinenpistolen auf den Wagen zielten. Alles geschah wie in Zeitlupe. Plötzlich tauchten aus dem Nichts zwei schwarze Soldaten in Wüstentarnung auf und töteten den einen Angreifer, den anderen schlugen sie nieder. Ein weiterer Soldat packte Morgado am Hemdkragen und schleuderte ihn gegen den Wagen.

»Don't move. Don't move!«

Albert stieg mit sicheren Bewegungen und erhobenen Händen aus. *»American citizen. Red flag. Three one three one.«*

Die Streifenwagen in der Ferne zogen sich zurück. Von

allen Seiten näherten sich amerikanische Grenzpolizisten und trillerten wie wild auf ihren Pfeifen.

Ein offiziell aussehender Chicano schrie Morgado an: *»Who are you?«*

»A hero«, sagte eine gelassene Stimme, die Macht und Autorität ausstrahlte.

Berthas Lachen irgendwo in der Nähe beruhigte Morgado mehr als diese Stimme.

»Johnny, du kommst gerade zu rechten Zeit.«

»Gerade noch, Schwesterherz, gerade noch.«

5

Die Coronado Bridge war eine Kurve am Horizont. Die untergehende Sonne schien über das Meer.

»Gefällt Ihnen der Ausblick?«

Senator John Esquer Salivie bot ihm einen Whisky mit Eis an. Morgado trank ihn, ohne lange nachzudenken. Mit jeder Minute wurde ihm das ungeheure Ausmaß der Situation bewusster, in die er an der Grenze geraten war. Seine Nerven lagen immer noch blank, auch wenn sein Adrenalinspiegel allmählich sank. Trotzdem versuchte er, seine Worte beiläufig klingen zu lassen.

»San Diego hat mir schon immer gefallen. Und die Isla de Coronado ist ein unvergesslicher Teil meiner Kindheit.«

»Haben Ihre Eltern Sie mal mit in das Hotel genommen, an den berühmten Strand?«, wollte der kalifornische Politiker wissen.

»Ja. Sie sind dorthin gefahren, weil dort Marilyn Monroe *Some Like It Hot* gedreht hat.«

Der Senator stieß mit Morgado an und schenkte ihm sofort noch einen Whisky ein. »Das geht vorbei. Ich dachte, Sie wären an solche Aktionen gewöhnt.«

»Ich habe schon eine ganze Weile nichts mehr mit Auseinandersetzungen dieser Größenordnung zu tun.«

Morgado trank Schluck für Schluck seinen Whisky. Er betrachtete das Gesicht von John Salivie. Ein geborener Kämpfer. Ein wachsamer, selbstsicherer Politiker, der respektiert werden wollte, nicht geliebt. »Was wissen Sie über mich?«, fragte Morgado.

»Ihre Personalakte ist *large*. Umfangreich.«

»Und vermutlich nicht sehr positiv, wenn sie von der DEA, der CIA oder dem FBI angelegt worden ist.«

»Nein. Nicht positiv, aber präzise und detailliert. Ohne Vorurteile. Sie sind nicht unser Freund, aber auch nicht unser Feind. Nur ...«

»Ein Stein im Schuh.«

»Nein. Ein herrenloser Spürhund.«

»Und ist das keine Gefahr in einer Welt, in der alles weiß oder schwarz, Demokratie oder Terrorismus ist?«

Der Senator lachte ungezwungen. »Nur die Substanz zählt, Mr. Morgado.«

»Das verstehe ich nicht.«

»Sie waren, sind und werden immer ein Instrument sein, wie wir alle. Eine Art Werkzeug. Mein Land ist eine Nation von Werkzeugen, von Menschen, die einer Hand zur Verfügung stehen, einem Geist, der sie für eine bestimmte Aufgabe einsetzt. Verstehen Sie jetzt, warum man Sie aus unserer Perspektive nicht negativ sieht?«

»Weil ich ein nützliches Werkzeug für das Imperium sein kann?«

»Genau! Nehmen Sie diese Stadt, Miguel Ángel. Dieser Hafen ist das Werk des Krieges. Mit jeder Übersee-Expedition ist die Stadt gewachsen, ist wirtschaftlich stärker geworden und hat mehr Vermögen angehäuft. Von einem einfachen Erholungsort und einer Heimat für Bohemiens ist sie zu einem der wichtigsten Häfen des Pazifikbeckens geworden. Tijuana ist heute, was es ist, weil es uns, dem Wohlstand seines amerikanischen Nachbarn, viel zu verdanken hat, unseren Kriegen in Korea, Vietnam, Afghanistan und Irak. Krieg ist Wohlstand und Bildung.«

»Und was sagen Sie zu Mexicali?«

»Mexicali ist ein amerikanisches Arbeitslager auf mexikanischem Gebiet. Ein laufendes Experiment. Aber das ist nicht der springende Punkt, Mr. Morgado. Bleiben wir für einen Moment bei den Tatsachen, Sie werden meine Sichtweise verstehen.«

Der Anwalt nahm noch einen Schluck von seinem Whisky.

Das Meer faszinierte Morgado, aber das Beste war, dass er sich allmählich entspannte und der Ballast dieses ungewöhnlichen Tages von ihm abfiel. »Ich bin ganz Ohr, Senator.«

»Es ist eine Geschichte ohne Hand und Fuß.«

Morgado setzte sich in einen trotz des ultramodernen Designs außerordentlich bequemen Sessel. »Bevor Sie sie mir erzählen, würde ich gerne wissen, ob Sie unsere Angreifer schon identifiziert haben.«

Der Senator nahm eine Plastikmappe von seinem Schreibtisch und reichte sie Morgado. Auf der ersten Seite war das Siegel des FBI. Es waren Fotos von einer Überwachungskamera des Grenzkontrollhäuschens. Die ganze Episode, einschließlich des Schusswechsels in vierzehn hochauflösenden Digitalbildern mit Angaben zu Geschwindigkeit und Bewegungsrichtung. Dann kamen Fotos des toten Angreifers. Sein Name war Juan Reyna. Polizist des Staates Baja California, aber mit einer Rekordzahl von Verhaftungen in Nevada, Utah und Arizona. Killer der Kartelle von Sinaloa mit Sitz in Yuma und Las Vegas. Dreiunddreißig Jahre alt. Geboren in Tijuana. In seinen Ausweisen, in der Mehrzahl gefälscht, gab er sich als Journalist, Agent der Regierung und Gerichtssachverständiger aus. Das war alles.

»Und der andere?«, fragte Morgado. »Der, den sie verhaftet haben?«

»Offiziell gab es keine weiteren Verhaftungen. Inoffiziell wird er in El Centro, Kalifornien, von verschiedenen Diensten verhört. Wir wollen, dass er redet. Wir brauchen ihn als Belastungszeugen. Ich glaube, er wird kooperieren. Er heißt Mauro Quintero. Noch ein Zuchthäusler mit einem Vorstrafenregister voller Betrug und Unterschlagung. Er lebte in Baja, auf ihn waren mehrere Haftbefehle ausgestellt. Aber wir wussten nicht, dass er für die Polizei arbeitet.«

»Wessen Befehl unterstand er?«

»Gute Frage. Diese Typen sind Freiberufler. Ein Kerl, der schon im Drogengeschäft drinsteckt, schiebt sie der Regierung unter, kümmert sich darum, ihre Akte zu säubern, den Namen, das Aussehen und die Fingerabdrücke zu verändern, damit auch wir das Ganze absegnen. Aber der, der die Fäden zieht, ist nicht der Kerl, der sie ins Geschäft gebracht hat, sondern ein Politiker, der niemals direkte Befehle gibt, sondern der einen von seinen Leuten schickt, um die Arbeitsanweisungen zu geben.«

»Arbeitsanweisungen? Nennt man jetzt so die Mordaufträge?«

Der Senator lachte. »Klingt doch weniger aggressiv, oder? Wir Politiker schätzen diese politisch korrekte Sprache. So legen wir uns mit niemandem an und stoßen keine potenzielle Wählergruppe vor den Kopf. Denken Sie daran, auch die Mafia wählt nach strengen Regeln. So wie Ihre Syndikate: einstimmig.«

Morgado gab die Akte zurück. »Und, was denken Sie? Wer hat den Auftrag gegeben, Ihre Schwester zu ermorden? Wer hat ihren Exmann ermordet?«

»Nicht Exmann. Bertha hat sich vor zwanzig Jahren von diesem Kerl getrennt, sich aber nie scheiden lassen. Nicht, dass sie es nicht tausendmal versucht hätte. Der Mistkerl wollte einfach nicht in die Scheidung einwilligen. Er hat gesagt, er sei überzeugter Katholik und wolle keine Todsünde begehen, dieser Zyniker, dabei war er ein Weiberheld erster Sorte und außerdem korrupt.«

Morgado beobachtete den Senator aufmerksam: Jetzt sprach nicht mehr der amerikanische Politiker, der sich in den hohen Sphären der Macht auskannte, sondern der verletzte Verwandte, der beschützende Bruder.

»Warum wurde er umgebracht?«

»Weil es ihm nicht gelungen ist, Bertha zu töten. Oder hat Ihnen meine Schwester das nicht erzählt? Sie haben sie, Albert und das Hausmädchen in einen Hinterhalt gelockt, als sie zu einem Gespräch mit Palacios unterwegs waren. Er hatte ihr versprochen, die Scheidungspapiere zu unterzeichnen, aber das Ganze war eine Falle. Eine zweifache. Die Papiere sind in dem von Kugeln durchsiebten Wagen liegen geblieben. Jetzt steht Bertha im Verdacht, ihren Mann umgebracht zu haben. Diese Nachricht verbreitet die Procuradoría von Baja California seit heute Mittag.«

»Und die Schießerei an dem Kontrollhäuschen werden sie als Verfolgungsjagd auf uns, die Gesetzesflüchtigen, darstellen, stimmts?«

»Nein. Das nicht. Denn sie wissen, dass wir wissen.«

»Aber sie haben mich schon im Visier, oder?«

»Auch nicht. Lassen Sie mich offen sein, Herr Rechtsanwalt. Und wenn ich Rechtsanwalt sage, dann möchte ich Sie daran erinnern, dass das hier ein Gespräch zwischen Anwalt und Mandant ist.«

»Das heißt: vertraulich.«

»Genau. Sie dürfen nicht darüber sprechen, es fällt unter die Schweigepflicht.«

»Gut. Akzeptiert.«

Senator John Esquer Salivie überreichte ihm ein Blatt mit dem Stempel der Polizei von Mexicali, Abteilung Autodiebstahl. Es handelte sich um eine Anzeige: Morgados alter Wagen, der einen Tag zuvor aus der offenen Garage seines Apartments gestohlen worden war. Eine Beschreibung des Wagens und Morgados Unterschrift.

»Wann soll ich das angezeigt haben?«, fragte Morgado erstaunt. »Und woher wissen Sie, dass es meine Unterschrift ist?«

Der Senator lächelte mit derselben Verschlagenheit, die er wohl auch in Washington an den Tag legte, wenn der Jahreshaushalt diskutiert wurde. »Wenn die Mafia ihre Leute in der Regierung hat, warum sollen wir dann mit verschränkten Armen dasitzen? Habe ich nicht gesagt, dass wir alle Werkzeuge sind für bestimmte Zwecke? Sehen Sie es auf diese Weise und kommen Sie mir nicht mit Nationalstolz. So funktioniert die Welt, und keiner beklagt sich.«

»Und der, der sich beklagt?«

Der Senator blieb ihm die Antwort schuldig. Stattdessen betrat Celina den Raum. »Das Abendessen ist serviert. Señora Bertha bittet Sie ins Speisezimmer.«

Der Senator erhob sich eilig. »Endlich gibt es etwas Anständiges zu essen. Meine Frau ist an der Ostküste, und ich hatte Lust auf gutes mexikanisches Essen. Los, lassen wir meine Schwester nicht warten.«

»Dann kann ich also nach Mexicali zurück, ohne dass mich die Polizei verhaftet, Don Juan?«, hakte Morgado nach.

Der Senator klopfte ihm herzlich auf die Schulter. »Das ist alles geregelt, und noch mehr«, lautete seine Antwort. »Hier, auf dieser Seite des Zaunes bin ich Senator John Salivie, nicht Juan Esquer. Dieser Name ist eine Bürde, die ich hinter mir gelassen habe. Ich bin nicht wie Bertha, die nur in der Vergangenheit lebt. Ich glaube an die Zukunft. Daran, die Dinge schnell und gut zu machen. Verstanden?«

»Verstanden.«

Morgado hatte das Gefühl, dass er nur die Hacke in den Händen eines Farmers war. Ein Werkzeug eben.

6

Bertha saß am Steuer und lenkte den Sportwagen auf der I-15 nach Norden. Vor und hinter ihnen fuhr ein Geländewagen mit Leibwächtern, die sie vor jedem neuen Angriffsversuch schützen sollten.

Morgado sah zu seiner Linken den Pazifik: eine dunkle

Fläche, angestrahlt von den Lichtern der am Hafen von San Diego ein- oder auslaufenden Handels- und Kriegsschiffe.

»Wo fahren wir hin?«, fragte er, nur damit das Schweigen nicht allzu bedrückend wurde.

»Nach Seaport. Ich brauche einen Kaffee und Meeresluft, um richtig wach zu werden.«

»Liegt es an der Siesta?«

»Nein, am Schlafmittel.«

In weniger als zehn Minuten waren sie da. Zwei Leibwächter halfen ihnen auszusteigen und verschwanden in den Gängen des Einkaufszentrums. Morgado wusste, dass sie sich wie irgendwelche Touristen verhielten und sie aus der Ferne überwachten, um mögliche Verdächtige auszumachen.

Ich leide allmählich wirklich unter chronischem Verfolgungswahn, dachte er und sah misstrauisch eine Frau an, die sich an den Nachbartisch setzte.

»Kommst du oft hierher?«, fragte er.

Bertha nahm ein paar Bücher aus einem Regal und legte sie auf den Tisch. »Sooft ich kann. Nicht sehr oft.«

»Es ist ein friedlicher Ort. Bücher und Kaffee. Was will man mehr.«

Bertha stoppte die Tasse mit dem dampfenden Kaffee wenige Zentimeter vor ihrem Mund. »Die Wahrheit.«

Morgado sah sie als das kleine Kind, das von der Mutter eine Erklärung für das Verschwinden des Vaters verlangt haben musste und vermutlich nur Lügen und Ausflüchte aufgetischt bekommen hatte.

»Wann hast du die Gerüchte das erste Mal gehört?«, fragte er sie.

»Die Version der Leute, die Vox populi, meinst du das?«

»Ja, genau.«

»Ungefähr drei Jahre später. Ein Hausmädchen, das gerade in unserem Haus angefangen hatte, hat mein Kindermädchen, Doña María, gefragt.«

»Und da hast du die ganze Geschichte gehört.«

»Die, die in ganz Mexicali, im ganzen Staat herumgegangen ist. Damals und später.«

Morgado atmete die Seeluft ein und dachte an Tausendundeine Nacht. Er wusste nicht, warum, aber auf einmal fühlte er sich wie ein Seefahrer, der Meere erforscht, die er schon in allen Einzelheiten zu kennen glaubte. »Wie alt warst du damals?«

»Acht. Und da musste ich diese widerliche Geschichte hören, das war ein Schlag. Nicht wegen dem, was man über Papa sagte, sondern weil ich gemerkt habe, dass Mama eine Lügnerin ist.«

»Sie hat versucht, dich zu schützen.«

»Aber sie hat mir nur noch mehr wehgetan, der Schmerz war fast unerträglich.«

»Was hat man dir erzählt?«

»Die alte Geschichte: Dass mein Papa, der Herr Gouverneur, nach El Centro, Kalifornien, gefahren ist, um Weihnachtsgeschenke zu kaufen, aber dass das nur Tarnung war, um in ein Motel zu gehen und seine damalige Geliebte zu vögeln, ein achtzehnjähriges Mädchen, eine Volksschullehrerin. Und dass das Mädchen so leidenschaftlich war, dass Papa einen Herzinfarkt bekam. Dass …«

Morgado sah, wie Berthas Hände zitterten, und umschloss sie mit seinen. »Sprich nicht weiter«, flüsterte er. »Ich kenne den Rest der Geschichte.«

»Genau das ist es, eine Geschichte.«

»Und meine Aufgabe ist, herauszufinden, was an der Geschichte wahr und was erfunden ist, willst du das?«

»Ja, das will ich.«

Und als könnten beide es nicht mehr länger aushalten, begannen sie sich über den Kaffeetassen und der Erinnerung an die Toten zu küssen, unter den gleichgültigen Blicken der Leibwächter.

7

Sie schliefen beide in dem Gästehaus des Wohnsitzes der Familie Salivie. Zumindest schliefen sie ab 4 Uhr morgens. Das Frühstück nahmen sie auf der Terrasse ein, von der aus man auf die Coronado Bridge sehen konnte.

»Es wäre mir lieber gewesen, wenn ich dich nicht in diese Geschichte hineingezogen hätte.«

Morgado wusste trotz seiner wiederentdeckten Leidenschaft, dass das so nicht stimmte, dass es eine barmherzige Lüge war. »Aber jetzt stecke ich drin, und der einzige Ausweg ist, den Dingen auf den Grund zu gehen.«

»Das hast du ja schon getan, Darling.«

Morgado lachte, das Vertrauen zwischen ihnen schien mit jedem Blick zu wachsen. »Ich spreche vom Tod deines Vaters.«

Sie senkte traurig den Blick.

»Das war kein Vorwurf«, beeilte er sich hinzuzufügen, aber der Schaden war bereits angerichtet. Er spürte, wie sie auf Distanz ging. Es tut ihr so weh, dass sie es nur voller Wut oder mit vorgetäuschter Gleichgültigkeit betrachten kann, dachte er.

»Seiner Ermordung«, sagte sie stockend, als schmerzte es sie, die Worte auszusprechen.

»Was auch immer. Sieh mich als Richter. Ich habe keine vorgefasste Meinung in dieser Angelegenheit.«

»Natürlich hast du die! Oder ist die Legende etwa kein Vorurteil?«

Morgado akzeptierte den Vorwurf. »Gut. Auch ich bin ein wenig befangen, aber ich werde mich auf die Tatsachen stützen, auf deine Dokumente und die Zeugnisse. Einverstanden?«

»Ich sage Ja.«

»Ich habe dich nicht gefragt, ob du mich heiraten willst«, foppte Morgado sie.

»Da hätte ich auch nichts dagegen«, erwiderte sie ganz ernst.

»Erst mal das eine …«

»Dann fang hier an, in den Vereinigten Staaten. In Mexiko wirst du nichts mehr finden, auch nicht den Koffer, den ich dir in deinem Apartment gegeben habe.«

Morgado dachte an die vielen Papiere darin. »Liegt der nicht in meinem zerschossenen Wagen?«

»Nein. Johnny hat ihn an einen sicheren Ort gebracht. Er ist in seinem Arbeitszimmer. Da kannst du die Dokumente anschauen.«

»Was sind das für Dokumente?«

»Regierungsberichte, Zeitungsannoncen, die Formalitäten für die Überführung der Leiche nach Mexiko. Fotos von der Totenwache und der Beerdigung. Das Öffentliche und das Private. Und natürlich das Testament.«

Morgado stutzte. Irgendetwas passte da nicht zusammen.

»Einen Moment, Bertha. Du sprichst von Ermordung, aber du hast mir noch nicht gesagt, wen du für den Mörder hältst.«

»Ich weiß nicht, wer ihn umgebracht hat.«

»Das meine ich nicht, ich meine, wem hat sein Tod genutzt?«

»Einem Haufen Politiker.«

»Und wem noch?«

Man sah, dass es ihr schwerfiel, die Namen zu nennen.

»Jemandem aus der Familie?«

»Nein. Eher seinen Partnern.«

»Den Leuten, mit denen er Geschäfte machte? Wem zum Beispiel?«

»Den oberen Etagen des Bauministeriums, denen von der Bundesstromkommission. Eine Menge schlechter, ehrgeiziger Leute kommt in Frage.«

Morgado musste sich mit diesen spärlichen Informationen zufriedengeben. »Dann werde ich wohl den ganzen Zeitraum unter die Lupe nehmen.«

Bertha stimmte ihm zu. »Das solltest du tun, Darling. Es wird Zeit, dass du von der Legende zu den historischen Fakten übergehst.«

Morgado trank seinen Kaffee aus und stand auf. »Ich werde den Koffer mitnehmen. Leihst du mir deinen Wagen?«

»Willst du nicht das Arbeitszimmer benutzen?«

»Nein. Ich brauche einen neutraleren Ort als euren Familiensitz.«

Bertha nickte überrascht und warf ihm den Schlüsselbund zu. »Malträtier ihn nicht zu sehr.«

»Sagst du das auch zu deinen Kindern?«

Sie sahen sich herausfordernd an. Morgado drehte sich um und ging. Hinter Bertha tauchte Celina mit Früchten und Joghurt auf.

»Was hältst du von dem Detektiv?«

Celina stellte den Teller vor Bertha ab. »Ein seltsamer Typ, Señora«, antwortete sie schließlich.

»Er gefällt mir sehr.«

»Das sehe ich, Señora.«

Bertha seufzte vernehmlich. »Aber ich liebe es, diese Kerle zu verjagen. Eine Art perverse Lust.«

Celina sah sie ohne jedes Mitleid an. Sie verstand die Dinge, ohne dass sie laut ausgesprochen werden mussten. »Es ist Zeit, erwachsen zu werden, finden Sie nicht?«

»Du bist ein diszipliniertes Mädchen. Ich nicht.«

»Es heißt, er sei sehr gut in seinem Job.«

Bertha seufzte wieder. »Im Bett auch ... Ich muss mehr Druck auf ihn ausüben. Er ist mein letztes Mittel.«

»Und wenn er herausfindet, dass es kein Mord war?«

Bertha hielt die Luft an. Ihre rechte Hand wurde ganz weiß, so fest drückte sie die Gabel.

»Tut mir leid«, sagte Celina.

»Ich bin auf alles vorbereitet.«

Celina nahm die Tasse, aus der Morgado getrunken hatte. »Das hoffe ich.«

Bertha schaute auf. »Du hast so einen Befehlston drauf heute, Celina. Kein Sex mit Albert?«

»Bei allem Respekt, Señora, aber ...«

»Das geht mich nichts an. Du hast recht. Entschuldigung.«

Celina zog sich wortlos zurück. Bertha rührte den Früchteteller nicht an, ihr war der Appetit vergangen. Nach einer

Weile lächelte sie wieder: Endlich war sie die Witwe von Palacios. Endlich frei, nach zweiundzwanzig Jahren. Frei, zu tun und zu lassen, was sie wollte.

8

Die Serviererin, eine Chicana, nahm die Bestellung auf und verschwand, ohne einen weiteren Blick auf den neuen Kunden zu werfen. Ein Mexikaner mehr in San Diego war nichts Besonderes in diesem Café im Fünfzigerjahre-Stil mit der Elvis-Statue und der Jukebox, die die großen Erfolge von Chuck Berry und Fats Domino enthielt.

Morgado holte die Dokumente aus dem Lederkoffer und teilte sie in drei Kategorien ein: maschinengeschriebene Berichte, Zeitungsausschnitte und Umschläge mit Fotos. Die Neugier ließ ihn mit letzteren beginnen. Der erste von den vier Umschlägen enthielt Fotos von Emilio Esquers Wahlkampagne, bevor er Gouverneur wurde. Das war im Jahr 1959. Die Bilder zeigten Massen von Bauern und Arbeitern mit riesigen Plakaten: »Ingenieur Esquer: Der Mann des Augenblicks«, »Der fortschrittliche Mann aus Baja California«, »Der Führer, den wir brauchen«, »Baja California könnte nicht in besseren Händen sein«.

Dann kamen Fotos vom Kandidaten mit Gewerkschaftsführern und mit Bahnarbeitern, Bürokraten, Bauarbeitern, Landwirten aus der Talebene, Geschäftsleuten aus Tijuana, Fischern aus Ensenada, Grundschullehrern. Der Kandidat war immer umgeben von schönen Mädchen mit Blumensträußen, die ihn begeistert begrüßten und küssten. Ingenieur Esquer war ein Dandy gewesen. Ein Schönling der Fünfzigerjahre mit Pomade im Haar, der durch die öffentlichen Parks und die örtlichen Theater spaziert zu sein schien, als wäre er Elvis auf Tournee.

Die Kellnerin kam mit seinem Kaffee und den Pfannkuchen. Sie warf einen Blick auf die Fotos. *»He's cute«*, sagte sie und verschwand.

Morgado konnte Emilio Esquers Charisma verstehen, das seine Tochter Bertha von ihm geerbt hatte. Er sah die Dokumente durch und entdeckte einen kurzen Lebenslauf.

Geboren 1913 in Mexico City. Studium der Ingenieurswissenschaften an der Universidad Autónoma von 1933 bis 1938. Er hatte eine kometenhafte Karriere hingelegt; vom Assistenten zum Bauleiter für öffentliche Bauten. Stauwerke, Brücken, Straßen. 1942 hatte er sich bereits in Baja California niedergelassen und war leitender Bauingenieur für den gesamten Nordosten Mexikos geworden. Er war ein Freund der Politiker in der Hauptstadt gewesen, der staatlichen Gewerkschaften und der Unternehmer. Er hatte sich mit allen gut verstanden, vor allem mit den Frauen. Dem damaligen Gouverneur von Baja California gingen diese Qualitäten ab. Braulio Maldonado kokettierte mit den linken Gruppen und verstand sich prächtig mit dem früheren Präsidenten Lázaro Cárdenas del Río. Emilio Esquer hingegen war ein Unternehmertyp, ein Staatsdiener, dem verwaltungstechnische Aspekte näherlagen als Ideologien. Ein Technokrat im umfassenden Wortsinn.

Und er hatte den anderen vorausgehabt, dass der Präsident ihn für seine sechsjährige Amtszeit zum Vizekönig von Baja California auserwählt hatte.

Esquer gefielen, genau wie Präsident Adolfo López Mateos, die leichtsinnigen Jungfrauen, die erfahrenen Frauen und die Mädchen, die für alles zu haben waren. Er brauchte sie nicht zu verfolgen oder zu bedrängen. Sie liefen ihm von selbst in die Arme. Er galt als liebevolle Leitfigur, als der große Bruder.

Morgado öffnete den zweiten Fotoumschlag, auf dem 1960 stand. Bilder von Arbeitstreffen und der Amtseinführung. Auf einem umarmte Emilio Esquer seinen Vorgänger Braulio Maldonado. Es war eine gezwungene Umarmung. Gestellt.

Er kehrte zu dem Dokumentenstapel zurück. Dort war ein Bericht aus dem Jahr 1960: »Finanzielle Situation der Regierung des freien und souveränen Staates Baja California«. Am Ende des Berichtes stand rot unterstrichen der Betrag von dreiundzwanzig Billionen mexikanischer Pesos.

»Möchten Sie noch Kaffee?«, fragte die Kellnerin.

Morgado schrak auf. »Ja, bitte.«

»Melden Sie Bankrott an?« Die Kellnerin starrte auf die Zahlenreihen.

»Würden Sie das bei diesen Summen tun?«

»Ich würde verschwinden, bevor die Sache rauskommt.«

Morgado dachte über die Worte des jungen Mädchens nach, wühlte in den Zeitungsausschnitten und fand einen Artikel aus *El Mexicano* vom 30. Januar 1960.

»Emilio Esquer zeigt einen betrügerischen Millionär der früheren Regierung an.«

»Wir decken keine Diebe, sagt er.«

»Die mexikanische Revolution duldet keine Unehrlichkeit.«

Er suchte nach weiteren Ausschnitten, aber da war nur noch einer. Aus der Zeitschrift *Siempre* aus Mexico City: »Braulio Maldonado verteidigt sich.«

»Die Anschuldigungen sind falsch. Ich trage keine Schuld.«

»Das ist politische Rache, weil ich nicht den Mund halte.«

»Emilio Esquer, unerschütterlich: Das wird so nicht bleiben.«

»Niemand steht über dem Gesetz, am wenigsten die Staatsdiener.«

Ein Regierungsbericht vom Dezember 1960 bezeugte den Ausgang der Konfrontation.

»Der Präsident der Republik hat angeordnet, die Schulden der vorhergehenden Regierung zum Erhalt des öffentlichen Friedens zu erlassen. Es wurde angeordnet, dass Exgouverneur Braulio Maldonado das Land so schnell wie möglich zu verlassen hat und keine öffentlichen Erklärungen mehr über die nationale Politik abgeben darf. Des Weiteren, dass der jetzige Gouverneur alle Ermittlungen hinsichtlich Betrug und Unterschlagung einzustellen hat, und es wurde darauf hingewiesen, dass er spätestens im Februar 1961 außerordentliche Haushaltszuwendungen erhalten werde, um den bewährten Kurs der Regierung fortsetzen zu können und die Kredite zu tilgen.«

Auf dem dritten Umschlag stand 1962. Darin waren Fotos von Esquer bei verschiedenen Bauprojekten. Auf den meisten sah man ihn den Grundstein von Schulen, Fabriken und öffentlichen Gebäuden legen. Ein Bild erregte Morgados Aufmerksamkeit: Es war irgendwo in der Salada aufgenommen. Mit der Begeisterung eines Autoverkäufers zeigte der Gouverneur einer Gruppe Amerikaner eine Karte oder einen Plan.

Morgado legte das Foto beiseite und machte mit dem letzten Umschlag weiter, der auf 1963 datiert war. Er enthielt nur drei Fotos. Das erste vom Palm Desert Motel, wo eine neugierige Menschenmenge einen Blick auf irgendetwas Wichtiges zu erhaschen versuchte. Das zweite Bild war unscharf und zeigte eine junge Frau, die sich die Hände vors Gesicht hielt. Das letzte Foto zeigte einen jungen Mann in einem Lincoln, der mit zwei amerikanischen Polizisten diskutierte. Alle drei schwarz-weiß.

»Sieht aus wie ein Verkehrsunfall«, sagte die Kellnerin neben ihm.

»Schön wärs«, antwortete Morgado.

Und dann bat er um die Rechnung.

»Sie wollen schon los?«

»Ich hab noch viel Arbeit vor mir.«

»Arbeiten Sie bei einer Versicherungsgesellschaft?«

»So ähnlich.«

Die Kellnerin fragte nicht weiter. »Kommen Sie bald wieder. Mit mehr Fotos.«

9

Vom Auto aus wählte Morgado die Nummer von Harry Dávalos, seinem alten Freund aus Grenzabenteuerzeiten. Bestimmt geht der Anrufbeantworter des FBI in Orange County ran, dachte er.

Aber nach dem zweiten Klingeln hörte er Harrys Stimme: *»Hello?«*

»Harry. It's me. Your shadow.«

»Ah, Morgado, where are you?«

»In San Diego. Und du?«

»Am Flughafen. Auf dem Sprung nach San Francisco. Ich stecke in einer verdammten Ermittlung, bei der kein Ende abzusehen ist. *What do you need?*«

»Ich bin mitten in einem Fall – ein Todesfall, der sich 1963 in El Centro zugetragen hat. Ich muss die Polizeiakten einsehen.«

»Du kannst sie doch einfach anfordern … nein … du bist ja kein Staatsbürger … gib mir das Datum … warte … geht es um einen Todesfall oder um Mord?«

»Er starb an einem Herzinfarkt in einem Motel.«

»Und?«

»Er war der Gouverneur von Baja California.«

»Okay, da haben wir dein Problem, klar … da kommst du nicht ran … auch wenn es so lange her ist … aber es ist zu lange her, als dass sie dem FBI den Zugriff verweigern. Ich müsste das hinkriegen … warte … leg nicht auf.«

Morgado wartete. Ragtime von Scott Joplin tönte so laut in sein Ohr, dass er richtig fröhlich wurde.

Zwei Songs später kam Harry mit ermutigenden Nachrichten zurück in die Leitung.

»Ich habe meinen Assistenten gebeten, sich um deine Anfrage zu kümmern. Er wird dich auf dem Handy anrufen, sobald er die Kopie des Polizeiberichtes hat. *Anything else?*«

»Was für eine Bibliothek kannst du mir in San Diego empfehlen?«

»Für Zeitungen aus der damaligen Zeit?«

»Ja, und für Bücher über die Geschichte von Baja California während dieser Regierungsperiode.«

»Geh in die Malcolm A. Love Library in der San Diego State University, die Adresse ist 5500 Campanile Drive …

Sprich mit Cecilia Puerto, sie ist die Bibliothekarin der Abteilung Latin American/Mexican American Studies. Wenn jemand etwas über deine verdammte Baja weiß, dann sie.«

Morgado schrieb alles auf einen Zettel. »Danke, Harry.«

»Hör mal, Mexikaner. Ich habe gerade eine E-Mail bekommen, in der die Rede von dir ist. Du warst in einen Schusswechsel verwickelt, und ich weiß nichts davon?«

»Es war eher eine Entenjagd.«

»Und du warst der größte Erpel, hab ich recht?«

»So ähnlich. Wer hat dir das gesteckt?«

Harry gab sich zugeknöpft. »Du bist im Haus von Senator Salivie?«

»Ja, aber …«

»Du steigst auf. Bald sieht man dich auf Fotos mit dem Präsidenten. Na ja, wenn wir die Akte aufgetrieben haben, melden wir uns. Und grüß Bertha von mir.«

Es traf Morgado wie ein Keulenschlag. »Du kennst sie?«

»Flüchtig. Sie hat mich vor ungefähr einer Woche um Hilfe gebeten. Und ich dachte mir, du bist der einzige Trottel, der sich für einen solchen Fall hergibt.«

Harry legte auf, bevor Morgado ihn noch etwas fragen konnte.

»Verfluchter Besserwisser!«, entfuhr es ihm. Er fühlte sich wie einer von Harrys Lakaien. Das FBI hatte also umfangreiche Kenntnisse von dieser Ermittlung. Vielleicht wurde auch nur sein Verfolgungswahn schlimmer. Er nahm die Washington Road und fuhr Richtung Mesa. Zum Campus der State University von San Diego.

10

Cecilia Puerto war eine schlanke Frau kubanischer Herkunft, die zusah, wie er redete und redete, ohne selbst ein Wort zu sagen. Hinter der Theke aus Mahagoniholz ließ sie den ganzen Schwall über sich ergehen. Erst als Morgado seine Suada stoppte, um Luft zu holen, nahm Cecilia die Brille ab und schaute ihm direkt in die Augen, als würde sie nicht die Worte des Rechtsanwalts analysieren, sondern ihn selbst.

»Ich glaube ...«, sagte sie und hielt inne.

Morgado schwieg.

Es war, als hätte das Orakel von Cumae ihm seine prophetischen Dienste angeboten.

»Ich glaube, wir haben das Material, das Sie suchen. Sind Sie ein Freund von Harry?«

»Ja. Schon lange.«

»In guten wie in schlechten Zeiten, vermute ich.«

Das war ja ein richtiges Verhör.

»Ja, aber fragen Sie mich nicht, warum. Ich weiß es nicht. Wir haben bei verschiedenen polizeilichen Ermittlungen zusammengearbeitet, nicht immer einvernehmlich. Und das will was heißen in diesen Gefilden.«

Cecilia drehte ihm den Rücken zu und sah im Computer nach. »Er ist auch ein guter Freund von mir.«

»Immer wenn ich ein Problem habe, greift er mir unter die Arme«, erklärte er schließlich.

»So ist Harry: streng, aber gerecht. Hier ist die Information. Nehmen Sie diese Magnetkarte und gehen Sie den rechten Flur ganz hinunter. In den Keller.«

»Ist es ein Tresor?«

»So ähnlich. Es ist der Bereich der Bibliothek, bei dem

die Umweltbedingungen genau kontrolliert werden, um die Bücher und Manuskripte zu erhalten.«

»Spezielle Bedingungen, vermute ich.«

»Es ist eine sogenannte Nullzone: mit eigenem Luftzirkulationssystem und Partikelfiltern. Dort werden Sie sich umziehen müssen.«

Morgado nickte. »Wie in einem Science-Fiction-Film?«

Cecilia Puerto ließ ihn mehrere Dokumente unterzeichnen, die er nur überfliegen konnte.

»Ist das mein Testament?«, versuchte er zu scherzen.

»Nein, unsere Versicherung gegen Unfälle und Krankheiten. Vor zehn Jahren bekam ein Forscher eine Toxoplasmose der Atemwege und verklagte die Universität auf Schadenersatz.«

»Und hat er gewonnen?«

»Nein. Aber der Fall hat die Universität zwei Millionen Dollar gekostet. Sie haben drei Stunden, um die Zeitungen durchzugehen, die Sie haben wollten. Das Buch *Baja California und seine Menschen,* eine Spezialausgabe, wird Ihnen bei Ihrer Rückkehr zur Verfügung stehen.«

»Sie schließen um zwei Uhr nachmittags?«

»Der Keller ja. Machen Sie schon, verlieren Sie keine Zeit.«

Der Keller war in der Tat ein Science-Fiction-Szenario: Es gab eine Art Dekontaminierungsbereich, bevor man das Allerheiligste der Originaldokumente und vergilbten Zeitungen betreten durfte. Fünfzehn Minuten später gelangte Morgado mit Handschuhen und Mundschutz an einen Tisch, auf dem die Ausgaben von *La Voz de la Frontera* vom 20., 21., 22. und 23. Dezember 1963 und die vom *El Centro Chronicle* derselben Tage bereitlagen.

Morgado fing mit der mexikanischen Zeitung an.

Am 20. wurde eine Tour des Gouverneurs und seines Gefolges durch das Centinela-Gebirge angekündigt. Über acht Spalten hieß es: »Industrieinvestition für Baja California.« Und darunter: »Im Januar beginnen die Arbeiten an einem neuen Kraftwerk am Centinela.«

Das Foto zeigte Emilio Esquer mit zwei Gringos. Unter dem Foto stand nur: »Kalifornische Unternehmer unterstützen die nationale Industrie.«

Der 21. war das totale Chaos. Die Schlagzeile nahm fast die halbe Seite ein: »Gouverneur Esquer tot nach Herzinfarkt. Um 17.30 Uhr in El Centro. Er war in seinem Auto unterwegs«.

Morgado las den ersten Abschnitt. »Auf dem Weg nach El Centro, Kalifornien, fühlte sich Emilio Esquer, Gouverneur des Staates, plötzlich unwohl und bat seinen Chauffeur, ihn in ein Restaurant zu bringen, wo er einen Tee trinken wollte. Als der Chauffeur bemerkte, dass er das Bewusstsein verloren hatte, brachte er ihn ins Community Hospital der Stadt. Im Krankenhaus angekommen, war der Gouverneur bereits tot.«

Das war die offizielle, von der Regierung verbreitete Version, damit das Andenken an die »moralische Leitfigur des Volkes« keinen Schaden nahm.

Morgado nahm die amerikanische Zeitung, *El Centro Chronicle,* zur Hand und las die Nachricht: »Baja Govern Dies Here«. Er übersetzte den ersten Abschnitt: »Um 17.30 Uhr starb der Gouverneur Emilio Esquer an einem Herzstillstand an der Ecke Imperial Avenue und Fourth Street. Kurz zuvor hatte er seinem Chauffeur gesagt, er fühle sich nicht wohl. José Méndez, der Chauffeur und Leibwächter, fragte, ob er sich auf den Rücksitz legen wolle. Statt einer Antwort hörte er nur ein langes Stöhnen. Méndez hielt vor dem Palm Desert Motel und rief von einer Telefonzelle aus Doktor Edmundo Benavente an, den Vertrauensarzt des Gouverneurs. Das Personal des Motels, dem der Gesundheitszustand des Fahrzeuginsassen nicht verborgen geblieben war, verständigte den Notruf des County. Der Krankenwagen war in weniger als drei Minuten vor Ort und brachten den Gouverneur ins Community Hospital, wo er klinisch tot eintraf: Atem- und Herzstillstand. Der Chauffeur musste im Wagen bleiben und wurde von der Polizei verhört, die in der Zwischenzeit erfahren hatte, um wen es sich bei dem Verstorbenen handelte.«

Die amerikanische Zeitung brachte drei Fotos: eines auf der Titelseite, auf dem das Personal des Community Hospital zu sehen war, wie es sich über den Körper den Gouverneurs beugte, von dem man nur einen nackten Arm und einen Oberkörper voller Schläuche und Kanülen sah.

Die anderen beiden Fotos waren auf den Seiten drei und vier. Das erste zeigte das Auto des Gouverneurs vor dem Palm Desert Motel mit einer Menschentraube, die darauf deutete. Das zweite ein in ein Bettlaken gehülltes Mädchen. Unter dem Foto stand: »Hysterie wegen des plötzlichen Todes des Gouverneurs von Baja«.

Unten auf Seite vier ein kurzer Artikel: »Der Manager des Motels weist Behauptungen zurück, der Gouverneur hätte in seiner Anlage einen Bungalow gemietet. ›Das Auto hat dort angehalten. Das ist alles, was ich weiß.‹ Was die Aussagen der Zeugen angeht, die ein vermutlich minderjähriges Mädchen verwirrt schreiend aus einem der Bungalows haben kommen sehen, so streitet der Motelmanager dies ab: ›Da war ein

Mädchen, das anfing zu weinen, als der Krankenwagen kam und sie die Leiche des Mannes sah. Es war ein Nervenzusammenbruch. Nichts weiter.‹ Ein Krankenpfleger des Community Hospital, der anonym bleiben möchte, sagte, das Gesicht des Gouverneurs von Baja sei feuerrot gewesen, ›als hätte ihn eine Frau aus Wut oder Panik gekratzt‹. Die Polizei hat dies dementiert. Die Leiterin des Community Hospital, Leonor Walden, wollte uns gegenüber diesbezüglich keine Aussage machen.«

Morgado kehrte zu den mexikanischen Zeitungen zurück.

La Voz de la Frontera vom 22. Dezember war voller Todesanzeigen, von der Regierung, Baufirmen, Berufskammern, Gewerkschaften und Privatpersonen. Alle beklagten den Verlust und drückten der Familie ihr Mitgefühl aus.

»Eine Tragödie für Baja California.«

»Ein Mann mit reiner Weste, ein aufrichtiger Politiker.«

»Er hat stets dem Volk gedient, und jetzt verabschiedet sich das Volk voller Liebe von ihm.«

»Auf Wiedersehen, Compañero Esquer.«

»Ein Stern erlischt, ein Held wird geboren.«

»Baja California trauert.«

Aber es war nicht alles eitel Brüderlichkeit. Für die Politiker war der Gouverneursstuhl Kriegsbeute. Sie haben sich bestimmt gegenseitig weggebissen, um ihn zu bekommen, dachte Morgado.

Eine Spur dieses blutigen Kampfes zeichnete sich in verhüllter Form in der Ausgabe vom 22. Dezember ab.

»Der Regierungssekretär verhandelte gestern mit den verschiedenen Lagern der Partei zwecks Ernennung eines Ersatzgouverneurs. Im Gespräch sind Milton Castellanos und Roberto Arandel. Die Menschen in Baja California wissen, dass trotz ihrer Trauer das politische, soziale und wirtschaftliche Leben nicht stillstehen kann.«

Und wie das Leben weiterging, als sei nichts geschehen, konnte man an der Kolumne des Journalisten Eduardo Rubio ablesen: »Die Nachricht vom plötzlichen Tod unseres lieben Freundes, Ingenieur Emilio Esquer, haben die Einwohner Mexicalis überrascht und bestürzt zur Kenntnis genommen. Die Schulkinder wurden nach Hause geschickt, viele Geschäfte geschlossen. Aber die lokalen Radiosender haben ohne jeden Respekt ihr Programm fortgesetzt wie an einem ganz normalen Tag. Das ist unverzeihlich.«

Und am Ende eine erste versteckte Andeutung über die Gerüchte, die in ganz Mexicali herumgingen: »Ich bitte um Respekt gegenüber den Toten. Respekt gegenüber ihrem Amt und ihrem Andenken. Nur die schlimmsten Schandmäuler unserer Gesellschaft können den Hals nicht voll kriegen von Gerüchten und Verleumdungen. Es ist an der Zeit, zu schweigen. Für immer.« Für Morgado klangen diese Sätze wie eine Drohung. Er wollte noch mehr Artikel über den Tod des Gouverneurs suchen, aber da tauchte neben ihm ein junges Mädchen auf. *»It's closing time, Mister Morgado. Sorry.«*

Der Anwalt schaute auf die Uhr. Drei Stunden waren wie im Flug vergangen und das Jahr 1963 rückte wieder in weite Ferne. Wie ein Zeittunnel, dessen Ende sich in einem nicht mehr wahrnehmbaren Punkt verlor.

11

Er brauchte zehn Minuten zum Umkleiden, dann konnte er den Keller verlassen.

Auf dem Flur warteten Cecilia Puerto und ein junger Mann im Rollstuhl auf ihn.

»Wie wars, Señor Morgado?«, fragte die Bibliothekarin.

»Als sei ich in ein Mexicali voller Intrigen und Rätsel zurückgekehrt.«

»Haben Sie gefunden, wonach Sie gesucht haben?«

»Etwas. Zumindest die Presseberichte von beiden Seiten.«

»Und, waren sie unterschiedlich?«, fragte der Mann im Rollstuhl.

»Entschuldigung«, sagte Cecilia Puerto. »Miguel Ángel, ich möchte Ihnen Mario Martín vorstellen, den Direktor des Centro de Estudios Regionales der State University von San Diego. Ein Fachmann, was Regierung, öffentliche Verwaltung und Interessengruppen in Baja California angeht, und ebenso für Kunst und Kultur der Grenzregion.«

»Angenehm«, sagte Morgado und schüttelte ihm die Hand.

»Ceci sagte, Sie interessieren sich für die Zeit von Emilio Esquer.«

»Genau genommen für seinen Tod. Ich muss die Spreu vom Weizen trennen.«

Mario Martín musste über diese Redewendung lachen. »Sie meinen die Legende von der Wahrheit.«

»Ja. Sieht ganz so aus, als gäbe es in diesem Fall etwas viel Legende.«

»Ich lasse Sie allein, damit Sie sich ausführlich unterhalten können«, sagte Cecilia, ganz Gastgeberin, und sah Miguel

Ángel an: »Das Buch, das Sie haben wollten, ist in zehn Minuten fertig kopiert. Macht fünfundfünfzig Dollar.«

Morgado reichte ihr seine Kreditkarte. »Sie können es abbuchen.«

»Danke. Sie bekommen sie sofort zurück.«

Und dann sahen die beiden Männer Cecilia in die Büros der Bibliothek entschwinden.

»Eine außergewöhnliche Frau«, sagte Mario Martín.

»Sehr effizient und bemüht, Hilfesuchende wie mich zu unterstützen.«

»Gehen wir in mein Büro im Nachbargebäude. Wir müssen nur über eine Fußgängerbrücke. Dort kann ich Ihnen etwas Interessantes zu der Person sagen, in deren Fall Sie ermitteln.«

»Kann ich Ihnen irgendwie helfen?«

»Nein, das schaffe ich allein. Das hier ist meine Welt, ich kenne alle Wege, Abkürzungen und Labyrinthe.«

»Was hat Ihnen Cecilia über mich erzählt?«

»Dass Sie unbedingt wissen wollen, was am 20. Dezember 1963 in einem Motel in El Centro wirklich vorgefallen ist.«

»Und wissen Sie es?«

»Nein. Natürlich nicht. Aber ich versichere Ihnen, ich besitze zumindest ein Stück der Wahrheit. Ich bin Experte für diese Epoche der mexikanischen Geschichte und den industriellen Aufschwung.«

Ein paar Minuten später musste Morgado zugeben, dass Mario Martín ihm nicht zu viel versprochen hatte. Sie befanden sich im Centro de Estudios Regionales, das nur aus zwei Zimmern voller Bücher, Zeitschriften und Videos bestand, die Wände voll mit Postern von Chagall, Magritte, Escher und Monet.

Auf dem Computertisch lag eine Karte von Baja California aus dem Jahr 1963. Und darauf der Plan eines Kraftwerks mit Namen »Werk El Centinela. Bauherren: Esquer und Partner«. Und auf dem Plan wiederum lag ein notarielles Dokument, in dem die Namen der Partner der Promotora Esquer verzeichnet waren: Emilio Esquer, Vorsitzender der Gesellschaft und mit 50 Prozent der Aktien größter Teilhaber, Genaro Noriega, Geschäftsführer, 25 Prozent, Alfonso Brindisi, Vorstandsmitglied, 5 Prozent und Amalia Salivie Esquer, Vorstandsmitglied, 20 Prozent.

»Wenn Sie einen Mörder suchen, dann suchen Sie unter den Partnern«, sagte Mario Martín.

»Sie haben das schon getan, nicht wahr?«, fragte Morgado, der nicht glauben konnte, so leicht an das Dokument gekommen zu sein.

»Sie haben recht. Ich habe alle möglichen Ermittlungen angestellt, aber nichts. Keine kriminelle Verbindung. Die Promotora Esquer wurde nach dem Tod von Gouverneur Esquer wegen Unstimmigkeiten unter den Partnern aufgelöst. Das Kraftwerk wurde ein Jahr später von einer anderen Gesellschaft gebaut. Denken Sie daran, dass der Strom damals verstaatlicht wurde. Ich verstehe nicht, wie sie die Genehmigung von der Regierung bekommen haben. Es war ein privates Unternehmen, auch wenn die Partner hohe Posten in der Staatsregierung hatten.«

»Irgendetwas wird schon dabei herausgesprungen sein. Oder es waren Strohmänner eines ausländischen Unternehmens.«

»In all den Jahren ist die Angelegenheit nie wieder aufgetaucht. Es war ein Geschäft ohne Gewinn. Punkt. Aber es gibt einem zu denken, mein Freund, nicht wahr?«

»Viel. Aber ich sehe nicht ganz, in welche Richtung.«

»Sie werden schon herausfinden, wo diese Information hineinpasst. Tja, so ist die Ermittlungsarbeit: Geduld, Disziplin und viel, viel Glück.«

»Dann schenken Sie mir wenigstens ein vierblättriges Kleeblatt.«

Mario rollte zu einem Regal voller Videos und Schallplatten. »Ich werde Ihnen etwas Besseres geben: die offiziellen Filmaufnahmen der Regierung Esquer. Er hatte ein Jahr vor seinem Tod Laureano Martell, einen leidenschaftlichen Kameramann, angestellt, der seine Touren und Vorträge im ganzen Bundesstaat filmen sollte. Es sind etwa fünf Stunden Material.«

Morgado nahm das Video, als wäre es ein heiliger Gegenstand.

»Aber Sie müssen auch etwas beisteuern.«

»Was?«

»Das Popcorn«, sagte Mario Martín lachend hinter Morgados Rücken.

12

Zurück von der State University, beschloss Morgado, sich in den Balboa-Park zu setzen, um die Augen zu entspannen und die neuen Informationen zu verdauen. Auf einer Bank zwischen exotischen Blumen und Fahrrad fahrenden Mädchen dachte er über den Fortgang seiner Ermittlung nach. Während er das tat, hörte er im Geiste wieder die tuschelnden Stimmen seiner Kindheit, als befände er sich im Jahr 1963.

Was hatten seine Eltern gesagt? Worüber tuschelten seine Tanten indigniert, mit der Miene von Richtern, die über Leben und Tod entscheiden?

Das Bild der Politiker als Frauenhelden, Ehebrecher, die Frauen sexuell belästigten. Nein. Das war es nicht. Missbilligung, ja, aber es waren andere Zeiten. Plötzlich kam ein Satz aus dem Nichts: »Sie hat es verdient. Sich mit verheirateten Männern einzulassen, führt zu nichts Gutem.«

Und dann folgte leiser, boshafter: »So ist es ihr ergangen. Der Kerl auf ihr. Den Schreck wird sie nie vergessen. Stell dir mal vor, das Gewicht des leblosen Körpers.«

Das war der Anfang der Legende. Es gab viel Spott über die Mächtigen. Und zehn Jahre später die Kommentare der Klassenkameraden in den Vorbereitungskursen für die Universität: »Wie würdest du gerne sterben?«

»Wie Gouverneur Esquer: auf einer Alten, während man kommt. Wow.«

Und alle lachten, als sie sich die Szene vorstellten. Sogar mit sich selbst in der Hauptrolle.

Oder die Kommentare bei dem Friseur, zu dem sein Vater ihn mitnahm, zwischen Zeitung lesenden Männern und Kindern in seinem Alter, die ihnen die Schuhe putzten: »Die verdammten Weiber. Sie saugen alles aus einem heraus. Sogar das Leben. Wie bei dem armen Emilio.«

»Welcher Emilio?«

»Der Gouverneur. Erinnert ihr euch denn nicht? Er rackert sich ab und dann bekommt er, während er es ihr besorgt, einen Infarkt. Und anstatt ihm zu helfen, hat dieses Flittchen versucht, ihn loszuwerden. Sie hat ihm das Gesicht so zerkratzt, dass bei der Totenwache der Sarg nicht geöffnet werden durfte. Aus Scham.«

»Und was ist aus dem Mädchen geworden?«

»Weiß der Himmel.«

»Ich habe gehört, ein anderer Politiker hat ihr ein Haus gekauft.«

»Reines Gerede. Sag, würdest du mit ihr ins Bett gehen? Ich hätte Angst.«

Und er als kleiner Junge mittendrin – Batman in Gotham City, Chanok an den mexikanischen Stränden.

»Du bist dran, Junge. Setz dich dahin, wo gekehrt ist. Wie möchtest du es haben? Bubikopf? Ja? Gut.«

»Wie ich schon sagte, ein Pechvogel.«

»Sie ist Lehrerin, heißt es, soll in einer kleinen Grundschule in der Ebene unterrichten.«

»Wie auch immer, sie ist fürs Leben gezeichnet.«

»Und Don Emilios Frau?«

»Die Señora ist ein anderes Kaliber. Sehr würdig. Sehr eigen. Eine gute Ehefrau und eine noch bessere Witwe. Jetzt lebt sie auf der anderen Seite, glaube ich, in San Diego.«

»Glaubst du, sie hat nichts mitbekommen?«

»Klar hat sie das, aber was blieb ihr anderes übrig, als beide Augen zuzudrücken. Er war ein hohes Tier, ein Kampfhahn. Erinner dich, wie er Braulio gegenübertrat und ihn aus dem Land werfen ließ mit allen anderen und seinen gefürchteten *chemitas.*«

»Erzähl mir nichts von diesen Mistkerlen.«

»Er war knallhart.«

»Das weißt du – und die kleine Lehrerin.«

Gelächter im ganzen Friseursalon.

Morgado holte die Kopien von *Baja California und seine Menschen* aus einem Umschlag. Es war eher ein Jahrbuch als ein Porträt der Region und enthielt Fotos der wichtigsten Politiker, Unternehmer und Meinungsführer aus dem Jahr 1962. Lobhudelnde Biografien von jedem. Staatsmänner in typischen Posen, Bronzefiguren. Der Eintrag zu Emilio Esquer war ausführlich: ganze zwei Seiten, samt Auflistung der öffentlichen Ämter und Auszeichnungen.

Er war Staatsdiener, aber auch Vorsitzender von mehr als zehn Vereinen gewesen, angefangen vom Haus für Kinder in Not bis hin zum Lions Club, Schirmherr bei den Fiestas de Octubre, im Bauernverband von Mexicali und im Country Club. Außerdem Ehrenmitglied der Chinesischen Vereinigung von Baja California, Präsident auf Lebenszeit der Ingenieurskammer, Berater der Nationalen Kammer für Handel und Wirtschaftsförderung.

Morgado suchte im Index die Namen der Mitglieder der Promotora Esquer. Ja, da waren sie. Alfonso de María Brindisi war der persönliche Sekretär von Emilio Esquer. 1962 war er erst fünfundzwanzig Jahre alt, aufstrebend. Und seine fünf Prozent sollten wohl lediglich verschleiern, dass die Firma ganz in den Händen seines Chefs lag. Der Nächste war Genaro Noriega, Bundesabgeordneter. Mit kleinen Ämtern unter der Regierung von Braulio Maldonado. Eine ganz schöne Karriere für die damalige Zeit. Er wirkte auf Morgado wie ein politischer Manipulator, ein Unterhändler, der sich in allen Gesellschaftsschichten der Grenzregion bewegte. Und der einen Gefallen mit einem Gefallen belohnte. Das Gesicht eines verschlagenen Mannes, der weiß, was er will und wen man kaufen muss, um es zu bekommen. Ein Gewissensprüfer, der den erforderlichen Preis festlegte, damit man sich seinem Willen beugte. Wo er das Geld herhatte? Bestimmt nicht aus seiner eigenen Tasche. Er war nur ein

Mittelsmann. Ein Laufbursche. Und kassierte gut für seine Dienste. Ob er in dem Streit zwischen Braulio Maldonado und Emilio Esquer vermittelt hatte? Auf welcher Seite er wohl gestanden hatte? Eines war klar: in erster Linie auf seiner eigenen.

Morgado wollte die Seiten in den Umschlag zurückstecken, aber ein zusammengefaltetes Blatt machte das unmöglich. Er holte es heraus und faltete es auseinander. Es war die Kopie eines Zeitungsausschnitts mit einem Post-it von Cecilia Puerto: »Wie Sie sehen, Señor Morgado, lässt *Baja California und seine Menschen* die Frauen außen vor. Damals zählten wir nicht. Deshalb füge ich ein kleines Souvenir hinzu: eine Notiz über Laura Soberanes de Noriega. Ich dachte, es könnte Sie vielleicht interessieren.«

Es war natürlich aus den Gesellschaftsnachrichten: »Die bezaubernde Laura Soberanes feiert ihren Geburtstag. Freunde und Angehörige von Laura Soberanes de Noriega trafen sich in einem exklusiven Restaurant in Mexicali. Das Geburtstagskind, schön und strahlend wie eine Frühlingsblume, wurde mit einer Überraschungsparty im Salon-Restaurant des Kasinos von Mexicali geehrt. Die Party wurde organisiert von ihrem geschätzten Ehemann, Genaro Noriega. Für Unterhaltung sorgten das Trio Los Panchos und El Mariachi Guadalajara mit ihren schönen Boleros und feurigen Liedern und Corridos. Unter den Ehrengästen waren auch der Gouverneur Emilio Esquer und seine schöne, stets elegante Gattin Amalia. Es feierten die prominentesten Damen und ihre Ehemänner. Ein rauschendes Fest im Mondlicht! Natürlich hat Laura mir ein kurzes Interview gegeben. Sie präsentierte sich fröhlich und aufgekratzt wie immer. ›Im Kreis meiner Freunde fühle ich mich pudelwohl‹, sagte sie zu uns. In dem ihr eigenen Überschwang zeigte sie uns das Perlen- und Diamantcollier des Galans ihres Herzens, der – denken Sie nichts Schlechtes – niemand anderes ist als ihr über alles geliebter Ehemann. ›Er hat mir gesagt, wir fahren an diesem Wochenende nach Las Vegas, und dann reisen wir zu den Niagarafällen.‹ – ›Wie ich Sie beneide. Im positiven Sinne. Zu lieben, ist das Beste, das uns passieren kann‹, sagte ich zu ihr. ›Zu lieben und geliebt zu werden‹, erwiderte sie. Und damit möchte ich mich verabschieden. Und wenn Sie weitere Gesellschaftsnachrichten haben oder weitere Feste, hier bin ich, Ihre alte Freundin Blanca Barreiro, das Vergissmeinnicht.«

Die Zeitungsnotiz war vom 25. Oktober 1963. Morgado wusste nicht, was er mit dem Ausschnitt anfangen sollte. Das war das Mexicali der damaligen Zeit. Frivolität und schneller Reichtum. Feste und Scheinunternehmen. Mächte im Dunkeln und Tänzchen im Mondlicht. Ein Molotowcocktail, mit Sicherheit. Kurz vor der Explosion.

13

Es war schon dunkel, als Morgado den Sportwagen in der riesigen Garage der Salivies abstellte und langsamen Schrittes ins Haus ging. Celina stellte ihm ungefragt ein Abendessen mit kaltem Braten und Baguette hin. »Señora Bertha wartet im Arbeitszimmer auf Sie.«

Morgado nahm ein Bier aus dem Kühlschrank und öffnete es. »Ich komme gleich. Ich muss erst duschen.«

Das warme, auf Kopf und Schultern prasselnde Wasser holte ihn in eine nähere und konkretere Wirklichkeit zurück: die seines Körpers, der nach all der Anspannung protestierte.

»Du brauchst Hilfe? Zumindest habe ich so etwas gehört.«

Berthas Stimme. Ein nackter Körper, der durch den Dampfvorhang kam und sich an ihn klammerte wie an einen Fels in der Brandung.

»Ich brauche Mut, um mich weiterhin da einzumischen, wo man mich nicht gerufen hat.«

Bertha küsste ihn sanft auf den Hals: »Ich habe dich gerufen. Es ist ja nicht dein Problem.«

»Jetzt schon. Du hast mich gewaltsam angeheuert. Ich habe schon mit Harry gesprochen.«

»Tut mir leid.«

»Es tut dir nicht leid. Und jetzt stecke ich mit drin, weil ich wissen will, warum der Tod deines Vaters vor so vielen Jahrzehnten dich und mich so berührt, warum er weiterhin Morde und Abrechnungen provoziert. Es ist eine unendliche Geschichte.«

Bertha streichelte seine Brust und seifte sie dann ein. »Vergiss es. Vergiss es für heute.«

»Kannst du vergessen, dass dein Vater weg ist?«

»Manchmal. Für ein paar Augenblicke.«

»Wie jetzt?«

»Ja. Ja.« Ihre Hände berührten seinen Penis. Sie verharrten dort. Dann folgten ihre Lippen dem Weg der Hände.

»Was machst du da?« Eine rhetorische Frage. Sie atmete tief ein.

»Dich aufmuntern, Darling. Dafür sind wir Damen der Gesellschaft doch da.«

Das heiße Wasser prasselte weiter auf beide herunter. Wie

ein Vorhang, der sie von der Welt abschottete und sie in einer anderen, weniger feindlichen und bedrückenden Wirklichkeit zur Ruhe kommen ließ.

14

In dieser Nacht konnte Morgado nicht schlafen; das Rauschen des Meeres schien wie ein Raunen aus der Tiefe.

»Woran denkst du?« Schlaftrunken und besorgt wollte Bertha wissen, was ihn um diese Zeit so beunruhigte.

»An die Toten. Ich habe so viele gesehen.«

»Und?«

»Weißt du, ich glaube nicht an Himmel und Hölle. Daran, dass wir unsterbliche Seelen haben, die den Körper verlassen und in das Licht oder die Dunkelheit fliegen.«

»Ich auch nicht. Und was soll das jetzt?«

»Wenn dein Vater dabei starb, während er mit einer Frau schlief, dann war das eine tolle Art, zu sterben. Lust und Schmerz zugleich.«

»Und dann das Nirwana. Willst du das sagen?«

Morgado richtete sich im Bett auf. »Nein. Was ich sagen will, ist, er hat das Paradies hier gehabt, auf Erden. Das Paradies, das uns gewährt ist, wenn wir eine geliebte Frau in unseren Armen halten, wenn wir in ihr sind und ihr gehören.«

Bertha nickte. »Du sprichst von der geliebten Frau, aber das kann man im Fall meines Vaters nicht wissen. Vielleicht war er geil auf sie, aber er hat sie nicht geliebt. Nenn es schlicht und ergreifend Leidenschaft. Trieb, wenn du so willst. Ein knackiger Hintern, sonst nichts.«

Morgado war wie gelähmt. Nicht wegen Berthas Worten, sondern wegen des Tons ihrer Stimme. Ein Stück Wahrheit war gegen seine Spekulationen geprallt und hatte sie zersprengt.

»Du kanntest sie, stimmts?«, stammelte er.

Bertha versuchte sich wegzudrehen, aber Morgado hielt sie fest. »Sag es mir.«

Bertha fühlte sich unwohl. Gefangen in ihrem eigenen Spiel. »Schon gut. Ja, ich habe sie kennengelernt.«

»Erzähl! Bitte.«

Bertha schlang wieder die Arme um ihn. »Es war ein Gefallen, den ich meiner Mutter getan habe. Kurz bevor sie starb.«

»Wann war das?«

»Oje, wenn ich das wüsste!«

Morgado war nicht nach Ausflüchten zumute. »Komm schon, denk nach. Keine Hintertürchen.«

»Schon gut. Das war vor ungefähr zwanzig Jahren. Meine Mutter hat das Erdbeben 1985 in Mexico City miterlebt, und das hat sie sehr mitgenommen. Sie ist aus dem Haus gerannt und hat sich dabei an der Schulter verletzt. Weil der Schmerz trotz starker Medikamente auch nach Wochen noch angehalten hat, hat sie einen Spezialisten aufgesucht. Der hat alle möglichen Untersuchungen angestellt und herausgefunden, dass sie Knochenkrebs hatte. Keine sechs Monate später war sie tot.«

»Was geschah damals?«

Bertha atmete tief durch und strich Morgado übers Haar, als ob jene Tage tumultartig auf sie einstürmten und als schmerzte es sie, alle Einzelheiten wieder vor Augen zu haben.

»Sie hat mich um einen Gefallen gebeten. Einen Monat bevor sie gestorben ist, hat sie mich an ihr Bett gerufen und mir den Namen und die Adresse von der Frau gegeben. ›Triff dich mit ihr‹, hat sie gesagt, ›ich will, dass du mit ihr sprichst.‹«

»Und du bist sofort hin.«

»Natürlich nicht! Ich habe mich geweigert, aber meine Mutter hat darauf bestanden.«

»Deine Mutter war stur.«

»Genau wie ich. Aber ich konnte es ihr nicht abschlagen. Das Mädchen war inzwischen eine gestandene Frau. Sie war, damit du was zu lachen hast, Disziplinpräfektin an einer gemischten Grundschule. Wenn sich jemand in der Pause danebenbenahm, hat sie es dem Schuldirektor gemeldet.«

»Wie bist du an sie rangekommen?«

»Ich habe sie überrascht. Als sie aus der Schule kam.«

»Hast du ihr gesagt, wer du bist?«

»Ja. Aber es war schwer, sie dazu zu bringen, mich zu begleiten.«

»Warum?«

»Zu Anfang hat sie abgestritten, etwas damit zu tun zu haben. Sie hat gesagt, ich würde mich irren. Sie wäre das nicht. Ich solle sie in Frieden lassen oder sie würde die Polizei rufen.«

»Wie hast du sie überzeugt?«

»Ich habe sie nicht überzeugt. Sie hat mich zum Teufel geschickt. Das wars dann.«

»Keine Erklärungen?«

»Doch. Aber nicht bei der Gelegenheit.«

Morgado sah Bertha misstrauisch in die Augen. »Wie oft hast du sie denn gesehen?«

»Nur zweimal. Lass es mich auf meine Art erzählen.«

»Schon gut …«

»Am nächsten Tag hab ich wieder auf sie gewartet, dieses Mal in Begleitung.«

»Polizei?«

»Nein. Zwei Bodyguards.«

Morgado konnte es nicht glauben. »Du hast sie entführt? So etwas hast du gemacht?« Er war sprachlos.

»Ja, hab ich. Nur für zwei Stunden. Und es ist ihr nichts passiert, das schwöre ich dir. Wirklich, Darling. Wir haben sie nur in einen Wagen verfrachtet und sind mit ihr durch die Stadt gefahren.«

Morgado konnte nur den Kopf schütteln über die Art, wie man sich in der Provinz über die Gesetze hinwegzusetzen pflegte. »Wie seid ihr vorgegangen? Keule oder Wüste?«

»Nur weibliche Überredungskunst.«

»Und hast du ihr geglaubt, was sie erzählt hat?«

»Ja. Es war ein Gespräch unter vier Augen. Ich habe ihr erklärt … na ja, ich hab ein bisschen gelogen. Ich hab gesagt, ich sei Emilios Tochter und todkrank. Ich wollte meine Mutter da nicht mit hineinziehen. Anfangs hat sie alles abgestritten. Als sie dann ein paar Züge meines Vaters an mir wiedererkannt hat, wurde sie weich.«

»Sag schon, was hat sie dir erzählt?«

»Es war ein Gespräch von Frau zu Frau. Mein Vater war ihr erster Liebhaber gewesen. Und weißt du, wie sie in den Armen meines Vaters gelandet ist? Man hat sie ihm zum Geburtstag geschenkt. Sie war damals Lehramtsstudentin für die Grundschule und man hat ihr eine Stelle in der Stadt angeboten, einen sicheren Arbeitsplatz nach Abschluss des Studiums. Ihre Mutter hat sofort eingewilligt. Für beide ist es eine Ehre gewesen, dass der Gouverneur sie zur Frau gemacht hat.«

»Sie wusste nicht, wo sie gelandet war.«

Bertha konnte nicht weitersprechen. Sie schwieg und ihre Augen füllten sich mit Tränen. Morgado drückte sie fest an sich und tätschelte ihren Rücken. Er konnte sich Esquers Forderungen, das grenzenlose Machtspiel vorstellen.

»Es war nur Leidenschaft, Lust, zu vögeln«, flüsterte Bertha. »Das war alles, was mein Vater für dieses arme Mädchen übrighatte.«

»Bist du noch wütend auf sie?«

»Auf sie? Nein. Eher auf meinen Vater. Als sie mir von ihren Erfahrungen mit ihm erzählt hat, hat sein Bild Kratzer bekommen.«

»Dein Bild von ihm hat sich verändert.«

»Das musst du dir mal vorstellen, Darling. Er kam immer spät nach Hause und hat mir, nach allem, was er getrieben hatte, einen Gutenachtkuss gegeben.«

»Private Laster, öffentliche Tugenden.«

»Wir alle führen ein Doppelleben, aber bei den Politikern ist es ein Dreifach- oder Vierfachleben.«

»Hast du noch mehr rausgefunden?«

»Über den Tag, an dem mein Vater starb, hat sie nur erzählt, José, der Chauffeur, hätte ihr gedroht, sie solle bloß den Mund halten, sonst würde man sie töten. Als die Ärzte meines Vaters eingetroffen sind, hat einer ihr ein Beruhigungsmittel gegeben. An mehr kann sie sich nicht erinnern. Na ja, nur an das, was ihre Mutter ihr am nächsten Tag erzählt hat. Ein gut gekleideter junger Mann soll sie nach Hause gebracht haben.«

»Hat er seinen Namen genannt?«

»Ja. Alfonso Brindisi, der Privatsekretär meines Vaters.«

»Ich hab von ihm gehört. Lebt er noch?«

»Ja. In Tijuana, glaube ich. In irgendeinem Notizbuch müsste ich seine Adresse und seine Telefonnummer haben. Jetzt ist er Rechtsanwalt.«

»Du gibst sie mir später, ja?«

»Ich hab dir schon so viel gegeben, was willst du denn noch?«

Der beleidigte Ton in Berthas Stimme brachte ihn zum Lachen. »Und all das hast du dann deiner Mutter erzählt?«

»Zumindest ist sie so in Frieden mit sich und mit meinem Vater gestorben.«

»Und du, Bertha? Hast du Frieden mit deinem Vater geschlossen?«

Sie schluckte. Ihre rechte Wange zuckte. »Noch nicht. Deswegen habe ich dich aufgesucht.«

»Warum nicht lieber einen Spürhund?«

»Weil ich nur mit Menschen ins Bett gehe, Darling. Und auch wenn viele meiner verheirateten, verwitweten oder geschiedenen Freundinnen das Gegenteil behaupten, ich glaube immer noch, dass der Intelligenzquotient eines Mannes ein wenig höher ist als der eines Hundes, auch wenn ich zugeben muss, dass es beim Geschlechtstrieb keinen großen Unterschied gibt.«

»Danke für das Kompliment.«

»You're welcome.«

Morgado war immer noch unruhig, es machte ihm Sorgen, dass so viele Puzzleteile fehlten oder nicht zusammenpassten.

»Bertha, bitte schlaf noch nicht.«

»Was kann ich noch für dich tun, Großinquisitor?«

»Du hast nie den Namen des Mädchens erwähnt.«

»Seltsam, nicht? Sie lebt in Mexicali als pensionierte Lehrerin und heißt Lupita Zendejas.«

»Ich muss mit ihr sprechen.«

»Schau ins Telefonbuch. Da müsste sie drinstehen. Sie hat nie geheiratet, ihr Name hat sich nicht geändert.«

Morgado nickte mit halb geschlossenen Augen.

Berthas Atem auf seiner Brust war einlullend, wie ein Wiegenlied für schnüffelnde Anwälte, herrenlose Hunde.

15

Morgado passierte die Grenze nach Mexiko, ohne dass ihn jemand argwöhnisch ansah. Er fuhr ohne Zwischenfälle nach Tijuana, *»la horrible«*, wie sein guter Freund Humberto Félix Berumen die Stadt zu nennen pflegte. Niemand schoss auf ihn, als er an der ersten roten Ampel hielt. Kein Auto war hinter ihm her. Morgados Verfolgungswahn legte sich allmählich, als er in das Río-Viertel hineinfuhr. Auf dem Parkplatz des Restaurant Victor's wartete auf ihn ein sechzigjähriger Mann, der sich gut gehalten hatte, mit Anzug, Krawatte und Flanellhut. »Licenciado Miguel Ángel Morgado?«

»Der bin ich. Alfonso de María Brindisi?«

»Nennen Sie mich doch einfach Alfonso.«

»Gut.«

Der Mann nahm langsam den Hut ab, streckte rasch, aber sehr förmlich die Hand aus und setzte dann den Hut wieder auf. »Es ist kalt heute, und dabei ist dieser Winter gar nicht so extrem.«

»Ganz gleich, in welchem Monat ich nach Tijuana komme, mir ist hier immer kalt«, gestand Morgado.

»Ich hatte ganz vergessen, dass Sie aus Mexicali kommen. Ein paar Wölkchen am Himmel, und schon werden alle hysterisch, nicht wahr?«

»Sonne ist Leben und Hitze das einzig angenehme Klima.«

Brindisi wählte den verstecktesten Tisch des Restaurants. »Das ist ein guter Platz. Man kann sehen, wer kommt und geht.«

»Warten Sie noch auf jemanden?«

Don Alfonso nahm eine Karte vom Tisch und hielt sie schützend vor das Gesicht. »Man muss immer auf der Hut sein. Haben Sie *Der Pate* nicht gesehen?«

Morgados alte Freundin, die Paranoia, war schlagartig wieder da und veranlasste ihn, die anderen Gäste unter die Lupe zu nehmen. Er konnte nichts Ungewöhnliches entdecken. Keine erkennbare Gefahr. »Fürchten Sie etwas? Ein Attentat auf Ihr Leben?«, fragte er Brindisi.

»Ich bin Rechtsanwalt mit einigen sehr wichtigen, noch unabgeschlossenen Fällen. Und Tijuana ist die Stadt mit den meisten toten Anwälten pro Jahr. Also bin ich lieber vorsichtig, als dass ich als Kreideumriss auf dem Pflaster ende.«

Morgado nickte. »Dann ist es also nicht, weil Sie sich mit mir treffen?«

Brindisi nahm einen Schluck Wasser und schüttelte den Kopf. »Ha! Natürlich nicht.«

»Ich dachte, Sie verhielten sich so, weil …«

»Aber, Herr Kollege, ich bin hier auf die persönliche Bitte der Tochter eines meiner großen Lehrmeister, des verstorbenen Emilio Esquer.«

»Ich danke Ihnen.«

»Und ein so bedauernswerter Tod wie der seinige, der vierzig Jahre zurückliegt, kann mir keine Kopfschmerzen bereiten.«

Morgado sah ihn neugierig an. »Was bereitet Ihnen dann Kopfschmerzen?«

»Ein paar meiner Mandanten sind Leute, die Geschäfte machen, welche, sagen wir, wenig legal sind. Sie zahlen gut, wenn sie schnell aus dem Gefängnis draußen sind. Und sie zahlen noch besser, wenn sie es erst gar nicht betreten müssen.«

»Aber sie zahlen schlecht, wenn ihnen das Urteil nicht passt.«

»So ist es. Diese Leute verstehen nicht, dass die Juristerei kein Uhrwerkmechanismus ist, dass es Unwägbarkeiten gibt, Dinge, die man nicht in der Hand hat, ganz gleich, was für ein Staranwalt man ist. Verstehen Sie meine Situation?«

»Ich verstehe Sie und ich hoffe, Sie kommen bei Ihren wütenden Mandanten mit einem blauen Auge davon.«

Don Alfonso lächelte gezwungen, überzeugt, dass Morgados Worte eben nur das waren: Worte.

»Man hat mir gesagt, das mexikanische Essen hier sei exzellent.«

»Das stimmt. Bestellen Sie, Kollege, ich habe Magenprobleme. Ich werde nur einen Caesar's Salad nehmen.«

Sie aßen hastig, jeder mit seinen Problemen beschäftigt. Bei Kaffee und Nachtisch kamen sie auf das Thema zurück, wegen dem sie sich im Victor's getroffen hatten.

»Sagen Sie mir, was ich für Sie tun kann.«

»Erinnerungen, Ihre«, erwiderte Morgado im Telegrammstil.

»Ich habe viele Erinnerungen, sagen Sie mir, welche.«

»Die vom 20. Dezember 1963.«

Brindisi fuhr sich mit der Hand über das Gesicht, als wollte er die Erinnerung verscheuchen. Um seine Augen tauchten mehr Falten auf. »Einer der schlimmsten Tage meines Lebens.«

»Kann ich mir denken. Wann hatten Sie den Gouverneur zuletzt gesehen?«

»Nach dem Essen. Er hatte mich zum Essen zu sich nach Hause eingeladen.«

»War das üblich?«

»Ja. Bei ihm konnten wir freier über die Probleme der Regierung und mögliche Lösungen reden.«

»Sie haben also gegessen und diskutiert. Über welche Probleme? Welche Lösungen?«

Don Alfonso rieb sich die müden Augen. »Ich weiß es nicht mehr ganz genau, aber ich bin mir eigentlich ziemlich sicher, dass der Gouverneur sich in den letzten Tagen seines Lebens mit einem Vertrag mit Unternehmern aus den Vereinigten Staaten beschäftigt hatte. Es ging um die Inbetriebnahme eines Kraftwerks.«

»Am Cerro Prieto?«

»Nein. Das war zehn Jahre später. Hier ging es um etwas anderes. Seine Gesellschaft, die Promotora Esquer, hatte einen sehr hohen Kredit aufgenommen. Plötzlich kriegten die Amerikaner Bedenken und legten ihm alle möglichen Steine in den Weg. Daraufhin haben sich die Mitglieder der Bundesstrombehörde aufgeregt. Sie bezichtigten den Gouverneur, als Strohmann zu fungieren. Er war sehr betroffen, denn er war sicher, dass dieses Projekt viele Devisen nach Mexiko bringen würde. Er war seiner Zeit voraus. Er wollte den Gringos Strom verkaufen, was die Bundesstrombehörde dann zehn Jahre später getan hat. Deswegen war er an jenem Abend wütender als sonst.«

»Betroffen, wütend. Hat er deswegen den Herzinfarkt bekommen?«

»Das glaube ich nicht. Er war ein athletischer Mann. Und er hatte sich erst drei Monate zuvor komplett durchchecken lassen. Aber Herzkrankheiten sind heimtückisch. Er hatte gern Sex, wann immer sich ihm die Gelegenheit bot. Das will ich nicht abstreiten.«

Morgado beschloss, ein wenig Druck zu machen. »Es heißt, Sie hätten ihm die Mädchen beschafft, Sie …«

Don Alfonso fuchtelte mit der Hand. »Es heißt! Es heißt! Natürlich habe ich das, ich und jeder Arschkriecher, der dazu in der Lage war. Und nicht nur Mädchen, die gerade vom Lande gekommen waren. Mehr als einer hat Don Emilio Esquer seine Tochter oder seine Frau zu Füßen gelegt, um sich bei ihm einzuschmeicheln, um Vorteile und öffentliche Posten zu bekommen. Wir waren keine kleinen Jungen, die Machtspielchen spielen, so wie die heute. Wir waren eine Rotte echter Kerle. Wir haben niemandem Rechenschaft abgelegt. Außer natürlich dem Präsidenten und seinen Ministern. Noch etwas?«

»Und nach dem Essen?«

»Nichts. Ich ging meines Weges und er seines.«

»Aber Sie wussten, was der Gouverneur vorhatte?«

»Er wollte Spielzeug für seine Tochter kaufen, die aktuelle Lady vögeln und nach Mexicali zurückfahren und schlafen.«

Morgado zog aus einem Umschlag das Foto mit dem halb nackten Mädchen, das sich vor dem Motel von El Centro die Hände vors Gesicht hielt.

»Kannten Sie sie?«

Brindisi nickte amüsiert. »Nettes Foto.«

»Lupita Zendejas. Minderjährig. Lehramtsstudentin. Wie kam sie in das Motel?«

Don Alfonso sah ihn misstrauisch an. Er nahm den Hut ab und strich die wenigen übrig gebliebenen Haare glatt. »Ich dachte, Sie würden die ganze Geschichte kennen«, sagte er schließlich.

»Nicht die ganze. Diese nicht.«

»Das Mädchen war zwar nicht meine Empfehlung, ich fand sie aber in Ordnung. Sie war vertrauenswürdig.«

»Man konnte ihr vertrauen und dann hat sie dem Gouverneur das Gesicht zerkratzt?«

Don Alfonso rückte ein wenig zurück. »Lupita Zendejas zolle ich großen Respekt. Jede andere hätte ihre Geschichte dem erstbesten Journalisten erzählt, der ihr über den Weg gelaufen wäre, aber nicht sie. Ein feines Mädchen. Sie hat sich zum Wohle aller geopfert.«

»Der Regierung oder der ganzen Gesellschaft?«

»Versuchen Sie nicht, ironisch zu sein. Wissen Sie, was es heißt, in einem großen Dorf wie dem damaligen Mexicali Hure genannt zu werden? Man braucht ziemlich viel Mumm, um diese Art üble Nachrede durchzustehen. Lupita hat das ausgehalten, ohne schwach zu werden. Respekt.«

Morgado akzeptierte den Tadel. Im Grunde hatte Don Alfonso recht: Lupita Zendejas war die Monica Lewinsky einer weit weniger liberalen Zeit als dem heutigen Mexicali, dem aktuellen Mexiko. Also änderte er seine Taktik und ging wieder zum Angriff über. »Wer hat Sie vom Tod des Gouverneurs unterrichtet?«

»Doktor Benavente. Edmundo Benavente. Er war einer der drei Ärzte, die sich um die Gesundheit des Gouverneurs kümmerten. Einer der Ersten, die im Krankenhaus von El Centro eingetroffen sind. Er konnte nichts mehr für unseren Chef tun. Als ich es erfahren habe, bin ich sofort nach El Centro gefahren. Zuerst in das Motel.«

»Dann wussten Sie, welches es war?«

»Er hat immer dasselbe genommen. Außerdem hatte ich mich mit der Polizei von der anderen Seite in Verbindung gesetzt, und sie haben uns geholfen, die Neugierigen fernzuhalten.«

»Und das Mädchen aus dem Schussfeld der Presse. Wenn auch nicht ganz.«

»Nein. Nicht ganz. Dieses Foto, zum Beispiel. Und ein paar Nachrichten in den Zeitungen der Gringos. Auf unserer Seite hat sich niemand getraut, den Skandal zu veröffentlichen. Ein Gouverneur, der stirbt, während er eine Frau besteigt. Es wäre reiner Selbstmord gewesen. Die Amis haben das Thema nur am Rande gestreift. Auch wenn die Hauptstädter es nicht glauben, wir an der Grenze pflegen ein gutes nachbarschaftliches Verhältnis, wir ziehen an einem Strang, wenn die Umstände es erfordern. Wenn Sie wüssten, wie vielen Gringo-Politikern wir bei ähnlichen Sachen den Rücken freigehalten haben. Eine Hand wäscht die andere.«

»Und die überregionalen Zeitungen?«

»Ha! Das waren noch andere Zeiten als heute, wo es fast nur noch Schwätzer und schmutzige Wäsche gibt. Damals hat uns die Presse aus der Hand gefressen, oder es ging ihr an den Kragen.«

Morgado erinnerte sich, dass 1961 eine Reihe linker Journalisten in geheimen Gräbern in der Laguna Salada verschwunden waren. Einen Journalisten hatte man in einem Hotel in Tijuana mit Eisenrohren zu Tode geprügelt. Vor aller Augen.

Als warnendes Beispiel für die Zunft der Zeitungsschreiber. Wie hatte der Journalist nur geheißen?

»Machen Sie nicht dieses ›Ich erinnere mich gleich‹-Gesicht. Sie denken an Antonio Sastré, den ermordeten Journalisten«, schleuderte ihm Don Alfonso entgegen.

»Von einem Polizisten in Zivil, nicht wahr?«

»Von einem Polizeianwärter, der uns einen Gefallen tun wollte und uns eine blutüberströmte Leiche beschert hat. Es hat uns Zehntausende von Pesos gekostet – ich meine, damalige Pesos, als der Dollar bei 12.50 Pesos stand – allein für die Witwe und die hartnäckigen Journalisten. Aber wir hatten nichts damit zu tun. Manchmal wollen die Hunde sich gut mit ihrem Herrn stellen und machen alles falsch.«

»Kommen wir auf den 20. Dezember zurück. Was haben Sie dann getan?«

»Ich habe Lupita in das Auto von Doktor Benavente gesetzt, den Bungalow gereinigt und bin dann nach Mexicali zurückgefahren, um mit dem Kabinett zu sprechen. Von dort haben wir die amerikanischen Behörden angerufen und sie gebeten, die Formalitäten zu beschleunigen, sodass die Totenwache noch am selben Abend stattfinden konnte. Sie haben sofort zugestimmt und auf die Autopsie verzichtet. Die Leiche wurde in einem Taxi versteckt nach Mexicali gebracht.«

»Hört sich an wie eine Horrorgeschichte.«

»Horror für mich. Ich musste die Leiche im Kofferraum verstauen.«

»Haben Sie sein Gesicht gesehen?«

»Ja. Ich habs gesehen.«

»Wie sah es aus?«

»Es war … es hatte einen schrecklichen Ausdruck …

schmerzverzerrt … der Mund verzogen und hervorquellende Augen.«

»Und die Kratzer?«

»Wenn ich Ihnen sagte, ich habe keine Kratzer gesehen, würden Sie mir glauben?«

»Nein.«

»Na, das ist mir doch egal: Ich habe in seinem Gesicht keinen Kratzer gesehen, aber seine Brust war voller blauer Flecke, als hätte man ihn ein paarmal geschlagen.«

»Von den Wiederbelebungsversuchen im Krankenhaus?«

»Oder weil Lupita ihn von sich runtergestoßen hat.«

Morgado bestellte noch Kaffee nach. »Warum ist sie halb nackt aus dem Hotel gerannt?«

Don Alfonso entspannte sich für eine Sekunde. Als würde die Befragung jetzt aus der Gefahrenzone herauskommen und er besser kontern können. »Weil man sie beschuldigen würde, am Tod eines wichtigen Politikers schuld zu sein, und sie alles verlieren würde, was wir ihr versprochen hatten. Glauben Sie nicht, das reicht, damit eine Frau, na ja, ein junges Mädchen, nackt auf die Straße läuft, losheult und schreit?«

»Hat sie das?«

»Dieser Trottel von José, der Chauffeur, las im Auto gerade einen Comic oder so. Als er die Schreie gehört hat, hat die Frau schon gegen die Autotür geschlagen.«

»Schade, dass es davon keine Fotos gibt.«

Brindisi lachte und zeigte seine perfekten Zähne. »Gibts schon, aber die sind nie aufgetaucht.«

Morgado sah das triumphierende Lächeln hinter dem gehetzten Blick. »Sie hatten alles unter Kontrolle, nicht wahr?«

»Das war meine Aufgabe: die Form zu wahren.«

»Um den Schaden möglichst klein zu halten.«

»Den dokumentierten, ja. Aber Gerüchte verbreiten sich in Windeseile. Die kann man nicht aufhalten. Die Leute haben angefangen herumzuerzählen, was sie gesehen hatten, und es gab keine Möglichkeit, die verschiedenen Versionen zu seinem Tod abzuwürgen.«

»Wem hat es genutzt, sie zu verbreiten?«

»Allen Kandidaten, die sich darum geprügelt haben, Don Emilios Nachfolger im Amt zu werden. Die Anweisung war, die Ehre der Regierung zu verteidigen, aber in Wahrheit war es ein offener Kampf. Der Abgeordnete Genaro Noriega war unsere beste Karte, um das Esquer-Projekt fortzusetzen, aber er hat keine Unterstützung von der Partei in Mexico City bekommen.«

»Die Fußtritte unter dem Tisch müssen heftig gewesen sein.«

»Man hat sich offen bei Tageslicht geschlagen. Von einer Minute zur anderen wurden alle zu erbitterten Feinden. Und alle haben von sich behauptet, dass sie die Moral in Person seien. Ha! Schön wärs gewesen.«

»Und Sie? Auf welcher Seite haben Sie gestanden?«

»Auf der der Familie Esquer. Deshalb haben sie mich geschasst, als der neue Gouverneur, Roberto Arandel, und seine Tijuaner kamen. Sie haben nicht einen Einzigen von den Esquer-Leuten in der Regierung gelassen. Ich habe mich wieder meinem Beruf zugewandt, und da bin ich immer noch. Es hat mich entmutigt, so wenig Solidarität in der Verwaltung zu sehen, überall nur Heuchelei. Immerhin war Esquer kein Heuchler. Ihm haben die Frauen gefallen, er hat keinen Hehl daraus gemacht.«

»Haben Sie jetzt als Anwalt nicht mit denselben Heucheleien zu tun?«

Don Alfonso lachte leise. »Jetzt bezahlt man mich dafür, dass ich mich damit abgebe, die Augen zu verschließen und aus den Lügen eine Wahrheit zu machen, die den Schutz des Gesetzes verdient. Erst die Kriminellen, ganz am Ende die Opfer. So funktioniert das System. Und nur so wirft es etwas ab.«

»Das glaube ich Ihnen, Kollege.«

Brindisi lachte wieder. Diesmal lag eine Spur von Schmerz in dem Lachen, den Morgado zuvor nicht wahrgenommen hatte. Schmerz, der die Öffentlichkeit scheute. »Meine beste Zeit im Leben hatte ich als Sekretär von Don Emilio Esquer, als er Gouverneur von Baja California war. Von da an gings bergab. Inzwischen bin ich reicher. Ich habe mehr Häuser und Autos, aber ich bin nur noch ein jämmerlicher Abklatsch des idealistischen jungen Mannes, der ich damals war.«

Idealistisch?, fragte sich Morgado, ein idealistischer Gigolo? Vielleicht war der Widerspruch gar nicht so unüberwindlich, vielleicht sah Alfonso Brindisi das Offenkundige nicht: Er war schon immer ein gekaufter Mann gewesen, ein Wachhund der hohen Sphären der Macht. Oder wie es Senator Salivie genannt hatte: ein Werkzeug.

»Denken Sie, dass ich mich selbst betrüge, Kollege?«

»Kann man mir das ansehen?«

»Niemand kann die Verachtung für seinesgleichen lange verbergen. Deswegen habe ich Probleme. Ich habe es nicht mehr ausgehalten, mit dem Abschaum zu leben, der mich für meine Dienste bezahlt.«

»Aber diese Leute können Sie umbringen.«

Don Alfonso schnaubte, getroffen von der offen ausgesprochenen Wahrheit, die er längst kannte. »Seit 1963 bin ich eine Leiche. Dieser Herzanfall hat nicht nur Don Emilio getötet. Er hat viele andere mitgenommen, mich eingeschlossen.« Dann zündete er sich eine Havanna an und bestellte einen Cognac zum Verdauen. »Der Rauch stört Sie doch hoffentlich nicht?«

»Nein, es stört mich, nicht zur Wahrheit vorzudringen.«

Diesmal erstickte Don Alfonso fast an Morgados Worten. »Und wie oft, wenn es nicht zu indiskret ist, haben Sie die strahlende Wahrheit gefunden, hinter der Sie so her sind?«

Morgado musste lachen, derart eindeutig war die Antwort. »Nie, nie.«

»Und?«

»Aber ohne diesen Glauben könnte ich mich auf Fälle wie den hier gar nicht einlassen.«

»An wie vielen Ermittlungen sind Sie beteiligt gewesen, Kollege?«

»An so einigen.«

»Auch an solch lange zurückliegenden Fällen wie dem hier?«

»Sogar noch älteren.«

»Und haben Sie gefunden, was Sie gesucht haben? Haben Sie Ihren Glauben an die ach so klassische Doktrin, dass die Wahrheit uns frei macht, festigen können?«

»Ich konnte zumindest einige Tatsachen freilegen, die Lügen abkratzen.«

»Und haben Sie die wahre Königin, die Wahrheit, mit ihrem Gefolge von Daten, Ziffern und Namen auf den Thron setzen können?«

»Ich glaube ...«

»Glauben Sie oder wissen Sie?«

»Ich glaube, ich will glauben, dass es oft so war.«

»Sie Armer, und ich sage das voller Bewunderung, der Sie wie Diogenes die Wahrheit suchen. Das habe ich längst hinter mir gelassen.«

»Woran glauben Sie?«

Brindisi stieß eine Rauchwolke aus. »Dass ich am Ende bin. Dass heute der letzte Tag meines Lebens ist. Und das glaube ich nicht nur, wie Sie. Ich weiß es.«

Morgado ahnte, dass sein Kollege ihm nichts vormachte. »Kann ich Ihnen irgendwie helfen?«

Don Alfonso reichte ihm einen alten, abgegriffenen Kalender. »Ich schenke Ihnen meinen Kalender aus dem Jahr 1963, den Kalender des Privatsekretärs. Hinten habe ich Ihnen die aktuellen Telefonnummern und Adressen von José, dem Chauffeur, und anderen Leuten aus der damaligen Zeit aufgeschrieben.«

»Auch von Lupita Zendejas?«

»Ja. Natürlich. Auch wenn Sie ihre Version von Bertha schon kennen. Ich hatte ihr damals vor zwanzig Jahren geholfen, Lupita zu finden. Sie sollte die Wahrheit wissen, wie Sie es nennen, direkt und ohne Netz und doppelten Boden.«

»Sie sind ein harter Mann, Don Alfonso.«

»Nein. Ich war ein harter Mann. Jetzt bin ich nur noch eine Leiche, die atmet. Ein Stück Abfall.«

16

Bevor er wieder über die Grenze nach Kalifornien zurückfuhr, rief Morgado Jimmy an, den Anführer der *Cuervos* aus Mexicali.

Bei dem Wust an Arbeit ging Morgado davon aus, dass er erst in einer Woche wieder in die Stadt zurückkehren würde. Er brauchte jemanden, dem er vertrauen konnte und der in seiner Wohnung nach dem Rechten sah. Nicht dass bei seiner Rückkehr seine wenigen Habseligkeiten verschwunden waren und er nur noch vor abgeschnittenen Stromkabeln stand.

»Hallo?«, fragte eine raue Stimme am anderen Ende. Man hörte Musik im Hintergrund und Kinderlachen.

»Jimmy? Ich bins, Miguel Ángel.«

»Ah. Ich hatte mir schon Sorgen gemacht.«

»Ich will dich um einen Gefallen bitten.«

»Warte, Morgado.« Die Musik wurde heruntergedreht, auch das Kinderlachen schien abzuebben. »Was kann ich für dich tun?«

»Wirf bitte ab und zu ein Auge auf meine Bude. Ich bin in den Staaten unterwegs, und bei diesem Fall kann das dauern.«

»Einer deiner seltsamen Fälle oder was Juristisches?«

»Einer der seltsamen. Ziemlich seltsam sogar. Warum?«

»Hör zu, Junge. Nimm dich in Acht. Wir waren heute Morgen schon bei deiner Bude. Fer, Cuscús und ich haben uns fröhlich mit unseren neuen Bikes auf den Weg gemacht, um dich auf eine Spritztour mitzunehmen, damit du uns zu einer Mariscada einlädst, und da stand gegenüber von deinem trauten Heim ein Polizeiwagen.«

»Haben sie euch gesehen?«

»Klar. Wir haben sie sogar gegrüßt und all das. Sie haben zur Überwachung dagestanden, aber sie sind aufgefallen wie ein Fuchs im Hühnerstall.«

»Haben sie etwas über mich gesagt?«

»Nein. Nur, dass sie den Befehl von oben haben, zu beobachten, wer bei dir ein- und ausgeht. Also scheint dein Fall nicht nur seltsam, sondern auch ein heißes Eisen zu sein.«

»Hat in den Zeitungen etwas von einem Schusswechsel am Grenzkontrollhäuschen gestanden?«

»Jetzt, wo du es sagst, ja, aber angeblich soll es gestellt gewesen sein. Sie hätten einen Film gedreht oder so eine Sendung mit versteckter Kamera. Wenn du mich fragst, heißt das, dass es echt war und du in der ersten Reihe. Alles klar? Ist dir auch nichts passiert?«

»Nichts, Jimmy. Danke der Nachfrage.«

»Womit kann ich dir sonst noch dienen?«

»Du musst eine pensionierte Lehrerin für mich finden. Sie heißt Lupita Zendejas. Ihre Telefonnummer ist 8568-20-74. Ich will, dass du sie mit allem Taktgefühl der Welt …«

»… fragst, wie Gouverneur Esquer damals mitten beim Vögeln sterben konnte.«

Morgado lächelte. Dieser geheimnisvolle Fall war gar nicht so geheimnisvoll, er war offensichtlich in aller Munde. Klatsch, der in der Region wie ein Lauffeuer umgegangen war.

»Jetzt weißt du, an welchem Fall ich arbeite.«

Jimmys Stimme bekam einen härteren Klang. »Morgado, ich will ganz offen zu dir sein. Diese Lehrerin, Lupita Zendejas, hat zwei meiner Jungs unterrichtet. Sie haben sogar an ihrer Verabschiedungsfeier teilgenommen. Das ist etwa sechs

Jahre her. Ich habe sie gut gekannt. Hast du Zeit für die Geschichte?«

»Hab ich. Ich stehe in der Schlange am Grenzübergang von San Isidro und bin ungefähr Nummer vierzig. Erzähl!«

»Jeder kennt diesen Teil ihres Lebens. Sie war damals sehr jung, siebzehn oder achtzehn oder so, und man hat sie dem Gouverneur auf einem Silbertablett serviert, dann war sie eine seiner Geliebten. Seis drum. Na ja, eines Tages fängt so eine Bande Jungs an, sie beim Verlassen der Schule vor meinen Söhnen zu beleidigen. Sie haben sie als Nutte beschimpft und noch ein paar andere Nettigkeiten zu ihr gesagt. Das musst du dir mal vorstellen, Morgado, eine ältere Lehrerin, die so angegriffen wird. Meine Söhne haben mir das ganz fassungslos erzählt, sie hatten ja keine Ahnung.«

»Und da hast du dich eingemischt.«

»Sagen wir, ich bin zu ihr hin und hab ihr den Schutz der *Cuervos* angeboten. Sie wollte das nicht annehmen. Sie sagte, sie sei es gewöhnt, beleidigt und gedemütigt zu werden. Es würde ja stimmen. Ich habe ihr gesagt, sie sei völlig auf dem Holzweg. Was hat sie davon gehabt, mit diesem alten Knacker ins Bett zu gehen, außer dass die anständigen Damen und die verdammten Heuchler, die es zuhauf gibt, sie als schwarzes Schaf brandmarken? Dabei ist der Gouverneur das schwarze Schaf. Und die, die ihm Mädchen fürs Bett besorgt haben. Und die, die sie ihrem Schicksal überlassen und kübelweise Dreck über ihr ausgeschüttet haben, was sie nicht verdient hat! Einfach nicht verdient.«

»Ja, Jimmy, du hast ja recht, aber weder du noch die *Cuervos* können ein solches Gerücht aus der Welt schaffen.«

»Aber ich weiß, Morgado, dass das alles erstunken und erlogen ist. Und wir können etwas tun, und das haben wir auch. Erst mal habe ich diese Idioten ausgeschaltet. Cuscús und ich haben sie so aufgemischt, dass sie gottserbärmlich ausgesehen haben. Dann habe ich mit dem Kultusminister gesprochen, der selbst ein Schüler von ihr gewesen ist, und der hat mit dem damaligen Gouverneur, Héctor Terán, gesprochen, und es hat eine schöne Ehrung zu ihrem dreißigsten Dienstjubiläum gegeben. Der Minister selbst hat sie von jeder Schuld freigesprochen. Er hat gesagt, dass es mit dem Klatsch genug sei. Lupita Zendejas sei ein Vorbild an Willen, Einsatz und allem möglichen Kram mehr. Sie hat vor Rührung und Freude geheult.«

Morgado hatte in ihr nur die unverzichtbare Zeugin gesehen und nicht das Opfer, wie Jimmy ihm gerade völlig zu Recht klarmachte.

»Als sie mit der Ehrenurkunde von dem Podium stieg, war sie eine andere Frau, Miguel Ángel, viel selbstsicherer, fröhlicher.«

»Ich fühle mich wie jemand, der Trauer und Schmerz ausbuddelt, die viele Menschen wieder verletzen werden. Tut mir leid, wirklich, aber ich muss mit ihr sprechen.«

»Damit sie dir erzählt, was an dem Abend in dem Motelzimmer passiert ist?«

»In dem Bungalow. Es war ein separates Gebäude, gut geschützt vor neugierigen Blicken und für spezielle Gäste wie unseren Gouverneur.«

»Ach Morgado, du hast ja keine Ahnung. Was du dir so alles ausdenkst!«

Morgado musste zugeben, dass der Rüffel berechtigt war. »Was denke ich mir aus, bitte schön?«

»Schau, Lupita Zendejas war in diesem Motelzimmer. Aber nicht mit dem Gouverneur, sondern mit seinem Privatsekretär. Esquer hat sich in einem anderen Bungalow amüsiert, und dort ist er gestorben. Lupita hatte mit seinem Tod nichts zu tun.«

Morgado wäre beinahe auf den Wagen vor ihm aufgefahren. »Das hat Lupita dir erzählt?«

»*Yes.*«

»Und wer war die andere Frau? Die in dem Bungalow?«

»Dazu hat sie nie etwas gesagt.«

»Weil du sie nicht gefragt hast?«

»Weil ich kein Schnüffler bin wie du. Wenn die Leute mit mir reden, gut, wenn nicht, auch gut.«

»Ich muss mit ihr sprechen.«

»Ich mach einen Termin für dich, du kannst Tag und Uhrzeit bestimmen, aber hingehen musst du allein.«

»Gut. Akzeptiert.«

»Ach ja, die Telefonnummer, die du mir gegeben hast, die ist falsch. Von wem hast du sie?«

»Von Brindisi.«

»Mistkerl!«

»Er hat von A bis Z gelogen«, sagte Morgado verbittert. »Er hat mich nur an der Nase herumgeführt.«

»Natürlich. Lupita lebt nicht mehr in Mexicali. Nach ihrer Pensionierung ist sie auf die andere Seite gezogen.«

»Wohin?«

»In ein malerisches Dörfchen in der Nähe von San Diego. Pine Valley. Ich geb dir gleich ihre Anschrift und ihre Telefonnummer.«

Morgado schrieb alles auf. »Kümmer dich um meine Bude«, verabschiedete er sich von Jimmy.

»Kümmer du dich um die beste Lehrerin meiner Jungs«, erwiderte der Anführer der *Cuervos.*

17

Auf der I-5 wählte Morgado die Nummer von Lupita Zendejas. Der Anrufbeantworter forderte ihn auf, eine Nachricht zu hinterlassen. Die Stimme klang keineswegs alt. Er hinterließ seinen Namen und seine Telefonnummer. Sonst nichts.

Dann wählte er sofort die Nummer von José, dem Chauffeur. An der Vorwahl sah Morgado, dass er in Tecate lebte. Alle verschwanden aus Mexicali, sobald sie in Rente gingen. Sie ließen ihren Arbeitsplatz, die Straßen ihrer Kindheit, ihr unglückliches Leben weit hinter sich.

»Ja?«

»José Méndez?«

»Ja, mit wem spreche ich bitte?«

Morgado beschloss, ihm nicht die Wahrheit zu sagen. Er dachte, dass er gerade dem Klub von Anwalt Brindisi beigetreten war und dass seine guten Absichten ihn in den Höllenkreis der verlogenen Anwälte bringen würde. Was für ein Pleonasmus. »Ich bin Historiker. Mein Name ist Miguel Ángel Morgado.«

»Ich bin alt, aber so alt nun auch wieder nicht.«

»Ich schreibe eine Biografie über Gouverneur Emilio Esquer, und Alfonso Brindisi hat mir empfohlen, mit Ihnen zu sprechen. Ich weiß, dass Sie sein Chauffeur gewesen sind. Sie sind womöglich im Besitz wertvoller Informationen.«

Schweigen am anderen Ende.

»Ich würde gerne mit Ihnen über Ihre Zeit als Chauffeur des Gouverneurs sprechen.«

»Wie viel zahlen Sie?«

Morgado sah darin einen moralisch verwerflichen, aber

praktisch notwendigen Schritt, um an ihn ranzukommen. »Wie viel verlangen Sie dafür, dass Sie reden?«

»Sehen Sie, Reporter, mir kann man nichts vormachen. Sie interessieren sich doch nur für den Tod des Gouverneurs, oder nicht?«

»Dafür und ein paar weitere Einzelheiten.«

»Vor ein paar Jahren hätte ich gesagt, scheren Sie sich zum Teufel, aber die Zeiten sind hart. Jetzt fahre ich Taxi und bin klamm. Wenig Kohle, viel Arthritis. Dreitausend Dollar, und ich packe aus.«

»Wann kann ich nach Tecate kommen?«

»Ich bin doch nicht so blöd, Sie hierherzubestellen. Von wo aus rufen Sie an?«

»Aus San Diego.«

»Wir treffen uns beim Horton Plaza. Daneben ist eine Bar. Ich weiß nicht mehr, wie sie heißt, irgendwas Deutsches. Bringen Sie das Geld mit!«

»Um wie viel Uhr? So viel Geld habe ich nicht bei mir.«

»In zwei Stunden. Das ist genug Zeit. Nehmen Sie an oder lassen Sie es.«

Morgado war überrascht. Zum ersten Mal ging der Druck vom Informanten aus und nicht vom Ermittler. Und das signalisierte Gutes. Oder Gefahr. Eine Falle? Unwahrscheinlich.

»Ich nehme an. In zwei Stunden.«

Er rief im Haus Salivie an.

»Ja bitte?« Celinas Stimme.

»Ist Bertha da?«

»Ja, Señor Morgado. Ich stelle Sie durch.«

»Bertha?«

»Gibt es Probleme?«

»Nur finanzieller Art. Hast du zufällig dreitausend Dollar?«

»Cash?«

»Ja, cash.«

»Natürlich. Welche verirrte Seele willst du kaufen?«

»José Méndez, den Chauffeur deines Vaters.«

»Ein ganz schön durchtriebener Kerl. Ich hoffe, die Sache ist es wert. Soll ich dich begleiten, wenn du dich mit ihm triffst?«

»Nein, lieber nicht. Ich möchte, dass er frei sprechen kann. Er hält mich für einen Journalisten, der hinter einer Skandalstory her ist.«

»Wie du meinst.«

»Ich bin in ein paar Minuten da. Gib Celina das Geld.«

»Wird gemacht. *Bye.*«

Morgado rief noch einmal Lupita Zendejas an. Wieder der Anrufbeantworter. Er änderte seine Taktik. »Ich bin hinter dem Mörder von Emilio Esquer her. Jimmy, der von den *Cuervos* aus Mexicali, hat mir Ihre Telefonnummer gegeben. Sie können mir vertrauen. Ich muss Sie dringend sprechen.«

Als er auflegte, wurde ihm klar, dass er nach Strich und Faden gelogen hatte. Nein. Man konnte ihm nicht vertrauen. Erstens war er Anwalt. Und zweitens ein Spürhund auf der Fährte, der vor nichts und niemandem haltmachen würde.

18

Die Läden im Horton Plaza machten fast schon zu, als Morgado sein Auto auf der gegenüberliegenden Seite abstellte. Die deutsche Bar hieß Woldberg und bot bayrisches Bier und getrocknete Würste an. Morgado nutzte die noch verbleibenden zwanzig Minuten bis zu dem Treffen mit dem Chauffeur, um die *San Diego Union Tribune* zu kaufen. Ein neuer Flugzeugträger hatte sich an diesem Tag auf den Weg in den Persischen Golf gemacht. »Gott sei mit euch, Jungs«, lautete die Schlagzeile. Das Foto zeigte eine Gruppe von Soldaten, die vom Deck eines Kriegsschiffes aus winkten. Sie waren jung und lachten. Sie sahen aus, als wollten sie die Welt erobern. Das amerikanische Imperium hatte mobil gemacht, man hörte die Kriegstrommeln. Und das Schlimme war, dass das Ganze aussah wie eine Militärparade auf der Hauptstraße. Glänzend und dumpf zugleich. Wie ein Ausflug von Abiturienten auf die andere Seite der Erde. Ein *spring break* gegen den Rest der Welt, rette sich wer kann. Morgado bestellte ein dunkles Bier. Kriegsökonomie, hatte John Salivie gesagt. Und ganz San Diego machte keinen Hehl daraus, wo die Interessen und Ressourcen lagen, die Quelle seines Reichtums und seiner Blüte.

Im Lokalteil der Zeitung wurde über das Urteil in einem aufsehenerregenden Fall berichtetet: Vier weiße Jugendliche hatten einen Mexikaner ohne Papiere in der Nähe von Pine Valley überrascht und ihn bewusstlos geschlagen. Ein Verbrechen aus Hass, sagte der Bezirksstaatsanwalt. Ein geringfügiges Vergehen, befand der Verteidiger der Jungen, drei sechzehn und einer knapp siebzehn Jahre alt. Das Urteil des Richters war exemplarisch, ein Fingerzeig für die

Gesellschaft: drei Jahre Gefängnis wegen Beleidigung und tätlichen Angriffs, mit der Möglichkeit, in soziale Arbeitsstunden umgewandelt zu werden. »In sieben Monaten können sie wieder auf freiem Fuß sein«, sagte der Reporter. Und er fügte hinzu, eine Frau namens Alice Flannagan habe bei der Urteilsverkündung geschrien: »Wir haben genug von diesen jammernden Illegalen. Wenn sie nicht angegriffen werden wollen, dann sollen sie sich von unserem Dorf fernhalten.«

Zur verabredeten Zeit kam ein schlanker, aufrechter, aber sehr langsam, offensichtlich unter starken Schmerzen gehender Mann ins Woldberg.

Morgado erhob sich. »José Méndez?«, fragte er.

»Genau der, neugieriger Reporter.«

Ein blondes Mädchen mit Zöpfen und einem kurzen Rock, der ihre stämmige Figur erkennen ließ, kam sofort an den Tisch. *»How can I help you?«*

»Wenn ich dir das sagen würde, mein Kind«, erwiderte der Chauffeur scherzend.

Die Kellnerin sah ihn wütend an.

»Ich glaube, sie kann Spanisch«, warnte ihn Morgado.

»Ein kühles Blondes, so wie du.«

»Für mich auch, bitte«, schloss sich Morgado an, der den Boden seines Glases schon sehen konnte.

Der Chauffeur hatte sich auf den Stuhl plumpsen lassen. »Diese verdammte Arthritis treibt mich in den Wahnsinn.«

»Nehmen Sie etwas gegen die Schmerzen?«

»Ich bin eine wandelnde Apotheke. Ich nehme ungefähr zehn Tabletten pro Tag, aber ich quäl mich trotzdem.«

Die Biere kamen, und beide stießen mit den vollen Gläsern an. José Méndez nahm einen ordentlichen Schluck und seufzte lächelnd. Dann taxierte er mit seinen hervorquellenden Augen Morgado. »Haben Sie die Kohle?«

»Haben Sie eine lose Zunge?«

Der Chauffeur tippte sich mit einem von der Arthritis krummen Finger an den Kopf. »Und einen Kopf, so klar wie das Bier.«

Morgado öffnete ein wenig die Jacke und zeigte ihm den Umschlag mit den Hundertdollarscheinen. »Dreitausend, so viel, wie Sie verlangt haben.«

»Geben Sie her.«

»Erst die Information, dann die Dollars.«

»Glauben Sie, ich laufe Ihnen mit meinen Gebrechen davon?«

Morgado musste über die Eigenwilligkeit seines Informanten lachen. Der Chauffeur nahm noch einen großen Schluck von seinem Bier. »Soll ich selbst erzählen, oder stellen Sie mir Fragen und ich antworte?«

Morgado schob das Bier beiseite und beugte sich nach vorn. »Erzählen Sie mir erst, wie Gouverneur Esquer so war. Dann werde ich Ihnen konkretere Fragen stellen.«

»Hui! Wie soll ich sagen? Er war ein guter Chef, ein gerechter, großzügiger Patron. Er konnte teilen. Einmal habe ich sogar eine Frau abbekommen. Das war in einem Kasino in Las Vegas. Doch Sie wollen etwas über die Geschichte in El Centro wissen. Na ja, er war ein lebenslustiger Kerl, er liebte Wein, Weib und Gesang. Bei Braulio, dem vorigen Gouverneur, war alles sehr ländlich, gesittet. Mit Wasser und Maisküchlein. Aber Don Emilio war aus reichem Hause. Immer piekfeine Feste. Immer Frauen von Rang, High Society. Die Sausen fanden im Country Club, im Kasino von Mexicali oder sogar im Hotel Coronado statt.«

»Und wo kam dann Lupita Zendejas her, ein armes Mädchen?«

José entblößte die wenigen ihm noch verbliebenen Zähne wie ein heruntergekommener Vorstadtgigolo. »Die reichen Weiber hatten fast alle schon einiges auf dem Kilometerzähler. Sie amüsierten sich gerne und sie hatten ihre Launen. Die armen Mädchen wollte er, um sie zu entjungfern ... um ihnen wehzutun ... ich hörte sie schreien, weil ich immer in der Nähe war, falls er mich brauchte.«

»Dich brauchte? Damit du die vergewaltigten Mädchen unter Kontrolle hältst?«

»Nein. Um ihn unter Kontrolle zu halten. Einmal hat er fast eine umgebracht, er hat sie gewürgt, sie hatte Male am Hals, und es musste einer seiner Ärzte kommen und sie behandeln.«

»Benavente?«

»Ja, genau der.«

»Erzähl mir von diesem Tag. Welche Frau habt ihr nach El Centro mitgenommen?«

»Wir haben weder an diesem noch an einem anderen Tag irgendjemanden mitgenommen.«

»Und wie ist Lupita in das Hotel gekommen?«

»Brindisi hat sie hingebracht. Oder glauben Sie, der Gouverneur hätte sich in aller Öffentlichkeit mit einem Flittchen gezeigt?«

Morgado umklammerte fest sein Glas. In seinem Gegenüber sah er die Verkörperung seiner eigenen Vorurteile und, als er sie so deutlich sah, hasste er sich dafür, so blind gewesen zu sein. »Wann hast du den Gouverneur im Hotel abgesetzt?«

»So um fünf. Vielleicht etwas früher.«

»In welches Zimmer ist er gegangen?«

»In das … ich weiß nicht … es war ein Bungalow.«

»Und wer wartete dort auf ihn?«

Der Chauffeur nahm den letzten Schluck Bier. »Ich bestell noch eins. Sie zahlen, oder?«

Morgado nickte.

»Miss Germany, another beer!«, rief José.

»Also, wer war da?«

»Irgendeine, die ich noch nie zuvor gesehen hatte.«

»Aber von der du später erfahren hast, wer sie war.«

Der Chauffeur biss sich auf die Lippen. »Na ja … diese Lupita Soundso.«

Das bestellte Bier kam. Morgado rückte ganz nah an seinen Informanten heran und flüsterte: »Wenn du das Geld willst, hör auf zu lügen. Die Wahrheit, oder ich verschwinde.«

José Méndez trank in einem Zug das halbe Glas aus. »Was suchen Sie?«

»Das habe ich dir schon gesagt. Erstens bin ich kein Reporter. Zweitens bin ich auf der Suche nach der Wahrheit. Drittens bezahle ich dich sehr gut dafür, sie aus deinem Mund zu hören. Also mach jetzt das Maul auf, oder es hat sich was.«

»Ganz ehrlich, an dem Tag habe ich ihn allein gelassen. Er hatte mir aufgetragen, Geschenke für seine Kinder zu kaufen. Er hat mir Geld und eine Liste gegeben.«

»Du hast die Frau nicht gesehen, die in dem Bungalow auf ihn gewartet hat?«

»Nein. Darum kümmerte sich Alfonso, sein Privatsekretär.«

»Aber du hast eine Ahnung, wer sie war, stimmts?«

»Stimmt. In den Wochen machte er mit einer neuen Eroberung rum. Lupita war schon verbraucht. In dem Fall gab Don Emilio das Mädchen an Alfonso weiter.«

»Dann hat der Lupita in einem der Motelzimmer gevögelt.«

»Das vermute ich. Aber gesehen habe ich es nicht.«

»Himmel«, fuhr Morgado aus der Haut, »was hast du dann gesehen?«

»Die Weihnachtsangebote von Penny und Woolworth. Und dann hab ich die Streifenwagen und den Krankenwagen gehört. Mein sechster Sinn hat mir gesagt, ich solle Spielsachen Spielsachen sein lassen, also bin ich ins Auto gestiegen und losgefahren, um festzustellen, was los war.«

Morgado bestellte noch ein Bier. Endlich kam die Erzählung in Fluss.

»Zu spät, der Gouverneur war schon tot, das ganze Gesicht war voller Blut.«

»Blut?«

»Ja. Ich glaube, er hatte Blut gespuckt. Man konnte bei der ganzen Sauerei sein Gesicht gar nicht mehr erkennen.«

»Sie haben dir erlaubt, die Leiche zu sehen?«

»Von Weitem. Ich hatte einen Spezialausweis. Aber nicht einmal mit dem bin ich an ihn rangekommen.«

»Ausweis? Als Chauffeur von Batman?«

»Nein, einen von der amerikanischen Regierung. Oder glauben Sie vielleicht, die hätten nicht gewusst, welche Art von Gymnastik Don Emilio in El Centro betrieben hat?«

»Die Polizei war auf dem Laufenden?«

»Die Polizei und das FBI. Ich habe mich körperlichen und psychologischen Tests unterziehen müssen, bevor ich diesen Sonderausweis bekommen habe. Sie haben meine Akte sogar nach Sacramento geschickt, um zu überprüfen, dass ich kein Roter war oder so was. Ich habe alle Tests bestanden.«

»Was hast du in dem Bungalow noch gesehen?«

»Die Tasche einer Frau und verstreute Unterwäsche.«

»Irgendwelche Dokumente?«

Der Chauffeur entblößte wieder sein marodes Gebiss. »Nur das hier.« Er holte aus seiner Hemdtasche ein vergilbtes Blatt.

Morgado schluckte.

»Dieses Zettelchen ist die Scheine wert, die Sie dabeihaben, mein Freund.«

»Warum haben Sie es dann damals nicht abgegeben?«

»Weil mir klar war, in welcher Scheiße ich steckte. Ich musste mir den Rücken freihalten. Denken Sie doch mal nach: Wenn es Mord war, war ich dran wegen Fahrlässigkeit, weil ich nicht Gewehr bei Fuß stand, um den großen Boss zu schützen.«

»Der Gouverneur hatte Sie doch selbst weggeschickt.«

»Aber der Einzige, der meine Aussage bestätigen konnte, war tot.«

Morgado erkannte einen Verfolgungswahn, der seinem eigenen nicht unähnlich war. Und wohlbegründet. »Und warum hast du geglaubt, dieses Dokument sei deine Versicherung?«

»Weil es ein Testament ist, mein Freund. Deswegen.«

19

Mein letzter Wille.

Ich überlasse meine Aktienrechte den Gesellschaftern der Promotora Esquer und Partner, in dem Wissen, dass sie diese gut einsetzen und die Projekte durchführen werden, die Baja California braucht.

In dem Einverständnis, dass ich keine Ansprüche auf künftige Gewinne dieser Gesellschaft erheben werde, verabschiede ich mich heute, am 20. Dezember 1963, in freundschaftlicher Form von der Gesellschaft und wünsche ihr Erfolg bei allen Vorhaben und Geschäften.

Hochachtungsvoll,

Emilio Esquer, Ingenieur und Hauptaktionär

Morgado las das handgeschriebene Blatt ungefähr zehnmal. José Méndez sah ihn amüsiert an, als hätte er ihm gerade einen Streich gespielt. Schließlich wedelte Morgado mit dem Papier vor dem Gesicht des Chauffeurs herum. »Das ist kein Testament.«

»Und ich sage, es ist eins.«

»Außerdem ist es nicht unterzeichnet«, sagte Morgado, ganz Rechtsanwalt.

»Aber es ist Don Emilios Schrift. Ich kenne sie gut. Schau mal her, Historiker oder was auch immer du bist, vergleich es mal damit.« José Méndez übergab ihm ein ebenso vergilbtes, aber kleineres und dickeres Blatt. Morgado lachte, als er es durchlas.

Eine Barbiepuppe, Krankenschwester oder Stewardess.

Ein rosafarbenes zwölfteiliges Teeservice.

Ein Bugs Bunny aus Plüsch. Groß.
Eine Schachtel Schweizer Schokolade.
Zwei Kisten französischen Champagner. Savigny.
Vier Klapptische.
Weihnachtsplatten, von Bing Crosby und Frank Sinatra.
Eine Schachtel Bonbons.

»Sehen Sie die Schrift? Ist es dieselbe?«

Morgado konnte es nicht leugnen. »Ja.« Er drehte das Blatt um und sah ein großes K. »Und das?«

»Ein Geheimzeichen: Er wollte eine Schachtel Kondome.«

»Du hast gesagt, das, was du Testament nennst, sei notariell beglaubigt. Ich sehe keine Unterschrift eines Notars, kein Siegel.«

José zauberte einen Umschlag hervor und reichte ihn Morgado. Darauf war das Siegel des Notariats Nr. 1 von Mexicali.

»Aha. Aber das verwirrt mich noch mehr. Wenn der Gouverneur das geschrieben hat, warum hat er dann nicht unterschrieben?«

»Vielleicht hatte er nicht mehr genügend Zeit. Vielleicht wollte er erst einen wegstecken und dann Geschäfte machen.«

»Wohl eher sich aus einem Geschäft herausziehen.«

Morgado hob den Umschlag an seine Nase und roch daran. Irgendetwas, ein Hauch von einem Duft, haftete daran. »Hat der Umschlag nach etwas gerochen, als du ihn dir unter den Nagel gerissen hast, oder rieche ich gerade dein Rasierwasser?«

Der Chauffeur zögerte. Die Frage hatte er nicht erwartet. »Ich glaube … ich glaube ja.«

»Ein Damenparfum?«

»Ja. Ein wenig.«

»Dann hat das die Frau mitgebracht, die an diesem Tag mit ihm ins Bett gegangen ist.«

»Das glaube ich nicht, mein Freund. Das kann ich mir nicht vorstellen.«

»Was kannst du dir dann vorstellen?«, fragte ihn Morgado. »Du hast vierzig Jahre mit diesem Geheimnis gelebt, um, wie du sagst, deine Haut zu retten, aber niemand war hinter dir her, oder? Wie viele Drohungen hast du in all den Jahren bekommen?«

José Méndez senkte den Kopf. »Ich war für die doch nur ein verdammter Dienstbote. Ein kleiner Fisch. Die sind nie auf den Gedanken gekommen, dass ich das haben könnte.«

»Aber was zum Teufel ist das?«

»Ein Dokument.«

»Und was für eine Art Dokument?«

José Méndez zog die Stirn in Falten und versuchte zwei und zwei zusammenzuzählen. »Ein nicht unterzeichnetes …«

»Genau. Und das heißt, dass er es bei sich trug, weil er sich noch nicht sicher war, ob er es unterzeichnen sollte, oder …«

Der Chauffeur kam zu demselben Schluss. »Oder das Weibsstück hatte es dabei, damit er es vor oder nach dem Vögeln unterschreiben sollte.«

»Aber etwas passt nicht.«

»Ja. Ich weiß. Seine Schrift. Sie konnte es nicht mitgebracht haben. Don Emilio muss es mit in den Bungalow gebracht haben.«

Morgado roch wieder an dem Umschlag. Ich bin ein Schnüffler. Kein Zweifel. Ein Apportierhund. Einer, der ins

Wasser springt und dem Hurensohn von Jäger die tote Ente bringt. Ein nützliches Instrument. Aber für wen? Und da fiel es ihm wie Schuppen von den Augen.

»Sag mal, José. Das Papier von dem Dokument, kommt dir das nicht irgendwie bekannt vor? Es ist Gringo-Papier, oder?«

»Ja. Wie das, welches sie in den Büros des Motels benutzten.«

»Aber das hatte doch bestimmt einen Briefkopf, vermute ich.«

»Nein. Es war ein Motel und kein Hotel. Niemand wollte, dass bei ihm Papier mit einem solchen Briefkopf gefunden wird. Am allerwenigsten der Gouverneur.«

»Dann gibt es nur noch eine Möglichkeit.« José hatte wirklich Anlagen zum Detektiv. Oder er hatte genug Zeit gehabt, sich jenen Tag in allen Einzelheiten auszumalen. »Er hat es dort geschrieben, in dem Bungalow«, sagte er.

»Ja. Wir haben beide denselben Gedanken. Und was folgern wir daraus?«

»Dass er es spontan geschrieben hat, ohne vorher lange nachgedacht zu haben.«

»Das ist eine Möglichkeit«, räumte Morgado ein.

José blinzelte angesichts dieser neuen Gabelung. »Und was ist die andere?«, wollte er wissen.

»Dass er es geschrieben hat, aber nicht freiwillig.«

José schaute ungläubig. »Dass das Weib ihn gezwungen hat? Nein, das ist unmöglich.«

»Sie könnte eine Pistole dabeigehabt haben.«

»Nein und nochmals nein!«

»Warum nicht?«

»Wenn dem so wäre, warum hat sie dann den Umschlag

mit dem Brief im Bungalow gelassen? Wenn sie ihn gezwungen hat, warum dann später der Liebesakt?«

Morgado musste schmunzeln. »Warte, nicht so schnell. Erklär mir, warum du den Unterschied machst.«

»Welchen Unterschied?«

»Du sagst, der Gouverneur hat Lupita Zendejas gevögelt.«

»Ja. So war es.«

»Aber bei der anderen Frau sprichst du von einem Liebesakt.«

Der Chauffeur hob die Hände hoch. »Na, die im Bungalow, das war eine richtige Dame.«

»Dann weißt du sehr wohl, wer es war«, attackierte ihn Morgado.

»Ach was. Obwohl ich den Namen gern gewusst hätte.«

»Aber du hältst sie für eine Dame, wieso?«

José seufzte tief. Dieser Mann liebte das Theatralische. Wie pathetisch er war. »Wegen der Dessous und der Tasche, die sie im Bungalow zurückgelassen hat. Alles feine Marken. Balenciaga vor allem.«

»Feine Sachen.«

»Sehr fein. Es gab sogar Schmu…«

Morgado schaute auf. »Was für Schmuck?«

José wollte aufstehen, aber Morgados rechte Hand packte sein linkes Handgelenk und drückte es fest.

»Au! Vorsicht!«

»Setz dich. Deine Arthritis ist nichts gegen die Schmerzen, die du fühlen wirst, wenn du mir jetzt nicht sofort sagst, was Sache ist. Was für Schmuck?«

Widerwillig setzte José sich. »Verschiedenes, verschiedenes.«

»Beschreib die Sachen. Bestimmt hast du sie schon alle verkauft.«

»Ein Diamantring. Ein Armband mit Smaragden. Eine teure Uhr, deutsches oder Schweizer Fabrikat. Und das hier.«

Der Chauffeur zog eine goldene Schlange aus seiner Hose. Es war eine Kette mit einem Kruzifix. Aber nicht irgendein Kruzifix.

»Zeig mal her.«

José ließ sich nicht lange bitten. »Ich habe vier- oder fünfmal versucht, sie zu verkaufen. Aber keiner wollte es. Sie haben das Kreuz gesehen und sind erschrocken. Also habe ich es immer noch. Ich habe es nie getragen, weil es mir auch Angst macht. Nicht dass man mich noch exkommuniziert, wenn ich damit über die Straße laufe.«

Morgado hielt es in der Hand. »Ich behalte es.«

»Hundert Dollar mehr, und es gehört dir.«

»Okay.«

»Das ist alles, was ich dir anzubieten habe. Gib mir die Kohle, die du mir versprochen hast, und das Geschäft ist beendet.«

Morgado nickte. »Ich behalte auch deine Geschenkeliste und dein sogenanntes Testament.«

»Das kostet dich …«

»Das kostet mich gar nichts. Du nimmst ein ordentliches Sümmchen mit. Iss lieber nicht mehr, als du schlucken kannst.«

Der Chauffeur zeigte wieder die fantastische Erosion seiner Beißer. »Gut. Wars das?«

»Letzte Frage: Wie bist du nach Mexiko zurückgekommen? Hat die Polizei dir das Auto zurückgegeben oder was?«

»Brindisi ist zurückgefahren. Damals noch ein junges Kerlchen, aber sehr mächtig. Der hat sich erst mal um Lupita gekümmert.«

»Hat er sie inkognito herausgeschmuggelt?«

»Nein. Im Gegenteil.«

»Wie, im Gegenteil?«

»Er hat sie halb nackt auf die Straße hinausgezerrt. Sie hatte nur ein Laken um. Er hat ein paar Reporter gebeten, sie zu fotografieren. Er hat die ganze Show organisiert.«

»Er hat die Gerüchte in Umlauf gebracht?«

»Er und der andere Kerl. Der Abgeordnete.«

»Noriega?«

»Genau der. Dann sind wir in die Leichenhalle im hinteren Teil des Gringo-Hospitals gefahren und haben den Toten eingeladen.«

»Und Lupita?«

»Ich glaube, Doktor Benavente, Don Edmundo Benavente, hat sie nach Mexiko zurückgebracht. Ich sehe sie noch immer vor mir, wie sie geweint und geweint hat. ›Warum tun sie mir das an?‹, hat die Arme immer wieder gesagt.«

»Und warum haben sie das getan? Warum waren sie so erbarmungslos zu ihr?«

»Kommen Sie, spielen Sie nicht den Dummen. Sie war der Köder, den sie den verdammten Hunden von der Presse hinwarfen. Sie hatte keinen Paten. Niemanden, der sich um sie kümmerte. So haben die Zeitungsleute keine Fragen gestellt, diese Reporterflaschen, weil sie geglaubt haben, sie würden das Geheimnis vom Tod des Gouverneurs schon kennen.«

»Ein Sündenbock«, bemerkte Morgado.

»Eher ein Zicklein. Zart, sehr zart.«

»Wer hat die Leiche von Gouverneur Esquer nach Mexiko gebracht?«

»Brindisi, glaube ich. Keine Ahnung, ich bin vor ihm zurückgefahren.«

»Ist er nicht mit einem Taxi gefahren?«

»Nicht dass ich wüsste. Alles ging ganz schnell.«

»Hast du das Gesicht des Gouverneurs gesehen?«

»Nein. Ich habe die Leichenhalle nicht betreten. Aber ich hab etwas gehört, von dem ich immer noch nicht weiß, was ich damit anfangen soll. Ich war auf dem Flur der Notaufnahme, der zu den Operationssälen geführt hat, und weil ich so fertig war, hab ich mir an einem Automaten ein Root Beer gekauft. Ich war gerade dabei, es zu trinken, da kamen zwei weinende Krankenschwestern angelaufen. Es waren Chicanas, deshalb hab ich verstanden, was sie gesagt haben. Eine hatte die Hände erhoben und hat ihren Schmerz hinausgeschrien. Die andere hat sich mit einem Handtuch das Gesicht abgetrocknet.«

»Und was haben sie gesagt?«

»Als sie an mir vorbeigegangen sind, hat die eine laut gesagt: ›Ich hab dir gesagt, du sollst ihn nicht anfassen.‹ Dann ist ein betroffener Doktor Benavente gekommen und hat eine heftige Diskussion mit Leuten von der Krankenhausverwaltung gehabt. Aber die war auf Englisch.«

»Hast du gar nichts verstanden?«

»Zwei oder drei *sons of a bitch.*«

»Und dann kam die Erlaubnis, die Leiche mitzunehmen.«

»Bis sich die Polizei eingeschaltet hat – nein, bis ein schwarzer Kerl kam.«

»Ein Afroamerikaner?«

»Nein. Einer von denen, wie man sie jetzt in den Filmen sieht: schwarzer Anzug, schwarzer Hut, schwarze Krawatte, sehr förmlich.«

»Ein FBI-Agent?«

»Ja. Er hat seinen Ausweis gezeigt, die von der Verwaltung

mit in eine Ecke genommen, und dann war die Sache geklärt.«

»Sie haben sich die Leiche geschnappt und nichts wie weg?«

»Nein. Er lag schon im Sarg, sie haben ihn nur in den Leichenwagen geschafft. Ich glaube, der war von dem Bestattungsinstitut Escandón.«

»Du hast also sein Gesicht nicht wirklich gesehen?«

»Nein. Doktor Benavente, der muss es gesehen haben.«

»Und du hast ihm auf dem Rückweg keine Fragen gestellt?«

»Er hat die ganze Zeit die Zähne zusammengebissen. Er war sehr wütend. Und ich habe mich verantwortlich gefühlt und wollte mich kleinmachen, damit mich keiner bemerkt.«

»Warst du bei der Totenwache?«

»Ich habe zusammen mit den Leibwächtern verhindert, dass die Leute in Massen hineingeströmt sind. Später haben sie mich degradiert, als der neue Gouverneur kam, ich wurde der Chauffeur des Gesundheitsministers. Nach zwei Monaten habe ich gekündigt, und seitdem bin ich auf mich gestellt, lebe von der Hand in den Mund.«

Morgado gab ihm den Umschlag mit den dreitausend Dollar und steckte noch hundert dazu.

»Viel Erfolg bei deinen Ermittlungen, Reporter«, sagte José, während er vom Tisch aufstand.

»Ich hab dir schon gesagt, ich bin kein Reporter.«

»Und ich sage, du bist einer. Und auch du bellst in die falsche Richtung, wie deine Kollegen von damals.«

Trotz seiner Arthritis verließ er eiligen Schrittes die Bar, als wollte er flüchten, bevor Morgado noch mehr Fragen einfielen. Morgado schaute ihm nicht nach. Sein Blick ruhte auf dem deformierten Kruzifix in seiner Hand. Ein Kruzifix, auf dessen Rückseite vier Buchstaben und ein Datum eingraviert waren: Dalí 1963.

20

Nachts ist das Zentrum von San Diego eine andere Welt: Sobald die konsumierenden Massen in ihre Einheitshäuser in den Vorstädten gefahren sind, bekommt die Stadt ein anderes Leben, eine andere Physiognomie. Dann kommen die verwundeten Reste des amerikanischen Traums auf die Straße: Penner, Drogensüchtige, Prostituierte. Männer und Frauen, die ihr Leben auf dem Rücken tragen und ihre wenigen Habseligkeiten in Einkaufswagen vor sich herschieben. Streifenwagen mit eingeschaltetem Blaulicht tauchen auf, sobald die Straßen und Plätze zu verlassenen Parzellen werden. Aber auch die Polizisten greifen nicht ein, wenn der neue Zirkus sich mitten im Hafengebiet niederlässt. Während die einen Geschäfte schließen, machen die anderen auf. Neonlichter beherrschen die Nacht. Üble Bars und Pornoläden. Secondhand-Buchläden und heruntergekommene Cafés warten auf ihre Kundschaft neben einem der großen, jetzt geschlossenen, dunklen Bekleidungshäuser.

Die nächtliche Stadt bleibt trotz allem noch typisch amerikanisch. Es gibt überall Zombies, aber sie wahren untereinander Distanz. Sie verstehen es, an ihrem Platz zu bleiben, ohne sich mit jemandem anzulegen. Ihr Wahn ist individuell. Ihre Wünsche sind zu unterschiedlich, um einen Karneval oder eine Demonstration zu veranstalten. Die Leute der Nacht reden laut mit sich selbst. Die Leute der Nacht möchten ihr Verlangen befriedigen, ohne aufzufallen. Sie feilschen in düsteren Gassen um die tägliche Dosis, um den Sex, den sie brauchen, um auf ihre Art weiterleben zu können.

Morgado blieb ein Weilchen vor dem Woldberg stehen und beobachtete, wie die Menschen ihre elende Würde auf dem gegenüberliegenden Bürgersteig spazieren führten. Die Temperatur war gesunken, und Morgado, das waschechte Wüstenkind, fror. Er machte die Jacke fester zu und suchte die Autoschlüssel. Ein Mann kam auf ihn zu. Kein Landstreicher. Kein Drogensüchtiger auf Turkey. Morgado wusste instinktiv, dass er in Gefahr war. Er sah, wie die rechte Hand des Mannes aus der Tasche des Trenchcoats kam. Er dachte nicht groß nach und trat mit dem Fuß gegen die Abfalltonne zwischen ihnen. Sie flog auf sein Gegenüber zu, und Morgado versuchte, die Straße zu überqueren. Beinahe hätte ihn ein Auto überfahren. Er musste zur Seite springen, um sein Leben zu retten. Da hörte er sie an seinem linken Ohr vorbeizischen, wie ein Atemhauch. Der Hauch des Todes. Die Kugel zerstörte das Schaufenster eines geschlossenen chinesischen Geschäftes. Morgado kroch auf allen vieren hinter einen Bierwagen. Überall liefen Leute herum. Wo ist der Kerl?, dachte er, von wo wird er kommen? Aber sein Angreifer tauchte nicht mehr auf. An seiner Stelle kamen Streifenwagen, die die Straße zu beiden Seiten absperrten. Morgado ging in eine Bar und wartete im Eingang, immer noch atemlos und mit wild pochendem Herz. Eine Hand, die sich auf seine Schulter legte, ließ ihn nervös wegspringen. Es war ein

Gast der Bar. Ein alter Mann mit einer Kapitänsmütze. Morgado ließ ihn vorbei.

»Good«, sagte der Alte und zog fröhlich ab.

Morgado schaute auf die Straße hinaus. Die Streifen waren weg, vielleicht verfolgten sie seinen Angreifer. Zwei Polizisten überprüften die Schäden an dem Geschäft. Sie sahen den alten Mann nicht einmal an, der im Zickzack über die Straße taumelte. Als Morgado feststellte, dass sich niemand um ihn kümmerte, tat er es ihm gleich. Eine Minute später, in seinem Wagen, atmete er auf. Das war ein eindeutiger Hinweis, dass er irgendeinen wunden Punkt getroffen hatte. Ein Zeichen, dass er immer noch ein Idiot war. Einer, der aus den Erfahrungen anderer nichts lernt. Aber jetzt war es zu spät, um das Schlachtfeld zu verlassen. Obwohl das Zischen der Kugel ihm keine Ruhe ließ, war das Rätsel jenes Todes im Durchgangsmotel, dieses Spinnennetz an Lügen und Legenden, stärker als sein Überlebensinstinkt und sein gesunder Menschenverstand.

21

Das Herrenhaus der Salivie mit seinen beiden Stockwerken und dem Eingang voller Palmen à la Hollywood kam Morgado vor wie ein Space Shuttle im kalifornisch-spanischen Stil, das gleich abhebt, um durch die Galaxie zu fliegen.

Celina öffnete die Tür und sah ihn besorgt an. »Ist alles in Ordnung, Señor?«

»Ja, Celina. Ich bin ein bisschen fertig, sonst nichts.«

»Ziehen Sie doch die Jacke aus, die gehört in die Reinigung. Morgen früh hängt sie wieder sauber und frisch gebügelt in Ihrem Zimmer.«

Morgado gab ihr die Jacke. Das Haus der Salivie hatte eine Zentralheizung, und man konnte sich locker im Hemd darin bewegen. »Und Señora Bertha?«

»Sie musste weg. Aber sie kommt später zurück. Soll ich ihr etwas ausrichten?«

»Nein.«

Morgado zeigte auf die Dokumente, die er unter dem Arm trug. »Wo kann ich ungestört arbeiten?«

»Im Arbeitszimmer des Senators. Soll ich Sie hinbringen?«

»Nein, danke. Ich kenne den Weg.«

Celina begleitete ihn trotzdem. »Möchten Sie etwas essen? Etwas trinken?«

»Kaffee. Eine ganze Kanne.«

»Und zu essen?«

»Ein Truthahnsandwich, wenn es nicht zu viele Umstände macht.«

»Kommt sofort.«

Morgado legte die Papiere auf den Schreibtisch und machte die Lampe an. Er wollte sich gleich an die Arbeit machen, besann sich dann aber eines Besseren.

Celina kam mit der Kanne Kaffee und dem warmen Truthahnsandwich mit Pommes frites.

»Danke, Celina.«

»Läuten Sie, wenn Sie noch etwas brauchen.«

Eine halbe Stunde später, entspannter und mit vollem Bauch, begann Morgado sich den Weg zur Wahrheit zu bahnen.

Er schrieb auf ein Blatt Papier:

1. Alles hat sich im Bungalow des Motels zugetragen.
2. Zeugin war nur die geheimnisvolle Frau.
3. Es war eine zuvor getroffene Verabredung.
4. Der Gouverneur wollte, dass nicht einmal sein Chauffeur erfuhr, mit wem er sich in dem Bungalow traf.
5. Es war ein Liebes- und ein Geschäftstreffen.
6. Die Geschäfte hatten mit der Promotora Esquer zu tun.
7. Die Partner müssen noch überprüft werden.

Morgado nahm ein weiteres Blatt Papier und schrieb:

1. Alfonso Brindisi wusste, wer die geheimnisvolle Frau war.
2. Er war in Begleitung von Lupita Zendejas.
3. Die Gringo-Ärzte und Doktor Benavente haben die Leiche gesehen.
4. Brindisi ebenfalls.
5. Was ist mit dem Gesicht des Gouverneurs passiert?

Plötzlich hielt er inne. Jetzt brauchte er ein Telefonbuch. Hinter ihm war eins, und bald hatte er die gewünschte Information. Er wählte die Nummer des Bestattungsinstituts von Tijuana und ließ sich mit demjenigen verbinden, der für das Einbalsamieren der Leichen zuständig war.

»Hier spricht López, was kann ich für Sie tun?«

»Ein Onkel von mir ist gestorben, und sein Gesicht ist völlig verunstaltet. Ich wollte wissen, ob man das so wiederherstellen kann, dass man die Verletzungen nicht mehr sieht.«

»Mit Kunstwachs können wir es so hinkriegen, dass es aussieht wie neu. Er hat doch kein Auge verloren?«

»Nein, da sind nur die Wunden. Hören Sie, López, und dieses Verfahren …«

»Wiederherstellende Chirurgie post mortem ist der Name.«

»Nun, das ist doch neu, oder? Weil einem Großvater von mir ist 1963 ähnliches passiert, und die Totenwache musste bei geschlossenem Sarg stattfinden.«

»1963? Seltsam. Es gab noch kein Kunstwachs, aber es gab farbige Öle. Ich weiß nicht, warum man das bei Ihrem Großvater so gemacht hat. War das im Süden des Landes? Denn hier in Baja California waren wir immer führend, was die Behandlung und Konservierung von Körpern angeht. Wann bringen Sie ihn?«

»Ich rufe Sie in einer Stunde zurück.«

Morgado legte auf, die Gedanken in seinem Kopf stießen gegeneinander, dass die Funken sprühten. Er ging die zweite Liste noch cinmal durch.

5. Was ist mit dem Gesicht des Gouverneurs passiert?

Das war der Schlüssel zu der ganzen Verwicklung. Und die Antwort lag im Community Hospital von El Centro, Kalifornien. Wieder leistete das Telefonbuch wertvolle Hilfe.

»Centro Community Hospital, information desk.«

»Sprechen Sie Spanisch?«

»*Of course.* Mit wem soll ich Sie verbinden?«

»Mit dem Archiv.«

»Das ist um diese Zeit geschlossen. Es ist geöffnet von 8 Uhr morgens bis 3 Uhr nachmittags. Noch etwas?«

»Nein … doch, warten Sie … ich möchte mit Ihrem ältesten Arzt sprechen.«

»Doktor Orozco? Ich glaube … Ich schau mal.«

Ohne Ansage wurde er weiterverbunden.

»*Yes?*«, sagte eine brüchige Stimme am anderen Ende.

»Doktor Orozco?«

»Ja. Mit wem spreche ich?«

»Entschuldigen Sie, aber ich ermittle in einem Fall aus dem Jahr 1963, in Ihrem Krankenhaus. Waren Sie damals schon dort beschäftigt?«

»Ja. Ich arbeite seit 1961 hier, und ich habe mich immer noch nicht pensionieren lassen. Um welchen Fall geht es, Señor …?«

»Miguel Ángel Morgado. Es geht um den Tod von Emilio Esquer, der damals Gouverneur von Baja California war.«

»Ich rede nicht mit Journalisten.«

»Ich bin kein Journalist«, verteidigte sich Morgado in dem besten Doktorenton, den er spontan hinbekam.

»Das ist egal. Ich habe meine Prinzipien.«

»Aber haben Sie sich damals um ihn gekümmert?«

»Nein, ich bin Kinderarzt. Aber ich habe ihn gesehen. Ich musste Doktor Lederman helfen.«

»Ein Kardiologe?«

»Nein. Ein Dermatologe. Aber das geht Sie nichts an.«

»Warten Sie, Doktor Orozco. Sagen Sie mir wenigstens, wo ich Doktor Lederman finden kann.«

Schweigen am anderen Ende. Der Kerl legt bestimmt auf.

»Wenn ich Ihnen sage, wo Sie ihn finden können, werden Sie mich dann in Ruhe lassen?«

»Ja«, versprach Morgado freudig.

»Sie werden mich nicht mehr belästigen?«

»Nie mehr.«

»Gut. Schreiben Sie sich die Nummer auf.«

Morgado schrieb sie auf, es war ganz in der Nähe. »Glauben Sie, Doktor Lederman wird mit mir sprechen?«

»Wenn Sie ihn erreichen, grenzt das an ein Wunder.« Und dann legte er auf, ohne sich zu verabschieden.

Morgado wählte sofort die Nummer. Eine feierliche Stimme ging nach dem dritten Läuten ran.

»Peace Garden Cementery. Leave your message and we'll come back to you as soon as possible.«

Morgado legte auf. Er musste schmunzeln: Er war auf seinem eigenen Feld geschlagen worden, beim Fintenlegen für den Gegner. Der Kinderarzt war wirklich ein ganz Schlauer. Bei diesem Sinn für Humor möchte ich nicht wissen, wie er seine Patienten behandelt, dachte Morgado und kehrte wieder zu seiner Liste zurück.

5. Was ist mit dem Gesicht des Gouverneurs passiert?

Deshalb der Dermatologe. Jemand hatte mit Lederman darüber gesprochen, das Gesicht von Emilio Esquer zu überschminken. Warum? Weil sein Gesicht katastrophal aussah. Wegen ein paar einfacher Kratzer? Sein Handy klingelte, und er fiel fast vom Stuhl. »Ja bitte?«

»Rechtsanwalt Morgado?«

Miguel erkannte die Stimme sofort. »Profesora Lupita Zendejas?«

»Sie haben angerufen.«

Wie sollte man ein Vertrauensverhältnis aufbauen, wenn dafür keine Zeit war, wenn man Gefühle verletzen musste, um Antworten zu bekommen, die niemand hören wollte.

»Ich bin ein Freund von Jimmy, Sie wissen schon. Der Biker. Von den *Cuervos.*«

»Ich kenne Don Jaime. Der hat mich eben angerufen und mir gesagt, ich soll mit Ihnen sprechen.«

»Dann steht dem also nichts im Weg, dass wir …«

»Dem steht viel im Weg. Aber ich will endlich laut hinausschreien, was ich weiß, und ohne Last ins Grab gehen.«

»Können wir uns morgen treffen?«

»Ich bin nicht in meinem Haus. Aber was halten Sie davon, wenn wir im Café an der Hauptstraße meines Dorfs um neun frühstücken?«

»Pine Valley?«

»Ja. Da kommen normalerweise alle Mexicalesen hin, die nach San Diego zum Einkaufen fahren.«

Morgado musste an den Artikel in der *San Diego Union Tribune* denken. »Aber ist das nicht ein rassistisches Dorf?«

Lachen am anderen Ende. »Vielleicht. Aber sie sind nur misstrauisch gegenüber den Illegalen. Sie interessieren sich nicht für Frauen mit dunkler Vergangenheit wie mich. Also, einverstanden?«

»Einverstanden.«

Morgado streckte Arme und Beine aus. Er war müde, sehr müde. Und Bertha war immer noch nicht zu Hause.

22

Morgado schreckte auf. Der Hals tat ihm weh. Er war in dem Sessel im Arbeitszimmer eingeschlafen. Aber der Schlaf war immer noch bei ihm, wie ein Gespenst, das nicht verschwinden wollte. Die Stimme seiner Mutter hallte noch in seinem Kopf, aber die Worte verloren sich in der Ferne. Morgado musste an die Bilder mit den merkwürdigen Blumen denken, die seine Mutter stundenlang gewebt hatte. Und die Früchte aus Brotteig, die sie mit schwieligen Händen geformt hatte. Eins hatte er von ihr gelernt: Man musste ins kalte Wasser springen. Aufs Geratewohl. Schlagartig wurde er munter. Als wäre ohne Vorwarnung ein Luftzug gekommen. Da bemerkte er einen Lichtstreifen am unteren Türspalt, hinter dem sich das Studio des Senators befand. Er schaute auf die Digitaluhr: 3:40. Er wollte gerade verschwinden, als er Stimmen hörte. Er konnte nicht anders, legte das Ohr an die Tür und versuchte, das fremde Gespräch mitzuhören.

»Wie ist es gelaufen?«

»Gut.«

»Hat er etwas gesagt, was wir noch nicht wussten?«

»Er lässt Sie grüßen.«

»Wie nett.«

»Wird man ihn identifizieren?«

»Wir haben ihn einfach liegen lassen. Um diese Zeit werden sogar die Journalisten schon einen Wink bekommen haben.«

»Danke. Ich werde das berücksichtigen. Keine Sorge.«

Sich entfernende Schritte. Türen, die auf- und zugingen. Dann legte sich die Stille wie eine dichte Schmerzschicht über das Haus.

Morgado kehrte mit dem schrecklichen Gefühl zum Schreibtisch zurück, nur ein Werkzeug in den Händen erbarmungsloser Götter zu sein. Das waren die Stimmen vom Senator und von Albert. Zwei Komplizen. Mit ihren eigenen Karten im Ärmel. Morgado lockerte den Kragen, der steif war und ihn behinderte. Wie er dort so in dem Sessel saß, ward es allmählich Licht in seinem Kopf.

23

Er befand sich mitten in der Dunkelheit. Er tastete seine Umgebung ab und erfühlte Wasserhähne, ein Waschbecken, Plastikvorhänge.

Ich bin in einem Bad. Wo? Wo? Ich bin wieder eingeschlafen. Er spürte, wie etwas über sein Gesicht rann. Es war noch jemand im Bad. Jemand bewegte sich im Dunkeln. Er hob die Hand und versuchte, das Wesen zu fassen, das ihn mit großen gelblichen Augen anstarrte. Ein indirekt beleuchteter Spiegel, das war es. Und dieser mit dem Tod ringende Schatten, das bist du selbst, du Dummkopf. Jemand machte Licht im Nachbarzimmer. Er hörte Gelächter und schmatzende Küsse. Und das Rascheln eines Kleidungsstückes, das zu Boden fiel.

»Los, Darling, mach, komm schon rein.« Die Stimme war ihm unbekannt. Er öffnete die Tür einen Spalt, und da waren sie, ein Mann und eine Frau, eng umschlungen, zuckend. Er konnte den Blick nicht abwenden. Obwohl er wusste, dass der Tod nur Sekunden entfernt war, war es ihm unmöglich, woanders hinzusehen. In dem Moment fing der Mann an zu lachen, und seine Begleiterin tat das Gleiche, nichts mit Herzinfarkt. Orgasmus, aber kein Tod. Nur Lust. Der Genuss eines guten Ficks.

»Hat Ihnen die Vorstellung gefallen?«, fragte eine Stimme hinter ihm aus dem Dunkeln. Morgado lief schreiend aus dem Bad. Aber die Liebenden waren nicht mehr in dem Zimmer. An ihrer Stelle lag ein blutiges Laken. Ein Puppenhaus. Und in dem Haus ... Ein langer Krankenhausflur, der nach Desinfektionsmittel, nach geronnenem Blut roch.

»Gefällt dir das verruchte Leben?«

Er schlug die Augen auf. Vor ihm stand die Krankenschwester-Barbie. In der Hand von Bertha. »Ich habe sie in einer alten Truhe gefunden, ist es zu fassen?«

Morgado wachte mit dem merkwürdigen Gefühl auf, dass er nicht mit Sicherheit sagen konnte, ob er wach war oder sich auf einer anderen Ebene desselben Traumes befand. Alles passte zusammen: das Chaos in seinem Innern und die Welt, die sich wie ein Kreisel drehte.

»Ich habe schlecht geschlafen«, entschuldigte er sich.

»Brauchst du eine Massage?«, fragte sie, als sie sein schmerzverzerrtes Gesicht sah.

»Nein, es ist nur der Hals. Ich habe ihn mir gestern verrenkt, aber mit einem muskelentspannenden Medikament geht das wieder weg.«

Bertha führte sich auf wie ein kleines Mädchen mit einem neuen Spielzeug. Aber diese Puppe konnte nicht …

»Wo hast du diese Barbie her?«

»Aus einem Koffer, auf dem Speicher. Mein Bruder hat noch eine Menge von dem Spielzeug aus unserer Kinderzeit aufgehoben. Das solltest du mal sehen.«

»Ich glaube, ich werde mir das mal sehr genau anschauen.«

»Ich bringe dich hin.«

Morgado nahm die Puppe und ließ sich führen. »Diese Barbie war ein Weihnachtsgeschenk?«

»Ich habe sie am 6. Januar, am Dreikönigstag, bekommen, wie du wissen solltest, auch wenn du aus dem Norden und von der Grenze stammst.«

Im zweiten Stock des Herrenhauses gab es einen Schrank, so groß wie Morgados ganzes Apartment. In der Truhe waren Hot-Wheels-Autos, Eisenbahnwaggons und G.I.-Joe-Soldaten, außerdem ein Teeservice und mehrere chinesische Schirmchen.

»Sind das alles Geschenke von eurem Vater?«

»Fast alles. Bis auf die Barbie. Die hat mir ein Freund meiner Mutter geschenkt, einer von den Noriegas.«

»Der Abgeordnete?«

»Ja. Es war auf einem Sportfest der Banco de Londres y México. In der Turnhalle von Mexicali. Kurz nachdem …«

»Im Januar 1964 vermute ich.«

»Meine Mutter hatte mich mitgenommen, und ich habe den ersten Preis bei den Mädchen gewonnen. Das vergesse ich nie.«

Morgado legte die Spielsachen wieder in die Truhe. Sollten sie in ihrem Grab bleiben. Er wollte ins Bad, um kurz zu duschen.

»Wie laufen die Ermittlungen?«, fragte ihn Bertha.

»Sie laufen. Es kommt schon einiges zusammen.«

»Wann hast du etwas Greifbares für mich?«

Morgado schaute auf die Uhr auf dem Sims: Es war 7 Uhr morgens. »Bald. Vielleicht schon morgen. Spätestens in zwei Tagen.«

Bertha sah ihn mit offenkundigem Begehren an. »Wenn du aus dem Bad kommst, werde ich dich schön massieren«, versprach sie.

Aber Morgado hatte bereits ausgerechnet, dass er gerade noch genug Zeit hatte, pünktlich zu seiner Verabredung in Pine Valley zu kommen. »Wenn ich zurück bin, gerne.«

»Hast du keine Lust auf mich, Darling?«

»Doch, doch. Aber ich bin spät dran.«

Bertha lachte. »Wie die Windhunde auf der Rennbahn, meinst du.«

»Was heißt das?«

»Immer hinter dem Hasen her, aber sie erwischen ihn nie.«

Morgado fühlte sich getroffen. »Ich habe dich erwischt, oder etwa nicht?«

»Ich lebe noch, Liebling. Die Toten sind schwerer zu fangen.«

»Vielleicht, weil wir sie nach unseren Vorstellungen erfinden.«

Bertha blieb mitten auf dem Flur stehen. »Was sind wir nicht alle für kleine Philosophen, Darling. Hast du das schon bemerkt?«

Morgado zog seine Kleider aus und ließ sie auf dem Badezimmerboden liegen. Eine Sekunde lang betrachtete er sich im Spiegel, und dann verbarg der Dampf des heißen Wassers sein Gesicht vor ihm. Verschwinde, Morgado, werde Houdini, der Entfesselungskünstler. Mach dich unauffällig aus dem Staub. Kein Schmerz. Keine Müdigkeit. Etwas, das man sehen, aber nicht anfassen kann. Eine Nebelbank.

24

Und was für ein Nebel das war, den er auf der Interstate 8 East vor sich hatte, dazu lange Autoschlangen auf dem Weg zu den verschneiten Hügeln der Sierra von Kalifornien.

Pine Valley war, wie Lupita Zendejas treffend bemerkt hatte, der auserwählte Ort, an den Hunderte von Leuten aus Mexicali kamen, um sich die Beine zu vertreten und ein amerikanisches Standardfrühstück zu probieren. Das war schon früher so gewesen, als Fast-Food-Restaurants noch nicht so verbreitet waren.

Dort in Pine Valley, zwischen in Butter und Ahornsirup

schwimmenden Hot Cakes, zwischen Rühreiern mit Speck und Kaffee im Überfluss, fühlten sich die Mexicalesen wie Skifahrer in den Alpen. Und jeder Schneeschauer oder das Farbspiel der Bäume im Herbst zwischen flammend Rot und Ocker versetzte sie in einen Zustand der Verzückung, als würden sie sich in einer Postkartenlandschaft aufhalten.

Die Mütter waren begeistert von den Holzhäusern mit den spitzen Dächern, die sie für typisch deutsch hielten und von denen sie insgeheim nur zu gerne selbst eines besessen hätten.

Pine Valley war der Ort, wo die Hitze, die die Mexicalesen in sich trugen, verflog und wo die Wüstenkinder ihre Sweatshirts und Mäntel herausholten, die sie in Mexicali höchstens eine Woche im Jahr benötigten, bevor sie sich in den Trubel der Malls und Luxusgeschäfte von San Diego stürzten.

Inzwischen hatte Morgado eine andere Vorstellung von Pine Valley. Nicht dieses Tiroler Ferienkaff mitten in Kalifornien. Nicht dieses gemütliche Café, wo alte Kellnerinnen mit roten, krausen Haaren in seltsamem Spanisch die Bestellung aufnahmen, während seine Eltern ein noch seltsameres Englisch sprachen. Nicht das Paradies, sondern eine Hölle aus Neonazis und Skinheads, verborgen, unter der Oberfläche. Vielleicht schon, als er noch ein Kind war und seine Eltern von Leuten bedient wurden, die sie freundlich grüßten, sie aber verachteten. Oder vielleicht hatten diese weißen, puritanischen, an harte Arbeit und das Reich Gottes glaubenden Dörfler gar nichts gegen sie gehabt, sondern sie einfach als Gäste betrachtet, die ihr Dorf am Leben erhielten und den wenigen Einwohnern Wohlstand brachten.

Morgado sah den See zu seiner Rechten und die grünen Täler mit weidenden Lämmern. Eine idyllische Welt. Wie seine Kindheit und die Erinnerungen daran. Eine Halbwahrheit, wie alle Wahrheiten dieser Welt.

Morgado fuhr ins Dorf und war überrascht. Pine Valley und seine einzige Hauptstraße waren genau so, wie er sie in Erinnerung hatte. Mindestens dreißig Jahre waren vergangen, und es schien, als sei nicht ein Dachziegel ausgetauscht worden. Am Ortseingang tat sich die Fünfzigerjahre-Tankstelle schwer, die vielen Touristen mit ihren brandneuen Autos zu bedienen. Auf dem Parkplatz des Restaurants fand er alles bestätigt: Die Autos kamen aus Baja California. Die Tradition, nach Pine Valley zu pilgern, hatte sich mit den neuen Zeiten nicht verändert. Warum auch? Vielleicht, weil die Kinder heranwuchsen und dasselbe Ritual wie ihre Eltern und Großeltern wiederholten. Oder sie kehrten einfach zurück, weil Pine Valley eine schöne Erinnerung an ihre Jugend war. Was auch immer: Er war nicht gekommen, um sich auf die Suche nach schönen Erinnerungen zu machen.

Er stieg aus und nahm den feuchten Boden, das nasse Gras, das Gewieher der Pferde in den Ställen wahr. War das nicht alles eine schlechte Kulisse? War es nicht eine permanente Inszenierung für uns, die Mexikaner? Ein eisiger Wind ließ ihn den Kragen seiner Jacke hochschlagen. Er betrachtete aufmerksam die Autos. Er sah niemanden darin sitzen, kein Kennzeichen zeigte irgendein Emblem der Regierung. Bei der Tankstelle war niemand im Telefonhäuschen. Ein geeigneter Ort für einen Hinterhalt. Man kann aus allen Richtungen mit dem Gewehr auf mich zielen. Wie gut, dass ich Bertha nichts von dem gestrigen Attentat beim Verlassen des Woldberg erzählt habe. Wenn das hier gut ausgeht, fehlt nicht mehr viel, und ich habe den Fall gelöst. Und wenn nicht? Auch dann. Nur, dass anstelle von Lupita Zendejas Emilio Esquer mir das Rätsel erklären wird. Morgado lachte vor sich hin. Wie makaber du wirst, Miguel Ángel. Als wäre der Tod nicht eine ferne Gegenwart, sondern ein enger Freund, ein unerwarteter Besuch, den man hereinbittet.

Er schaute nach rechts und nach links wie ein Soldat, den man in feindliches Gebiet eingeschleust hat, öffnete die Eichentür des Cafés und ließ sich vom Duft frisch gebackenen Kuchens gefangen nehmen, von dem leicht beißenden Geruch eines mit Holz befeuerten Herdes. Das unbefleckte Paradies seiner Kindheit.

25

Lupita Zendejas entsprach genau dem Bild, das er sich aufgrund der Stimme am Telefon gemacht hatte. Sie war äußerst lebendig und vital. Trotz ihres Alters glänzten ihre Augen wie die einer Fünfzehnjährigen. Und sie bewegte sich wie eine Frau, die glaubte … nein, die die Welt immer noch mit einem Bissen verschlingen konnte.

»Licenciado Morgado, warum machen Sie dieses Gesicht?«

»Ich weiß nicht. Bevor ich mit ihnen telefoniert habe, hatte ich jemand anderes erwartet.«

Bei Lupita Zendejas zeigten sich Grübchen, als sie lächelte. »Ist das ein Kompliment oder eine Taktlosigkeit?«

»Nein, nein. Ein Kompliment«, versuchte Morgado sich zu entschuldigen. »Es ist eine angenehme Überraschung, eine so glückliche Frau zu treffen, vor allem …«

Lupita ließ ihn nicht aussprechen. »Nach allem, was ich durchgemacht habe, wollten Sie sagen.«

Morgado schaute zu Boden wie ein von seiner Lehrerin getadelter Schüler.

»Und wenn ich Ihnen sage, dass ich die giftigen Zungen der Mexicalesen überlebt habe, weil ich so bin wie sie, so verschlossen? Nichts kann mich verwunden. Niemand kann mir ernsthaft wehtun. Was sie sagen, prallt an mir ab.«

»Sie sind niemand, der anderen gefallen will.«

Lupita Zendejas schüttelte den Kopf. »Machen Sie sich kein falsches Bild von mir. Es war brutal. Man hat mit dem Finger auf mich gezeigt. Man hat sich auf offener Straße über mich lustig gemacht. Und viel schlimmer: das Gerede hinter meinem Rücken, Gerüchte, wo immer ich lebte oder arbeitete. Ich wurde verachtet und gleichzeitig gefürchtet.«

»Warum sind Sie nicht weggegangen? Mexicali ist nicht der Nabel der Welt.«

»Nein, aber es ist mein Zuhause. Oder war es. Ich weiß nicht mehr.«

Beide schwiegen. Eine ältere Bedienung mit gelocktem, rötlichem Haar nahm ihre Bestellung entgegen. Solange sie auf ihr Frühstück warteten, wusste Morgado nicht, was er von dieser Frauengestalt halten sollte.

»Sie erinnern mich an einen Roman, *Der scharlachrote Buchstabe*. Das war ein Zeichen, mit dem man vor Jahrhunderten ehebrecherische Frauen brandmarkte, damit man eine Sünderin gleich erkennen konnte.«

Lupitas Lachen und ihre Fröhlichkeit waren ansteckend. »Mir ist genau das Gegenteil passiert: Die Männer waren wie Hunde hinter mir her. Sie haben in mir eine Trophäe gesehen. Wissen Sie, wer mich beschützt hat?«

Morgado dachte an Alfonso Brindisi. Aber er sagte nichts. Seine Spekulationen gingen zu weit.

»Der neue Gouverneur, Roberto Arandel. Er hat sie zurechtgewiesen. Er hat gesagt, ich solle mein Studium fortsetzen, und wenn jemand meine Situation ausnützen wolle, würde man ihn der Schule verweisen, ob Lehrer oder Schüler. Aber das Spiel ging weiter. Es sind ungefähr noch zehn aufgetaucht, bevor der Sturm sich gelegt hat. Die Situation wäre eine andere gewesen, wenn der Abgeordnete Genaro Noriega Vizegouverneur geblieben wäre, aber er musste das Land verlassen. Dieser Noriega hatte mich als eine Art Waschlauge für den Zirkel der Macht betrachtet, die man benutzen und entsorgen kann.«

»Wann haben Sie Ihren Abschluss gemacht?«

»1965. Ich war die Beste meines Jahrgangs.« Stolz lag in Lupitas Stimme. »Ich bin aus eigener Kraft Lehrerin geworden, nicht weil ich jemandem das Bett gewärmt habe.«

Morgado nickte. Ein Strom frisch aufgebrühten Kaffees und ein riesiger Turm Hot Cakes trennten ihn einen Moment lang von Lupita Zendejas. Morgado hatte nur eine Portion Müsli mit entrahmter Milch bestellt. Jetzt bekam er Zweifel an seiner Diät. Diese Frau vertilgte gerade mehr Kohlenhydrate und Cholesterin als er in einem Monat. Und sie hatte mehr Energie als er, mehr Kraft, dem Leben zu trotzen. Und all den Schlägen und Missgeschicken. Sie hatte am Boden gelegen. Und dann war sie aufgestanden, als wäre nichts geschehen, und hatte weitergekämpft. Glücklich mit dem, was sie war, und ohne Gewissensbisse.

»Worüber denken Sie die ganze Zeit nach?«

»Sie … Sie …« Morgado konnte die passenden Worte nicht finden.

»Wie ich das geschafft habe? Ist das Ihre Frage?«

»Ja. Genau.«

»Ich weiß es nicht. Vielleicht liegt es an meinem Charakter, den habe ich von meiner Mutter, einer Yaqui-Indianerin. Oder ich habe in diesem zarten Alter bereits all das Böse gesehen, das man im Leben aushalten muss, und festgestellt, dass selbst das mir nichts anhaben kann.«

»Wie beurteilen Sie die Situation jetzt?«

»Situation? Was für ein hübscher Euphemismus.«

Morgado bemerkte zum ersten Mal einen Anflug von Traurigkeit. »Wie war denn Ihre Beziehung zum Gouverneur?«

»Wir waren ein Liebespaar. Mit vierzig Jahren Altersunterschied.«

»Ein Liebespaar? Doch wohl eher Unzucht mit Minderjährigen.«

Lupita Zendejas sah ihn tadelnd an. Wie einen Schüler, der seine Hausaufgaben nicht gemacht hatte. »Ich war es, die den Armen verführt hat. Stellen Sie mich nicht als armes kleines Opfer hin. Ich beklage mich nicht. Ich lebe. Sehen Sie mal.« Sie öffnete ihre Handtasche und zog ein kleines Taschenfotoalbum heraus. »Sehen Sie sich die ersten Fotos an. Was sehen Sie? Ein kleines Mädchen?«

Nein. Das war kein Kind. Es war Lupita als Studentin. Ein frühreifes Mädchen. Viele Kurven: Brüste und Hüften. Und dieser herausfordernde Blick einer Frau, die weiß, was sie will.

»Ich habe es als Erste bemerkt, seine Schwächen.«

»Das verstehe ich nicht.«

»Ich spreche von Emilio. Er war verzweifelt.«

»Weil er mit Ihnen schlafen wollte?«

»Nein. Weil er seine Familie verlassen wollte.«

»Das sagen verheiratete Männer immer. Sie geben das Opfer, damit die Mädchen ihnen in die Arme fallen.«

»Nein. Seine Ehe war eine Zweckehe. Sie waren ein Team für die Wahlkampagnen, um für die Propagandafotos zu lächeln.«

Morgado sparte sich jeden weiteren Versuch, sein Müsli aufzuessen. »Seine Ehe mit Amalia Salivie war eine Scheinehe?«

»Jeder hat gemacht, was er wollte. Gemeinsame Geschäfte, getrennte Betten. Und zwei Kinder, damit alles wunderbar passte. Eine ganz normale Familie.«

Lupita Zendejas nahm das Fotoalbum und zeigte ihm ein offizielles Foto von der Eröffnung der Talsperre López Mateos. März 1960. »Wen erkennen Sie?«

»Gouverneur Esquer und seine Frau. Privatsekretär Brindisi. Den Abgeordneten Noriega … Und …«

»Wer umarmt wen?«

»Sie ihn. Und?«

»Sie war die wahre Macht. Mein Emilio war bloß ein Ingenieur, der sich mit allen blendend verstand. Ein guter Kerl. Amalia hat ihn in die Politik gedrängt. Er interessierte sich nur für Berechnungen und Frauen.«

»Lady Macbeth«, resümierte Morgado.

»Nein, so auch wieder nicht, ich habe meinen Shakespeare schon gelesen.«

»Sie haben gesagt, man habe ihn gezwungen. Amalia und wer noch?«

»Noriega natürlich. Von ihm kam das Kapital.«

»Für die Kampagne der Gouverneurswahl?«

»Für alles. Er hat das alles finanziert, weil er selbst, nach

Ablauf der sechs Jahre, der nächste Gouverneur werden wollte, der größte, wie es damals hieß.«

»Ein Moment. Wenn das so war, dann waren die beiden, Noriega und Amalia, am meisten betroffen.«

»Ein reizendes Pärchen!«, rief Lupita aus.

»Waren sie ein Liebespaar?«

»Haben Sie das jetzt erst kapiert? Im Logikunterricht hätte ich Sie eine Sonderprüfung machen lassen.«

Morgado sah eine andere Facette der Persönlichkeit dieser unerschrockenen Lehrerin. Sie war hart, aber hinter dieser schulmeisterlichen Härte steckte keine Frustration, sondern eine Berufung zur Ordnung, zum Verstand.

»Glücklicherweise habe ich nicht an Ihrem Unterricht teilgenommen.«

»Das hätten Sic mal tun sollen.« Lupita Zendejas legte das Besteck auf den fast leeren Teller. »Sie erlauben doch, dass ich Sie einlade.« Dann orderte sie die Rechnung.

Morgado war alarmiert. Was habe ich Schlimmes gesagt? Wo bin ich ins Fettnäpfchen getreten? »Aber Sie wollten mir doch gerade erzählen …«

Es traf ihn der Blick der Disziplinpräfektin. »Mache ich auch, aber nicht in einem Café voller Leute. Lassen Sie uns ein bisschen spazieren gehen. Kommen Sie. So bewegen Sie sich wenigstens ein bisschen, und das können Sie brauchen, wenn ich mir die Augenringe in Ihrem Gesicht so ansehe.«

Sie traten in das eisige Licht von Pine Valley hinaus.

»Auf der anderen Seite der Straße ist ein Weg für Touristen, die gerne wandern. Es ist eine angenehme Tour mit überraschenden Ausblicken.« Morgado spürte die kalte Höhenluft und schlug den Jackenkragen wieder hoch. Lupita Zendejas hakte sich bei ihm unter. »Vorgestern hat es die ganze Nacht geschneit«, sagte sie.

»Es ist immer noch glatt.«

»Ich habe hier schon Hirsche, Hasen und Dachse gesehen. Wilde, unabhängige Tiere.«

»So wie Sie?«

»Ja, wie ich.«

»Und warum sind Sie in diese Eiseskälte gezogen? Wegen der Tiere?«

»Nein. Und auch nicht, um Mexicali hinter mir zu lassen, jedes Wochenende ist halb Mexicali hier. Ich bin hierhergezogen, weil der Mann meiner Schwester Felicia gestorben ist und sie Gesellschaft wollte. Sie hat es nicht allein geschafft.«

»Was macht Ihre Schwester?«

»Sie hat einen Kammerjägerbetrieb. Die Feuchtigkeit zieht alles mögliche Getier an, und die Holzhäuser sind Brutstätten für schreckliches Ungeziefer. Holzkäfer. Termiten. Sogar Wespen und Taranteln. Ihre Söhne, meine Neffen Joseph und Arnold, kümmern sich um das Geschäft, und ich mache die Buchhaltung. Alles bleibt in der Familie.«

»Haben Sie nie geheiratet?«

Ein leichtes Zögern. Ein kaum merkliches Lächeln. »Nein.«

»Weil Sie den Männern misstraut haben?«

»Weil man sich nur einmal im Leben verliebt.«

»Das ist sehr kitschig, entschuldigen Sie.«

Lupita Zendejas tätschelte Morgados Arm, als wäre er ein kleiner Junge, der noch nicht alt genug war, die Geheimnisse des Lebens zu verstehen. »Die Wahrheit ist, einmal habe ich geheiratet. Auf einem Oktoberjahrmarkt.«

»Einen Schulkollegen?«

»Nein. Emilio Esquer. Meine einzige Liebe.«

26

Der Spaziergang gefiel Morgado. Die Bäume waren nicht so dicht belaubt wie in den Wäldern des Südens und gaben den Blick frei auf den grünen Horizont, auf die anderen Hügel, die sich nach Süden, Osten und Westen erstreckten. An einigen Stellen sah man einen dunklen Fleck in der Ferne, wie die Spur einer riesigen Schlange.

»Was ist das?«, zeigte Morgado.

»Der Weg des Feuers«, erwiderte Lupita. »Jedes Jahr, während der Trockenperiode, kommt es zu Waldbränden. Ich glaube, vor zehn oder zwölf Jahren hätte einer dieser Brände beinahe das Dorf zerstört. Meine Schwester hat gesagt, die Leute hätten Schützengräben gebaut.«

Morgado genoss die Lektionen von Lupita Zendejas. Es war eine Rückkehr in den Garten der Kindheit; jeden Tag lernte man neue erstaunliche Dinge. »Wie die im Ersten Weltkrieg?«

»Für die Gegenfeuer. Sie haben einen Teil des Geländes um Pine Valley abgebrannt, damit das Feuer keine Nahrung finden kann, ausgeht oder in eine andere Richtung wandert.«

»Sie sprechen vom Feuer, als wäre es ein denkendes Wesen.«

»Die Natur ist ein umfassender Geist, der immer nur eines will: dem Tod Leben abringen. Auch das Feuer lernt und lässt sich nicht von den Menschen ersticken.«

Morgado streckte die Arme aus und atmete tief ein. Die eisige Luft war belebend. »Und das Feuer hat Pine Valley nicht erwischt, vermute ich.«

»Nein, aber es hat ein halbes Dutzend Farmen der Umgebung in Schutt und Asche gelegt. Zwei alte Männer sind in ihren Campern verbrannt, und es hat etwa zwanzig Verletzte unter den Leuten aus dem Dorf und den Männern der freiwilligen Feuerwehr von San Diego gegeben.«

Morgado schüttelte den Kopf. »Eigentlich wollte ich mit Ihnen über etwas ganz anderes reden, und sehen Sie, bei was wir jetzt angekommen sind.«

»Es ist dasselbe«, beruhigte Lupita ihn. »Leben und Tod. Unfälle und Katastrophen. Ich hatte ein paar Monate das Paradies zum Greifen nah, und dann habe ich den Rest meines Lebens im Fegefeuer verbracht. Ich sage das ohne Klage. Das ist mein Weg, das war er.«

»Und hat er Sie geliebt?«

Eine schmerzliche, aber unvermeidliche Frage.

»Das könnte nur er Ihnen beantworten.«

»Das glaube ich nicht. Eine Frau weiß, ob sie geliebt wird. Und wie sehr. Sie sind nicht blind. Im Gegenteil: Sie sehen wie mit Röntgenstrahlen, was ein Mann in ihrer Gegenwart empfindet.«

»Und in dem ›sie‹ sind alle Frauen eingeschlossen?«

»In einem allgemeinen Sinne, ja.«

»Wie gut, dass ich keine Feministin bin, sonst hätte ich Sie grün und blau geschlagen. Aber ich bin Ihrer Meinung, dass eine Frau die Reaktionen der Leute, ob Männer oder Frauen, öfter und besser versteht. Und ja, er hat mich geliebt. Emilio Esquer hat mich geliebt. Ich versichere es Ihnen.«

»Der Gouverneur von Baja California, verheiratet und zwei Kinder …«

»Nein, nein! Für mich war er nicht die öffentlichen Ämter, die er bekleidete, oder der Ring, den er am Finger getragen hat, sondern ein Mann, anders als alle anderen. Jemand, der mir das Gefühl gegeben hat, eine Frau zu sein und nicht ein hilfloses junges Mädchen.«

Ihre vehemente Rede konnte Morgado nicht ganz überzeugen. »Aber er war ein Schürzenjäger. Die Leute sagen, es sei seine Lieblingsbeschäftigung gewesen, Mädchen zu entjungfern.«

»Die Leute? Was für Leute?«, explodierte Lupita. »Brindisi? Noriega?«

»José Méndez, sein Chauffeur, zum Beispiel.«

Lupita Zendejas holte ein Seidentuch aus der Tasche und legte es auf einen Stein. »Erlauben Sie, dass ich mich einen Moment hinsetze, ich muss mich erst mal beruhigen.«

Morgado suchte sich einen Stein in der Nähe und setzte sich ebenfalls. Zum ersten Mal sah er Zeichen des Alters im Gesicht seiner Begleiterin. Zum ersten Mal sah er, wie ihr die auf der Tasche liegenden Hände zitterten. Die Herbstblätter zu ihren Füßen knisterten und bildeten einen Teppich aus Ocker- und Orangetönen, der sich zwischen den umstehenden Kiefern und Tannen verlor.

»Manchmal ist es schwer, die einzelnen Bäume zu sehen, wenn man einen Wald betrachtet«, sagte Lupita schließlich. »So ging es auch Emilio. Ja, er war ein Schürzenjäger. Für ihn war seine Ehe keine Herzensangelegenheit, sondern eine geschäftliche Abmachung.«

»Ein Vertrag.«

»Ja. So ähnlich. Bis wir uns kennenlernten. Das war Anfang 1963, bei einer Schulfeier. Ich sollte ihm einen Blumenstrauß als Willkommensgruß überreichen. Und er ist mir dreimal zu Boden gefallen. Es war schrecklich peinlich. Beim dritten Mal ist er vom Podium gestiegen und hat gesagt: ›Diese Blumen wollen nicht mit mir gehen. Sie wollen die schönste Blume von allen begleiten: Sie.‹ Und dann hat er sich eine einzige Blume genommen und mir den ganzen Strauß geschenkt. Sie hätten den Applaus hören sollen, den er bekommen hat.«

Morgado stellte sich diesen Moment unter der strahlenden Wüstensonne vor. »Und dann? Hat er Sie in seine Limousine gebeten?«

»Ich war damals nicht so unschuldig wie Sie denken mögen. Ich hatte zwei Freunde gehabt, lüsterne Kerle, die sich nur amüsieren wollten. Und ein Lehrer machte Andeutungen, dass er mit mir ins Bett gehen und mir eine Wohnung einrichten wolle. Ich war hübsch. Sehr gefragt.«

»Aber nur Emilio Esquer erfüllte Ihre Erwartungen.«

»Ja. Meinen Hunger nach Leben, nach der Welt.«

»Glauben Sie nicht, dass die Tatsache, dass Emilio nicht nur ein gut aussehender und stattlicher Mann war, sondern auch Gouverneur des Staates, wie soll ich sagen, ein Pluspunkt war?«

Lupita Zendejas überlegte sich in aller Ruhe, was sie darauf antworten sollte.

»Sie wollen sagen, dass ich von der Aura seines Prestiges angezogen worden bin, von der Macht seines öffentlichen Amtes?«

»Ja, das will ich sagen.«

»Vielleicht zu einem ganz geringen Teil. Aber die Anziehung ist von beiden Seiten ausgegangen. Ich wollte ihn, seit ich seinem Blick standgehalten und in seine funkelnden Augen gesehen hatte.«

Morgado fühlte sich fehl am Platze. Er war gekommen, um einen fast schon historischen Fall zu lösen, und war auf eine Liebesgeschichte alten Stils gestoßen: Blumen, Sternschnuppen und pochende Herzen. Es fehlte nur noch der Sonnenuntergang.

»Und er?«, fragte er, nur um etwas zu fragen.

»Als wir das erste Mal miteinander schliefen, hat er gestanden, dass er mich liebt.«

»Und dann hat er gesagt, er würde sich scheiden lassen und Sie heiraten, nicht wahr?«

»Nein. Er hat gesagt, er wolle das Amt des Gouverneurs niederlegen. Er wolle darauf verzichten.«

27

Die Zweige der Pinien bebten, als ein kalter Bergwind durch den Wald fuhr. Miguel Ángel Morgado bebte auch. Ein eisiger Wind ließ sein Herz einen Moment lang stillstehen. Es waren nicht Lupita Zendejas Worte, die ihn von Kopf bis Fuß erschaudern ließen. Es war die Wahrheit hinter diesen Worten.

Lupita sah ihn neugierig an, wie einen langsam lernenden Schüler, der am Ende aufholt.

»Das verändert die ganze Sache.«

»Die Liebe verändert alles«, bemerkte Lupita Zendejas.

»Nein. Gut, ja. Aber … Sind Sie sicher?«

»Dass er das ganze Geschäft hochgehen lassen wollte? Ja, natürlich. Aber so wie die Dinge sich entwickelten, bekam er keine Gelegenheit dazu, sich davon zu befreien.«

»Warten Sie, die Promotora Esquer und Partner wurde also nicht als reine Fassade gegründet, um Geschäfte hinter dem Rücken der Regierung zu machen. Sehen Sie das auch so?«

»Natürlich. Die Promotora war die unsichtbare Regierung. Die wahren Herren des Staates. Ich dachte, Sie wüssten das. Jaime sagte, Sie wären ein guter Ermittler. Langsam kommen mir Zweifel.«

Hinter dem Tadel verbarg sich ein Kichern. Morgado lachte unverdrossen. »Und jetzt verdiene ich, dass man mich an den Ohren zieht und ich eine Weile in der Ecke stehen muss?«

»Mindestens.«

Morgado fand, jetzt war genau der passende Moment. »Was ist an jenem Tag in El Centro passiert?«

»Ein Täuschungsmanöver nach dem anderen.«

Morgado kniete sich vor die Lehrerin hin. Wie ein Schüler, der seine Noten vom Schuljahresende wissen wollte. »Erzählen Sie mir alles, bitte.«

Lupita strich ihm über das Haar. »Dieser junge Brindisi kam zu mir in die Schule. Er sagte, Emilio wolle mich sehen.«

»Haben Sie niemandem gesagt, wo Sie hinwollten?«

Lupita Zendejas gab ihm eine Kopfnuss. »Was hätte ich denn zu meinen Eltern sagen sollen: Ich fahre zum Vögeln nach El Centro, mit dem Gouverneur, und es wird später? Wir hatten 1963. Und auch jetzt, über vierzig Jahre später, sagt keine Tochter so etwas. Aus Feigheit.«

»Wie lange haben Sie sich schon in dem Motel in El Centro getroffen?«

»Seit Juli. Etwa fünf Monate.«

»Fünf Monate, seit er Ihnen versprochen hatte, als Gouverneur zurückzutreten.«

»Fünf Monate, in denen er seinen Rücktritt geplant hat. Heimlich. Ohne dass seine Partner etwas mitbekommen haben. Um sie zu überrumpeln.«

»Wann sind Brindisi und Sie in das Motel gekommen?«

»Um vier. Wir haben erst etwas gegessen. In Calexico. Das Zimmer, in das Brindisi mich geführt hat, war diesmal ein anderes, nicht das übliche. Er hat mich mutterseelenallein dort zurückgelassen. Ich habe den Fernseher angemacht. Es kam eine Sportsendung.«

»Haben Sie mal hinausgeschaut? Haben Sie irgendetwas Verdächtiges bemerkt?«

Lupita half Morgado auf. »Genug mit dem Ritter. Nein. Ich habe nichts gesehen. Von meinem Zimmer aus konnte man den Bungalow nicht sehen. Er lag nicht im Eingangsbereich des Motels, sondern mehr in der Mitte. Aber Emilio ist so gegen 5 Uhr zu mir gekommen.«

Morgado wunderte sich über gar nichts mehr. Das Bild von jenem 20. Dezember veränderte sich mit jedem neuen Puzzleteil, das ihm die Lehrerin gab.

»Er kam, und wir sind gleich ins Bett gegangen. Und nein: Er hatte keinen Herzanfall. Er wirkte auf mich wie der gesündeste Mann der Welt.«

»Aber die Berichte geben den Todeszeitpunkt mit 17.30 Uhr an.«

»Es ist alles schnell gegangen. Sehr schnell. Er hatte jemanden für diese Uhrzeit in den Bungalow bestellt.«

»Jemanden? Wen?«

»Seine Partner, glaube ich. Ich weiß es nicht genau. Das habe ich nie erfahren. Lassen Sie mich einfach weitererzählen.«

Morgado sah ein, dass seine Fragen nicht dazu führten, dass die Lehrerin ihre Version des Geschehens preisgab. Lass sie reden, sie soll alles sagen. Und dann hakst du nach, wo es etwas nachzuhaken gibt.

»So zwanzig Minuten später hat er sich angezogen und zu mir gesagt: ›Ich bin in einer Stunde wieder da. Ich muss nur schnell etwas erledigen.‹ Und dann ist er gegangen. Ich bin im Bett geblieben, ich war immer noch aufgewühlt. Als wäre ein Hurrikan über mich hinweggefegt. Mir war kalt, und ich habe die Unterwäsche wieder angezogen und mich in einen Schal gehüllt, den ich dabeihatte. Die Heizung in dem Zimmer hat nicht gut funktioniert. Wollen Sie mich nicht fragen, was ich dann gehört habe?«

Morgado musste über dieses typische Lehrerinnengebaren lachen. »Erst sagen Sie, ich soll Sie nicht unterbrechen, und jetzt wollen Sie, dass ich weiterfrage. Sie müssen sich entscheiden.«

»Ich fahre ja schon fort. Auch wenn es mir schwerfällt.«

»Schon gut. Ich sündige erneut. Was haben Sie gehört?«

»Ich habe die Schreie einer Frau gehört und ein Geräusch wie Ohrfeigen. Ich habe geglaubt, einen Mann weglaufen zu sehen.«

»In der Nähe des Bungalows?«

»Nein. Beim Parkplatz. Dann hat es an meine Tür geklopft, ich bin erschrocken. Ich habe die Tür geöffnet, weil ich gedacht habe, Emilio sei zurück. Vielleicht, habe ich gedacht, hatte er etwas im Zimmer vergessen.«

»Aber Emilio war schon tot, nicht wahr?«

Auf einmal fielen ein paar Schneeflocken mitten in die Stille des Waldes, die Stille, die seine ungestüme Frage hervorgerufen hatte. Was bist du für ein Idiot, dachte Morgado, wie verdammt taktlos. Lupita begann still vor sich hin zu weinen.

»Tut mir leid. Wirklich«, entschuldigte sich Morgado.

»Ja«, flüsterte sie. »Er war schon tot. Wer da an die Tür geklopft hatte, das war Alfonso, aufgescheucht wie ein Kaninchen. Blass, leichenblass. Aber als er mich so halb nackt da stehen sah, hat er mich am Arm gefasst und gesagt: ›Komm. Der Gouverneur braucht dich. Er hatte einen Infarkt. Komm, beeil dich.‹ Ich wollte mich sträuben. Aus Scham. Weil ich dem nicht ins Auge sehen wollte, was mich erwartete. Aus Panik oder was auch immer. Ich habe gestammelt, ich wolle mir erst etwas anziehen, aber Alfonso war ganz hysterisch, und das hat sich auf mich übertragen. Also bin ich nur in Unterwäsche und mit einem Bettlaken aus dem Zimmer gerannt. Ich habe nichts gesehen, nichts gehört. Es war … es war, als würde ich einen dunklen Tunnel mit einem Licht am Ende betreten.«

»Brindisi hat Sie zu dem Bungalow gebracht?«

»Ja. Die Tür stand offen, und drinnen herrschte ein einziges Chaos. Als hätte es einen äußerst gewalttätigen Streit gegeben.«

»War es eine Falle?«

»Natürlich. Für Emilio und für mich. Er hat neben dem Bett gelegen. Der Körper war blutüberströmt, und das Gesicht war unter einem Kissen verborgen.«

»Haben Sie jemanden dort gesehen?«

»Ich war weder im Bad noch in dem anderen Zimmer des Bungalows.«

»Was haben Sie noch gesehen?«

Sie zitterte vor Kälte. Nicht wegen der Kälte in Pine Valley, sondern wegen eines eisigen Windes aus dem Jahr 1963.

Morgado legte schützend die Arme um sie. »Wenn Sie wollen, machen wir später weiter.«

»Nein, jetzt!« Lupita löste sich von Morgado. »Ich war wie

von Sinnen. Ich wusste nicht, was ich tun sollte. Alfonso hat vom Zimmertelefon aus Emilios Arzt angerufen.«

»Dann haben Sie also sein Gesicht nicht gesehen?«

»Nein. Aber er war es. Seine Haare. Seine Hände. Er hat auf dem Rücken gelegen.«

»Wer hat das Kissen auf ihn gelegt?«

»Brindisi, vermute ich. Oder es ist zufällig auf ihn gefallen. Aber es war nicht das, was mich so irritiert hat.«

Morgado sah sie aufmerksam an und wusste, so musste das Gesicht von Lupita Zendejas auch an jenem Abend ausgesehen haben: eine Maske der Ungläubigkeit und des wachsenden Grauens. »Was hat Sie denn am meisten irritiert? Warum das Gesicht auf diese Weise bedeckt war?«

»Der seltsame Geruch. Im ganzen Bungalow war ein seltsamer Geruch. Wie … in einem Chemielabor … ich kann es nicht genau sagen. Es hat nach Damenparfum gerochen. Stark. Aber als hätte man das Parfum verwendet, um den anderen Geruch, den chemischen, zu überdecken. Da war Blut auf seiner Brust, das, glaube ich, aus seinem Mund und seiner Nase gekommen ist. Viel Blut. Ich habe gesehen, dass er sehr qualvoll gestorben sein musste.«

»Haben Sie Schmuckstücke auf dem Boden gesehen? Andere Frauensachen?«

»Ich erinnere mich nicht. Ich habe nur Emilio gesehen. Ich wollte ihn anfassen, aber Alfonso hat es mir nicht erlaubt. Es war, als hätte er mich nur als Zeugin gewollt. Ich war keine zwei Minuten da, ich war wie gelähmt, als wäre ich nicht bei mir.«

»Glauben Sie, es war ein Herzanfall?«

»Fragen Sie mich, ob ich die Version akzeptiere, dass er starb, während er mit einer anderen geschlafen hat?«

»Sagen wir, wenn nicht Sie bei dem Gouverneur waren, mit welchem Mädchen hat er dann geschlafen?«

Lupita lachte ihm ins Gesicht. »Morgado, Morgado. Verstehen Sie denn nicht? Er hat mit niemandem geschlafen. Mein Emilio war dort, um eine geschäftliche Angelegenheit abzuwickeln. Oder eine politische. Ich weiß nicht, um was es ging, er hat es mir nicht gesagt. Er hatte gerade mit mir geschlafen, und auch wenn er ein gutes Durchhaltevermögen hatte, kann ich mir nicht vorstellen, dass er fünf Minuten später zu einem anderen Liebestreffen fähig gewesen wäre.«

»Aber sicher sind Sie nicht, oder?«

Lupita Zendejas stützte sich auf Morgados Schulter und stand auf. »Natürlich bin ich das.«

»Sind Ihnen die Glieder eingeschlafen?«

»Ein wenig. Am besten gehen wir noch ein Stück, damit der Kreislauf in Schwung kommt.«

»Sie haben also den Gouverneur neben dem Bett liegen sehen, mit beiden Händen sein Gesicht schützend, nackt, tot, blutüberströmt und ...?«

»Nein. Sie irren sich schon wieder!«

»Worin?«

»Tot war er, mein Emilio, tot und blutüberströmt. Aber nicht nackt. Er trug einen Anzug und alles. Er hatte mit niemandem geschlafen.«

»An was ist er dann gestorben?«

Lupita ging einige Schritte und wandte sich dann wieder Morgado zu. »Das ist Ihre Aufgabe, Ihre Pflicht. Ich erzähle Ihnen alles dies nicht umsonst. Wenn ich Ihnen mein Herz ausschütte, dann will ich etwas dafür haben.«

»Die Wahrheit?«

»Nein. Gerechtigkeit. Oder besser gesagt: Rache. Emilio

ist nicht an einem Herzstillstand gestorben. Er wurde getötet.«

»Brindisi?«

»Alfonso? Glaube ich nicht. Er hat ihm höchstens die Beine festgehalten, wie man es bei den Kühen macht. Einer hält die Beine, der andere bringt sie um.«

»Und wen haben Sie im Verdacht, Lupita?«

»Die von dieser Promotora Esquer, von dieser Firma, die zwar seinen Namen getragen hat, aber bei der mein Emilio nur ein Angestellter unter vielen war. Der seine Unterschrift hergegeben hat. Der sein Gesicht hingehalten hat.«

»Wen verdächtigen Sie?«

»Alle, ich habe es schon gesagt. Aber an jenem Abend habe ich niemanden gesehen. Ich wurde von einem Ort zum anderen geschleppt. Wie ein Zombie.«

Morgado zeigte ihr das notariell beglaubigte Papier mit der Handschrift des Gouverneurs. »Und dieses Dokument. Haben Sie es in dem Bungalow gesehen?«

Lupita Zendejas las es aufmerksam durch. Wort für Wort. »Ich erinnere mich nicht. Da war viel Geschrei. Hektik.«

Lupita schwenkte das Blatt, als wolle sie ein Statement abgeben. Dann las sie es noch einmal langsam, konzentriert. »Dieses Schriftstück sagt alles. Er hat es dort seinen Partnern vorgelegt. Das war seine Art, aus der Firma auszusteigen. Er wollte ihnen mitteilen, dass er auf Macht und Gewinne verzichtet. Und sie ... haben ihn nicht gelassen.«

Morgado steckte das Blatt in die Innentasche seines Jacketts. »Das Schlimme ist, dass wir immer noch nicht wissen, wie er zu Tode kam.«

»Vielleicht durch eine Kugel. Deshalb haben sie das Kissen auf ihn gelegt. Damit man es nicht sieht.«

»Eine Kugel? Dann hätte die amerikanische Polizei die Leiche doch nie freigegeben. Es hätte eine große Ermittlung gegeben. Vielleicht ist ein Geschwür geplatzt und es war ein bedauernswerter natürlicher Tod.«

»Ich weiß nicht. Das finden Sie heraus. Aber sie haben ihn getötet! Getötet! Wenn Sie den finden, der das war, dann kommen Sie auf das Wie von ganz allein.«

»Oder umgekehrt.«

Sie kehrten nach Pine Valley zurück und kamen an Ställen vorbei, in denen Rassepferde zu wiehern begannen, als sie die beiden bemerkten. »Sie riechen uns von Weitem. Sie sind so empfindsam«, sagte Lupita Zendejas.

»So sollten wir Menschen sein. Es würde mir gefallen, nur über die Witterung feststellen zu können, ob eine Gefahr auf mich zukommt.«

»Ich habe die Gefahr nicht kommen sehen. Nachdem er telefoniert und wer weiß welche Befehle entgegengenommen hatte, hat Brindisi mich am Arm gepackt, ihn hinter meinem Rücken verdreht und mich aus dem Bungalow gestoßen. ›Los. Hier kannst du nicht bleiben‹, schrie er mich an. Und er hat mich halb nackt der Meute vorgeworfen, die sich draußen versammelt hatte. Neugierige. Personal des Motels. Pressefotografen. Sie hatten alles geplant. Die Femme fatale, die durch einen Orgasmus den Gouverneur getötet hat, hier ist sie. Machen Sie Fotos. Sehen Sie sich satt. Sehen Sie, wie verkommen sie ist. Eine Zirkusattraktion. Das war ich. Eine Ablenkung, während Brindisi und dieser hassenswerte Arzt dafür sorgten, dass die Geschichte glaubwürdig wurde.«

»Benavente?«

»Ja. Das war sein Name. Ein als Arzt verkleideter Geier.«

»Und José, der Chauffeur?«

Lupita blieb auf dem Parkplatz des Cafés von Pine Valley stehen. »José war ein guter Junge. Ich weiß nicht, was seine Rolle bei dieser Farce war. Aber er war von seinen Chefs abhängig. Der König ist tot, es lebe der König.«

»Er hat mir dieses handschriftliche Dokument gegeben.«

»Wo hat er es gefunden?«

»Im Bungalow.«

»Vielleicht nachdem Benavente mich in sein Auto verfrachtet hatte. Und Brindisi die Sanitäter begleitet hatte. Als man mich aus dem Bungalow geschoben hat, hörte man schon von allen Seiten Sirenen auf das Motel zukommen. Es war schon zum Skandal geworden. Die Nachricht des Tages.«

»Es muss gewesen sein, nachdem sie die Leiche des Gouverneurs fortgebracht haben. Er sagt, er habe verschiedene Schmuckstücke und Dessous herumliegen sehen.«

»Das haben sie hingelegt. Sie müssen die Sachen woanders hergeholt haben.«

Morgado zeigte ihr die Kette mit dem Kruzifix von Dalí. »Schmuckstücke wie das hier.«

Lupita Zendejas legte die Hand auf ihre Brust und hielt den Atem an. Einen Moment lang wich alle Farbe aus ihrem Gesicht, und Morgado musste sie festhalten, denn es schien, als würde sie gleich in Ohnmacht fallen.

»Erkennen Sie es?«

»Ja … ich … habe es einmal … gesehen … und das reicht mir.«

»Gehörte es Laura Soberanes, der Frau des Abgeordneten Noriega?«

»Nein. Nein.«

Morgado war neugierig. Das war seine beste Hypothese.

Noriega hatte Esquer die Falle gestellt. Seine Frau war der Köder. Und im Bungalow hatten Noriega und Brindisi den Gouverneur mit einer tödlichen Injektion liquidiert. Etwas, das das Herz so zum Rasen bringt, dass es stillsteht.

Lupita lehnte sich auf das Heck eines Wagens. Der Schnee fiel wie winterliche Federn. Auf der anderen Seite der Straße amüsierte sich eine Gruppe Kinder damit, ihn zu kleinen Häufchen zusammenzutragen. Er hielt es nicht mehr aus. »Wem gehörte es dann?« Er schrie fast.

Die Antwort traf ihn wie eine Schneeböe mitten ins Gesicht. »Seiner Frau. Doña Amalia Salivie de Esquer.«

28

Morgado schaute auf die Uhr: gerade mal 11. Im Rückspiegel sah er Lupita Zendejas langsam kleiner werden. An der Kreuzung am Ende des Dorfes hielt er an. Spontan entschied er, Richtung Osten zu fahren. Eine Stunde hin und zwei zurück. Spätestens um 4 Uhr würde er wieder in San Diego sein. Er sauste die Sierra de Jacumba nur so hinunter. Bei hoher Geschwindigkeit war Bertha Esquers Sportwagen ein Wunderwerk. Mühelos nahm er alle Kurven und Morgado war eine halbe Stunde später bereits mitten in der Wüste, auf dem Weg nach El Centro. Fünfundzwanzig Minuten später bog er in die Avenida Imperial ein. Das Community Hospital glänzte wie ein weißblauer Kuchen. Seine drei Stockwerke zeigten, dass es ein aufstrebendes Krankenhaus war. Nach fünfzehn Minuten Wartezeit wurde Morgado von dem Personal des Archivs bedient. »Name des Patienten, Datum der

Einlieferung und irgendwelche Krankheitsinformationen«, sagte eine aus Mexiko stammende junge Frau, die für externe Anfragen zuständig war.

»Der Name lautet …«

»Nein. Sie geben diese Informationen in den Computer da links ein und warten auf die Antwort.«

Morgado tat, wie ihm geheißen. Er war sicher, gleich würde die Meldung *Confidential File* auftauchen oder *Information Denied.* Zwei Minuten später gab ihm der Computer die Antwort. Es gab zwei Dateien.

»Es gibt zwei Dateien«, sagte er zu der Angestellten.

Sie überprüfte die Informationen an ihrem eigenen Computer. »Möchten Sie sie ausdrucken?«, fragte sie.

»Wie viel würde das kosten?«

»31 Dollar die erste Datei, 17 die zweite. 48 Dollar plus Steuern. Das macht 52 Dollar und 29 Cent. Zahlen Sie mit Kreditkarte oder bar?«

»Kreditkarte.«

»Gehen Sie ins Wartezimmer. Es wird etwa vierzig Minuten dauern. Die Drucker sind überlastet.«

Morgado stand langsam auf. Müde und zugleich euphorisch. »Das macht nichts. Hauptsache, sie drucken gut.«

»Das garantiere ich Ihnen.«

Das Wartezimmer des Krankenhauses kam Morgado so deprimierend vor wie die Wartesäle von Flughäfen, Praxen, Ämtern und Büros. Ein riesiger leerer Raum. Geteilte Einsamkeit. Künstliches Licht, das eine brutale Normalität aufrechterhielt. Er beschloss, lieber einen Spaziergang zum Palm Desert Motel zu machen. Dem Ort des Verbrechens. Den Morgado noch nicht kannte. Minuten später stand er mit seinem Wagen vor der Rezeption. Beim Aussteigen hatte er das Gefühl, ihm drehe sich der Magen um. Das ist nicht möglich, dachte er, während er das einbalsamierte Stück Zeit anschaute. Das ist wie in einem Film von David Lynch. Ein Traum innerhalb eines Traums. Nein: ein Albtraum in einem anderen Albtraum. Das Motel hatte sich nicht verändert. Es sah haargenau aus wie auf den Bildern. Er befand sich im Jahr 1963. Die künstlichen Palmen. Die im Rhythmus von *Love Me Tender* an- und ausgehende Leuchtreklame. Die Las-Vegas-Architektur. Morgado betrat die Rezeption, als wäre sie ein Zeittunnel. »Wie viel kostet ein Zimmer?«

Der faltige Mann mit dem Cowboyhut sah ihn nicht einmal an. »Zimmer oder Bungalow?«

»Bungalow.«

»Neunundfünfzig Dollar plus Steuern.«

»Wissen Sie, in welchem Bungalow der Gouverneur von Baja California 1963 starb?«

Jetzt sah der Alte ihn sehr wohl aufmerksam an. »Du bist doch kein *fucking freak, man?*«

»Nein, ich bin Historiker. Und …«

»Schon gut. *Who cares?* Zahl erst mal, dann bringe ich dich hin.«

Morgado legte, ohne zu murren, das Geld auf den Tresen.

»Wie ihr Mexikaner euch für Blut begeistern könnt.«

»Ich wollte nur …«

»Gucken. Gucken. Das ist der Bungalow. *It's all yours.*«

Und dann ließ er ihn vor der offenen Tür stehen.

Morgado zwang sich einzutreten und sich auf einen quietschgrünen Plastikstuhl zu setzen. Das ganze Mobiliar stammte aus den Sechzigerjahren. Es war mal cool und modern gewesen; jetzt war es nur noch eine vulgäre, billige Dekoration, funktional und ohne jede Attraktivität. Auch wenn alles glänzte, es hatte etwas von falschem Tand, von Plunder. Er schaltete das Licht einer eingebauten Lampe an, um das Zimmer besser sehen zu können. Schrecklich. Gemacht für Liebespaare auf Stunden, für rein und raus. Morgado war deprimiert. Ein Voyeur, dessen Hunger nach der Erinnerung der Toten ihn zwang, Dollars auszugeben, nur um in demselben Zimmer zu sein, in dem Emilio Esquer gestorben war. Es dauerte keine zehn Minuten.

»Gehen Sie noch nicht, mein Freund«, rief ihm der Alte von der Rezeption zu, als er ihn wie von Furien gehetzt davonlaufen sah. »Warten Sie auf die Nacht, dann kommen die Gespenster heraus und machen Buh.«

Morgado kehrte ins Krankenhaus zurück und blätterte onkologische Zeitschriften und Kataloge für medizinische Instrumente durch. Seine Depression verschlimmerte sich. Er kaufte sich ein Root Beer in der Cafeteria, und am Ende wurde sein Warten belohnt. Die junge Frau übergab ihm in einem Umschlag die Ausdrucke der beiden Dateien zu Emilio Esquer. Morgado beschloss, sie im Auto zu lesen. Kaum hatte er sich hineingesetzt, klopfte jemand an die Scheibe. Er ließ sie herunter und blickte direkt in die Mündung einer Pistole.

»Miguel Ángel Morgado?«, fragte der Mann, der auf ihn zielte.

Das sind meine letzten Worte. Ich werde sterben, ohne den Fall gelöst zu haben, dachte Morgado. Er schluckte, aber sein Mund war so trocken wie ein Brunnen in der Wüste. »Ja«, sagte er leise, »der bin ich.«

29

Er fühlte sich unwohl als Gefangener zwischen zwei Typen im Anzug mit dunklen Brillen, die ihn nicht aus den Augen ließen. Er war der distinguierte Fahrgast auf dem Rücksitz eines Wagens mit getönten Scheiben und hörte unfreiwillig einen Country-Sender, bei dem Dolly Parton und Willie Nelson noch als Paar des Jahres gehandelt wurden. Die Nebenstraße, auf der sie unterwegs waren, führte vorbei an armseligen Ranches und verlassenen, vor sich hin rostenden Fabriken. Er wusste nur zwei Dinge: Der Sportwagen, den Bertha ihm geliehen hatte und der jetzt von einem der Revolverhelden gefahren wurde, führte einen Tross von etwa einem halben Dutzend Wagen an. Sie hielten sich wohl für *The Fast and the Furious.* Das Zweite war, beunruhigenderweise, dass man ihn offensichtlich an einen Ort fernab der Zivilisation brachte. An einen Ort, an dem man ihn foltern, töten und für immer verschwinden lassen konnte. Die Laguna Salada der Gringos. Die Fahrt dauerte nicht lange. Die Nebenstraße führte auf ein freies Feld. Die Karawane hielt auf einer kleinen Landebahn. Kein Kontrollturm und keine Piloten weit und breit. Nur ein verfallener Hangar. Das Gebäude brauchte unbedingt einen neuen Anstrich. Drinnen stand ein Sprühflugzeug, an dem zwei Mechaniker arbeiteten, aber das wars auch schon an Hightech.

Sie wurden von drei Kerlen erwartet – das waren keine Vertreter des amerikanischen Agrarwesens. Auch wenn sie Cowboyhüte, karierte Hemden und Jeans trugen, verrieten ihre Haltung und ihre Bewegungen etwas anderes. Sie öffneten die Wagentür und halfen ihm äußerst zuvorkommend aus dem Wagen. Ein reizendes Empfangskomitee, dachte Morgado. Das Sonnenlicht blendete ihn, und er blinzelte. »Wo sind wir?«, fragte er, um Zeit zu gewinnen.

»Auf einer Trainingsbasis für Tarnung und Angriff.«

Die Stimme kam ihm bestens bekannt vor. Zum ersten Mal seit einer halben Stunde wusste er, dass er nicht in Gefahr war.

»Um aus Studenten von der Ivy League Rednecks zu machen?«, wollte er wissen.

»Nein. Um neugierige Mexikaner zu Brei zu schlagen und *jumping beans* aus ihnen zu machen.«

Morgado wusste nicht, ob er mit Harry Dávalos lachen oder ihm eine verpassen sollte. Aber er hatte zu viele Leute gegen sich. Bestimmt alles Special Agents des FBI.

30

»Komm, Morgado, ich will dir einen deiner Kollegen vorstellen.«

»Auch ein Spezialist für aussichtslose Fälle?«

»Wie alle Kriminologen dieser Welt«, erwiderte Harry wie aus der Pistole geschossen. In dem Hangar war ein Klapptisch aufgestellt, worauf sich Schwarz-Weiß-Bilder des Bungalows und eine Reihe Fingerabdrücke befanden, die den jeweiligen Gegenständen zugeordnet waren, auf denen man sie entdeckt hatte. Diese Materialien waren für Morgado wie ein Lichtstrahl in der Finsternis.

»Willkommen im Club Palm Desert Motel 1963.« Ein älterer Mann kam auf ihn zu, um ihn zu begrüßen. »Ich bin

Steve Adamson, Chef des RR-Center von Sacramento, Kalifornien.«

»RR?«

»*Retrospective Research,* Mister Morgado.«

»Verstehe ich nicht, was macht Ihr Zentrum, Mister Adamson?«

»Commander Adamson«, korrigierte ihn Harry. »Erst war er …«

Steve hob die Hand und unterbrach Dávalos. »Ich war der da«, sagte er und zeigte auf ein Foto.

Morgado sah es überrascht an. Es zeigte den Moment, in dem die Leiche von Gouverneur Esquer aus dem Bungalow geholt wurde. Zwei Polizisten winkten, um den beiden Sanitätern Platz zu machen, die die Pritsche mit dem Toten unter dem Laken schoben. Der Polizist zur Linken war Steve.

»Dieselbe Obsession«, bemerkte Morgado.

»Das ganze Leben, mein Freund. Wie ein Dorn in meinem Gewissen.«

»Sie haben den Ort des Verbrechens gesehen.«

»*A mess.* Ein Chaos. Und niemand hat etwas unternommen, um ihn abzuschirmen.«

Morgado konnte es nicht glauben. Dieser ehemalige Polizist und altgediente FBI-Agent war von demselben Verbrechen besessen wie er. »Als wäre man an diesen Tag, an diese Leiche gekettet.«

Commander Adamson schaute ihn voller Sympathie an. »Ja. So fühle ich mich. Sehen Sie sich diese Dokumente an.«

»Wann haben Sie den Fall wieder aufgerollt?«, fragte Morgado, glücklich, das Gesetz auf seiner Seite zu haben. Jetzt bin ich nicht mehr der Lonesome Ranger, dachte er. Jetzt habe ich Teamkollegen, Unterstützung bei der Ermittlung.

»Der Fall existiert nicht«, erwiderte Harry.

»Und das hier? Rein der Form halber?«

Commander Adamson legte die Hand auf seine Schulter und zeigte ihm die gesamte Ortungs- und Bergungsausrüstung. »Wir sind fünfunddreißig Mann bei einer Ausgrabungsübung. Dank Harry, Ihrem Freund und unserem Koordinator der binationalen Zone, nutzen wir alle Mittel, um zu überprüfen, ob etwas, das vor vierzig Jahren geschah, noch aufgeklärt werden kann. Wir haben Ihre Ermittlungsarbeit verfolgt und alle Ergebnisse zusammengetragen, zu denen Sie in den letzten Tagen gekommen sind. Ich beglückwünsche Sie. Sie sind ein Mann, der sich nicht abschrecken lässt. Wenn Sie eines Tages genug davon haben, mexikanischer Staatsbürger zu sein und einen interessanten Job bei Uncle Sam suchen, sagen Sie es mir, und wir nehmen Sie in unsere Familie auf.«

Morgado hörte ihn reden, während sein Blick von einer Fotografie zur anderen, von einem Dokument zum anderen wanderte. In seinem Kopf waren nur Bilder von Särgen mit Stars and Stripes und Porträts von jungen Mexikanern in Kampfuniform. Adamsons Stimme holte ihn wieder zurück.

»*Retrospective Research* ist eine Art archäologischer Ermittlung. Wir gehen von den ältesten Schichten zu den jüngsten. Es ist eine Neubewertung von allem, was wir über ein Verbrechen wissen, und eine Neuordnung der Hinweise mit allen Möglichkeiten eines abgeschlossenen Falles. Die Ermordung des Gouverneurs von Baja California zum Beispiel.«

Morgado atmete erleichtert auf. »Haben Sie Ermordung gesagt? Habe ich da richtig gehört?«

Commander Adamson nahm eine Mappe vom Tisch.

»Lesen Sie diesen Bericht. Dort sind die Beweise vom Ort des Verbrechens aufgelistet.«

Morgado dachte daran, dass er mehr als fünfzig Dollar für Krankenhausakten ausgegeben hatte. »Und die Berichte, die ich mir beschafft habe?«

»Die des Community Hospital?«, fragte Harry.

»Ja, genau die.«

»Hier sind sie. Lesen Sie sie in aller Ruhe durch.«

»Steht hier alles drin?«

»Alles«, bestätigte Steve.

»Sogar, wer der Mörder war?«

»Natürlich.«

»Und warum sitzt er nicht im Gefängnis?«

»Was da am 20. Dezember passiert ist, ist … eine Schande für die Justiz meines Landes, Mister Morgado.« Commander Adamson hatte wegen der leidigen Geschichte einen hochroten Kopf. Es tat weh, so etwas vor so vielen Gesetzeshütern seines Landes aussprechen zu müssen.

»Sie konnten nicht eingreifen? Wollen Sie das sagen?«

»Die Polizei hat eingegriffen. Schnell.«

»Aber Sie haben sich die Sache aus der Hand nehmen lassen.«

»Ross Marion und ich waren als Erste da. Das halb nackte Mädchen hat uns abgelenkt …«

Man hörte Gelächter im Hintergrund. Vor allem von den weiblichen Agenten. Steve lachte ebenfalls. »Was wollen Sie? Ich war zweiundzwanzig. Viele Hormone.«

»Und der Mörder ist Ihnen entwischt?«, schloss Morgado.

»Wir haben nicht gewusst, wer es sein könnte, weil wir gar nicht gewusst haben, womit wir es da zu tun hatten. Wir sind zu dem Motel gekommen, weil so viele Leute aus ihren Zimmern gekommen waren und herumstanden. Dann hörten wir über Funk, dass ein Krankenwagen unterwegs war. Es war die Rede von einem Herzinfarkt und nicht von einem Mord.«

»Und das halb nackte Mädchen, hat es nichts gesagt?«

»Auch wenn Sie es nicht glauben wollen, wir haben etwas gesucht, um sie zuzudecken. In dem Moment fuhr der Krankenwagen auf dem Parkplatz vor. Jemand, ich glaube …«

Morgado suchte unter den Fotografien. »Der hier?«, und zeigte auf Alfonso Brindisi.

»Nein, ein älterer Mann. Der.«

»Kenne ich nicht«, sagte Morgado.

Commander Adamson lächelte. »Ich schon. Das ist der persönliche Arzt des Gouverneurs.«

»Benavente, aha. Er hat Sie beide zu dem Bungalow geführt.«

»Er war besorgt. Aber wie ein Schauspieler, der übertreibt.«

»Das glaube ich gern.«

»Dort lag dann Emilio Esquer«, fuhr Steve fort.

»Wo im Zimmer lag er?«

»Auf dem Bett. Zumindest mit einem Bein.«

»Dann haben sie ihn woanders hingelegt. Lupita Zendejas hat mir gesagt, dass …«

»… er neben dem Bett lag und ein Kissen sein Gesicht bedeckt hat.«

Eine FBI-Agentin hielt ein Mikrofon mit Parabolantenne in die Höhe. »Wir haben alles mitgehört«, sagte sie, als wollte sie sich für die Einmischung entschuldigen.

»Was hat man mit seinem Gesicht gemacht, dass man nicht wollte, dass irgendjemand ihn sieht?«, fragte Morgado.

Harry holte drei Fotos aus einer anderen Mappe. »Die stammen aus dem Leichenschauhaus des Krankenhauses von El Centro«, sagte er. Es waren zwei Fotos vom Gesicht Emilio Esquers im Profil und eines von vorne. Auf allen sah man die Verwüstungen der Säure. Das Fleisch weggeätzt. Stücke des blanken Schädelknochens.

»Warum haben Sie nichts unternommen?«

»Das fragen Sie am besten Adolfo López Mateos und Lyndon B. Johnson. Die haben die Angelegenheit in weniger als zwei Stunden unter den Teppich gekehrt.«

»Und wenn wir dann noch hinzunehmen, was Steve auf dem Tischchen im Bungalow gefunden hat«, schaltete sich Harry ein.

»Was haben Sie gefunden?«, fragte Morgado.

»Diesen Brief, handschriftlich verfasst von deinem Gouverneur.«

Miguel riss ihn dem FBI-Agenten aus der Hand. Er las, was da stand: »Leben, du schuldest mir nichts, Leben, wir haben Frieden geschlossen«.

»Ja, mein Freund. Die poetische Notiz eines Selbstmörders. Bestens geeignet, um den Fall abzuschließen, sodass alle Behörden die Hände in Unschuld waschen können. Das ist die ganz alte Schicht. Wollen Sie die jüngste sehen?«

31

Steve Adamson war ganz aufgegangen in seiner Rolle als Fremdenführer. Ein zuvorkommender, höflicher Gastgeber, der mit mächtiger Hand alle dirigierte.

»Das RR-Center ist eine Exhumierungsstelle. Wir graben die alten Beweise aus, die bei anderen Ermittlungen übersehen wurden. Harry hat mich, aus Freundschaft zu Ihnen, gebeten, mich noch einmal diesem Fall zu widmen. Natürlich hätte ich mich unter anderen Umständen geweigert. Ich werde Ihnen gegenüber so objektiv wie möglich sein. Wenn wir den Fall lösen, wird alles genauso sein wie vorher. Keiner, weder das FBI noch die Regierung meines Landes, wird eine öffentliche Erklärung zu diesem Fall von Einflussnahme abgeben, in den hohe Würdenträger von beiden Seiten verwickelt waren. Also vergessen Sie jede Art von Prozess gegen eine Einzelperson oder gegen irgendwelche Kriminelle, die für ihre Verbrechen zahlen müssen. Nichts dergleichen wird geschehen. Außerdem ist es Ihr Toter und nicht unserer. Ich weiß, das klingt brutal, und das ist es auch. Aber … und dieses ›Aber‹ zählt für mich mehr als all die Einwürfe zuvor, ich war dieser getäuschte Streifenpolizist. Zu meiner Entlastung möchte ich meine Unbesonnenheit anführen, ich war knapp ein halbes Jahr im aktiven Dienst und hatte noch nie zuvor mit einer Verschwörung von solchem Ausmaß zu tun gehabt. Ihr Fall ist also auch mein Fall. Können Sie mir folgen, Kollege?«

Morgado nickte und dachte, heute bin ich jedermanns Schuljunge. Der fleißige Schüler mit dem guten Betragen. Mit Silbersternchen auf der Stirn. Also, Mund halten und zuhören.

»Gut. Seit achtundvierzig Stunden sind wir dabei, Daten zu dem Fall zusammenzutragen, und wir haben den genauen Tathergang ermitteln können. Aber ich möchte, dass wir noch einmal darauf zurückkommen, was die Polizei und das medizinische Personal von El Centro bis 7 Uhr abends am 20. Dezember an Informationen hatten – das war ungefähr die Uhrzeit, zu der Ihr Minister aus Mexico City mit unserem Außenminister gesprochen hat, was dann dazu geführt hat, dass der Fall eine halbe Stunde später geschlossen wurde und die Daten in das gesicherte Archiv der Bundesbehörde gelangt sind.«

»Zwei Stunden Ermittlungsarbeit. Höchstens«, bemerkte Morgado.

»Man hat uns die Flügel gestutzt, bevor wir losfliegen konnten. Hier auf dem Tisch liegt, was wir 1963 zusammengetragen hatten. Wenn wir der damaligen Beweislage gefolgt wären, was wir alte oder untere Schichten nennen, hätten wir die halbe Regierung von Baja California ins Gefängnis stecken müssen. In diesem Motel hat es von Agenten Ihrer sämtlichen Polizeiorgane nur so gewimmelt. Wissen Sie, dass wir siebzehn registrierte Waffen beschlagnahmt haben? Und dann, noch schlimmer, haben wir daran mitgearbeitet, die Sache zu verschleiern. Wir mussten einem Haufen Reporter von beiden Seiten die Kameras wegnehmen.«

»Ist das nicht gegen die Verfassung der Vereinigten Staaten von Amerika?«

»Natürlich ist es das, und, zu Ihrer Information, auch gegen die Verfassung Ihres Landes.«

Gelächter um ihn herum.

»Viele dieser Fotografien«, erklärte Harry, »stammen aus diesen Konfiszierungen. Diese zum Beispiel.« Es war eine Gesamtansicht des Community Hospital. Eine Menschenmenge drängte sich vor der Notaufnahme. »Oder diese.«

Sie zeigte Doktor Benavente am Lenkrad seines Wagens. Neben ihm saß eine weinende Frau. Lupita Zendejas, das Sündenzicklein. Morgados Zorn wurde größer.

»Und das hier, mein Lieblingsfoto.« Es war Alfonso Brindisi. Er hatte eine Hand erhoben, um sich vor dem Blitzlicht der Kamera zu schützen. Neben ihm zwei Polizisten.

»Der Polizist mit dem Helm, sind Sie das?«

Commander Adamson lächelte mit einem Anflug von Wehmut über den jungen, noch unbedarften Mann.

»Zehn Minuten hatten wir ihn in Gewahrsam. Dann kam der Befehl von oben, ihn freizulassen.«

»Eine verpasste Gelegenheit.«

»Nicht ganz so verpasst. Wissen Sie, dass wir ihn gezwungen haben, seine Taschen zu leeren?«

»Haben Sie etwas Wertvolles gefunden?«

»Kein leeres nach Säure riechendes Fläschchen. Aber ein zerknittertes Zettelchen, auf dem stand: ›Leben, du schuldest mir nichts, Leben, wir haben Frieden geschlossen‹.«

»Anscheinend der Lieblingsvers der damaligen Politiker. Und ich vermute, die Handschrift war identisch mit der auf dem Zettel, den Sie im Bungalow gefunden haben, nicht wahr?«

»Ja. Als hätte der Gouverneur eine sehr poetische Nachricht geschrieben, aber für einen anderen Zweck. Brindisi hatte für alle Fälle noch eine eingesteckt. Was sagt Ihnen das?«

»Das sagt mir«, erwiderte Morgado, »dass diese ganze Konspiration gegen Gouverneur Esquer eine ziemlich plumpe Geschichte war, stümperhaft ausgeführt. Am Ende ging der Plan auf, nicht weil sie es verstanden haben, den Tatort gut zu inszenieren, sondern weil sie darauf vertrauen konnten, dass beide Regierungen die Sache schnell unter den Teppich kehren würden.«

Der Spezialist bestätigte Morgados Sichtweise. »Das erweitert die Perspektive: Esquer wurde nicht nur wegen eines politischen Streits unter seinen Partnern innerhalb der Regierung von Baja California ermordet. Um ihn zu eliminieren, mussten sie auf die Zustimmung der obersten Bundesbehörden zählen können, die sofort eingriffen, um die Ermittlung zu stoppen.«

Auch Steve Adamson war wütend. Morgado entdeckte, was er sich nicht eingestehen wollte: Dieser weiße, harte, zähe Polizist, das getreue Abbild eines tadellosen, puritanischen FBI-Agenten, war sein Alter Ego. Es verband sie derselbe Drang, die Wahrheit herauszufinden, die Schuldigen anzuprangern, damit die Erinnerung an die Toten endlich in Frieden ruhen konnte.

»Wissen Sie, wann der Befehl, alles zu stoppen, in der Polizeistation von El Centro, dem schwächsten Glied der Kette, eingetroffen ist?«

»Sie haben es schon gesagt, oder? Um 7 Uhr abends, 7.20 Uhr, irgend so etwas.«

»Und wissen Sie, wann der Befehl die Justizbehörde verlassen hat?«

»Nein.«

»Um 6.45 Uhr.«

»Und erraten Sie, wann der Befehl, die Ermittlungen einzustellen, das Innenministerium verlassen hat? Um 6 Uhr.«

»Aha.«

»Ihr Minister hat sich um 5.45 Uhr direkt mit unserer Regierung verständigt. Fünfzehn Minuten nach dem Verbrechen! *Good timing, man. What a fucking shit!*«

»Mit wem waren Sie in dem Moment zusammen, als man Ihnen den Befehl gab, die Hände zu heben und sich zu ergeben?«

»Ich hatte gerade den Verkehr gegenüber dem Motel überwacht. In El Centro herrschte das reinste Chaos. Es war Weihnachtszeit, und das ganze Kaff war voller Kauflustiger, und dann noch das Chaos durch den Tod des Gouverneurs. Wir waren damals nicht mehr als sieben Polizisten und drei zivile Mitarbeiter im Innendienst. FBI-Agenten, die gerade eine geheime Ermittlung laufen hatten, haben uns geholfen. Aber sie störten eher, als der Befehl kam, uns da rauszuhalten.«

»Wen außer Brindisi haben Sie in Gewahrsam genommen?«

»Ich glaube, einen Leibwächter. Einen gewissen José Méndez. Aber auch nur, um ihn zu befragen, was geschehen war. Als er auf der Wache mit Brindisi zusammengetroffen ist, hat er ihm zugerufen: ›Was soll ich ihnen sagen?‹ Brindisi hat ihm einen giftigen Blick zugeworfen und ihm entgegengeschleudert: ›Halt die Klappe. Du weißt von nichts. Hast du gehört?‹ Alles auf Spanisch. Aber, Kollege, auch wenn ich einen englischen Nachnamen habe, ich bin im Valle Imperial aufgewachsen, und da sprichst du entweder Spanisch oder du hast keine Sozialkontakte. Also habe ich gehört, wie sie sich abgesprochen haben. Dann hat man mich wieder rausgeschickt, und als meine Schicht um 23 Uhr geendet hat, war der Spuk vorbei.«

»Es war also nie Ihr Fall. Er hat sich nur vor Ihren Augen abgespielt und dann ist er auf die andere Seite verschwunden.«

»Er ist verschwunden, ja, aber die Beweise sind bei uns geblieben. Alles wurde später an die Justizbehörde übersandt, dann an die nationalen Archive und vierzig Jahre später an das Datenzentrum des FBI. Nach einer langen Reise ist es schließlich in meine Hände zurückgekehrt. Das

Leben ist manchmal seltsam, nicht wahr? Einmal im Kreis herum, um schließlich wieder am Ausgangspunkt zu landen.«

Morgado musste zugeben, dass die Welt voller überraschender Zufälle war, voller jäher Volten. »Die unteren Schichten, wie Sie es nennen.«

»Genau. Und jetzt sehen wir uns die oberen Schichten jenseits der Legenden an. Das RR-Center hat weitere Beweise im Umfeld der ersten gesucht und festgestellt, dass wir auf paradoxe Weise Glück hatten.«

»Wieso?«, wollte Morgado wissen.

»Wir hatten das Glück, dass Ihr Gouverneur weniger als einen Monat nach unserem Präsidenten, dem berühmten John F. Kennedy, ermordet wurde.«

32

Der 22. November 1963 bedeutete für Morgado die Erinnerung an einen schrecklichen Tag. In sein Kindergedächtnis hatten sich nicht die Bilder der Ermordung des Präsidenten der Vereinigten Staaten eingebrannt, sondern die Nervosität seiner Mutter. Sie waren mit dem Auto zum Einkaufen nach Calexico gefahren, dort hatten sie der Ausnahmezustand und die von der amerikanischen Regierung verfügte Sperrung der Grenze überrascht. Sie brauchten fünf Stunden, um passieren zu können. Morgado erinnerte sich, wie besorgt seine Mutter gewesen war. »Ich bin nicht zu Hause, wenn dein Vater kommt«, hatte sie gesagt, »das Essen ist nicht fertig. Was soll der Arme nur essen? Ich glaube, im Kühlschrank sind noch Enchiladas von gestern.«

So sehr seine Mutter auch zusammen mit den anderen im Paradies festsitzenden Mexikanern bettelte und flehte, die Grenzposten blieben hart. Schließlich ließ man sie doch passieren, nachdem all ihre Personalien aufgenommen worden waren und man sich mit den Bundesbehörden verständigt hatte, die die Grenzen wieder öffneten. Als sie die Grenze überquert hatten, war ihre Überraschung noch größer: Es wartete eine applaudierende Menge auf sie, als sie in Mexicali eintrafen. Verwandte und Freunde, die sie empfangen wollten. Sogar unbekannte Leute umarmten und beglückwünschten sie, dass sie nach Hause zurückgekehrt waren. Morgado hatte es als echte Befreiung in Erinnerung. Seine Mutter und er waren von den Gringos widerrechtlich der Freiheit beraubt worden. Und auf einmal waren sie wieder freigekommen. Aus einer Situation der Angst und Ungewissheit waren sie plötzlich in einer Art Karneval gelandet. Eine Lokomotive, die wegen der Grenzsperrung nicht in die Vereinigten Staaten fahren durfte, begann zu pfeifen und schloss sich dem Fest an. Es fehlten nur noch die mexikanischen Flaggen, damit das Ganze zu einer Unabhängigkeitsfeier wurde. Und eigentlich war es das aus mehr als einem Grund auch.

Steve Adamsons Stimme holte ihn aus den tiefen Schichten der Erinnerung an die Oberfläche des Hier und Jetzt zurück. »Dank der Tatsache, dass sich die Ermordung des Gouverneurs am 20. Dezember zugetragen hat, können wir uns auf eine vertrauenswürdige Informationsquelle berufen, die wir erst heute in unseren Zentralcomputer eingegeben haben.«

»Entschuldigung, ich war nicht ganz bei der Sache«, gestand Morgado.

Die anderen FBI-Agenten schauten ihn vorwurfsvoll an.

»Ich spreche davon, Kollege, dass am 22. November die Vereinigten Staaten auf Bundesbefehl ihre Grenzen schlossen. In manchen Fällen, wie hier in Kalifornien, für etwa fünf oder sechs Stunden. An anderen Orten, wie in Texas, länger. Als sie wieder geöffnet wurden, kam jedoch ein Überwachungssystem für ausreisende Autos zum Einsatz, das bis 1964 in Betrieb war.«

»Kennzeichenkontrolle?«

»So ist es. Am 20. Dezember war dieses Überwachungssystem aktiv, Bundes- und Grenzbehörden haben Daten aufgenommen, mögliche Verdächtige verhaftet, Papiere von allen überprüft, die das Land verließen und nach Mexiko einreisten. Diese Information bezeichnen wir als obere Schicht. Auf die hatten die Ermittler zum Zeitpunkt des Verbrechens keinen Zugriff.«

»Aber wir jetzt schon«, sagte Harry.

»Und was haben Sie gefunden?«, fragte Morgado.

»Unsere Zeitfenster haben wir auf 17 bis 23 Uhr am 20. Dezember festgelegt. Sechs Stunden Autoverkehr von Norden nach Süden. Wir haben dreiunddreißig Fahrzeuge ausgemacht, die über die Grenze fuhren. Von 17 bis 20 Uhr, in den entscheidenden Stunden, haben nur vier Autos die Grenze passiert.«

»Das von Doktor Benavente mit José Méndez und Lupita Zendejas«, mischte sich Morgado ein.

»Genau. Um 19.30 Uhr.«

»Und das von Brindisi, nicht wahr?«

»So ist es. Um 19.40 Uhr. Das ist das letzte Auto in diesem Fenster.«

»Und das von Amalia Salivie?«

»Ja. Das allererste. Um 18.05 Uhr. Erraten Sie, wem das vierte gehört?«

»Dem Abgeordneten Noriega?«

»Bingo, Kollege. Ich kann mich nur wiederholen: Wenn Sie für das FBI arbeiten wollen, ich kann Sie nur empfehlen.«

Morgado lächelte gezwungen. »Ich glaube nicht. Aber danke für die Einladung. Wann hat Noriega die Grenze passiert?«

»Um 18.10 Uhr.«

»Dann fuhren sie in getrennten Wagen.«

»Das sagen die Kennzeichen. Aber Zahlen können trügen. Es gibt weitere Informationen. Amalias Auto wurde als verdächtig angehalten, weniger als zwanzig Meter vor der Grenze. Und Amalia, die Frau des Gouverneurs, saß nicht am Steuer.«

»Wer dann?«

»Ein junger Mann. Ganz jung. Gerade mal sechzehn. Sein ältester Sohn, Juan Esquer Salivie. Schüler einer Militärakademie in Los Angeles. Er hatte Urlaub und war auf dem Heimweg. Das hat er zumindest gesagt. Und er hat offizielle Papiere vorgelegt. Man hat ihn ohne weitere Fragen fahren lassen, obwohl er minderjährig war. Politischen Einfluss gibt es nicht nur bei euch Mexikanern. Unsere Behörden haben gelernt, sich blind zu stellen und beide Augen zuzudrücken.«

Morgado fuhr sich mit den Händen durchs Haar. Eine reflexartige Geste, um die Nerven zu beruhigen. »Er muss etwas damit zu tun haben. Vielleicht war er der Köder für eine Erpressung. Amalia könnte ihn benutzt haben, um den Gouverneur dazu zu bringen, von seinen Rücktrittsplänen Abstand zu nehmen.«

»Vielleicht. Das wissen wir nicht. Aber die Daten legen etwas anderes nahe: Noriegas und Amalias Autos sind auch zur selben Zeit in die Vereinigten Staaten eingefahren. Um 15 Uhr. Das spricht für eine Verschwörung. Und noch eine Information: Juan Esquer Salivie, heutzutage bekannt als Senator John Salivie, war um 16 Uhr mit dem Greyhound Nr. 138 nach El Centro gekommen. Aus Los Angeles, das stimmt, aber seine Mutter und der Abgeordnete Noriega haben in El Centro auf ihn gewartet.«

»Sein richtiger Vater«, bemerkte Morgado.

»Auch das steht außer Zweifel: Seine Blutgruppe stimmt mit der von Gouverneur Emilio Esquer nicht überein.«

»Wie ist er Senator für die Vereinigten Staaten geworden?«

Steve Adamson sah zu Harry hinüber. Dieser schüttelte den Kopf. »Das ist eine andere Geschichte. Konzentrieren wir uns auf das Jahr 1963, zumindest für den Moment. Aber ich kann Ihnen sagen, unser Juan Esquer Salivie wurde, wie ein Großteil der Mexicalesen aus reichen, ambitionierten Familien, 1947 in einem Krankenhaus in San Diego geboren. Zwei Jahre nach dem Tod seines Vaters hat er die amerikanische Staatsbürgerschaft angenommen. Und von da an ging es steil nach oben: Er wäre fast nach Vietnam gegangen, machte aber schließlich Zivildienst in Sacramento, Kalifornien. Dann schloss er sein Studium mit Auszeichnung in Yale ab. Er wurde Rechtsanwalt und hatte mächtige Freunde, Ronald Reagan und seinen Kreis zum Beispiel. Er ist nach San Diego zurückgekehrt und hat sich eine Machtbasis bei den Großlieferanten der Marine und den Immobilienmaklern geschaffen. Die alten Hügel von San Diego, grün und wild, haben er und seine Freunde in exklusive Grundstücke für die neuen südkalifornischen Millionäre umgewandelt. Seit zwanzig Jahren ist er in der nationalen Politik. Zwölf davon als Senator, und ich bin sicher, dass die Kalifornier ihn so oft wiederwählen, wie er will. *He's the boss and he knows it.*«

»Welche Rolle hatte er bei der Ermordung seines …«

»… Vaters?«, fiel Harry ihm ins Wort. »Das Einzige, was wir mit Bestimmtheit sagen können, ist das, was die Beweise sagen.«

»Die Beweise sagen gar nichts«, regte sich Morgado auf.

Aber Adamson war da anderer Ansicht. »Da irren Sie sich, Kollege. Die oberen Schichten halten eine Überraschung für Sie bereit. Wissen Sie, warum die Grenzpolizisten ihn angehalten haben?«

»Juan? Wegen seines Alters? Sie haben gesehen, dass er zu jung ist.«

»Der Bericht der Grenzpolizisten sagt etwas anderes, und er ist da sehr konkret: Sie haben ihn angehalten, weil sie Alkoholgeruch wahrgenommen haben.«

»Er war betrunken?«

»Nein. Das Auto roch danach. Und es war kein Alkohol. Aber die Polizisten, daran gewöhnt, Betrunkene anzuhalten, haben das Wesentliche übersehen. Deswegen haben sie nichts Verräterisches feststellen können, als sie den Wagen durchsucht haben. Nun, nur das hier.«

Es war das Foto eines leeren Fläschchens, auf dessen Etikett eine chemische Formel stand.

»Schwefelsäure«, las Morgado.

»Die tödliche Waffe schlechthin«, sagte Adamson.

33

Morgado fühlte sich nicht wohl, als er sich in den dichten Verkehr von San Diego einfädelte. Es war fast 6 Uhr abends, und er versuchte, mit dem Sportwagen, der sich wieder in seinen Händen befand, auf die schnelleren Spuren zu kommen. Der Sender in der Achselhöhle und das Mikrofon an seinem Hals störten ihn. Sie waren winzig, aber er fühlte sich damit wie ein Spion, ein Verräter. Von jetzt an wurde alles, was er tat, aufgenommen und diente dazu, John Salivie ins Gefängnis zu bringen. Harry hatte so lange auf ihn eingeredet, bis er ihn überzeugt hatte, im Herrenhaus des Mörders den fetten Köder zu geben. Er brauchte gar nicht an Morgados Wunsch nach Gerechtigkeit zu appellieren. Es hatte genügt, ihm die Abendzeitung vorzulegen. Eine weitere verscharrte Leiche war auf einem unbebauten Gelände der Mesa de Otay in Tijuana entdeckt worden. Der Name: Alfonso Brindisi.

Der Zeitungsartikel spekulierte: »Anwalt von Drogenhändlern gefoltert und ermordet«. Es war die billigste Form, klarzumachen, dass niemand sich einmischen sollte. Dass man diese Leiche in Frieden lassen sollte. Aber Brindisi wusste, auf was er sich eingelassen hatte. Er war kein unschuldiger Mann, sondern eine wandelnde Leiche, seit er seinen eigenen Chef, Emilio Esquer, verraten hatte. Trotzdem hätte Morgado nie akzeptiert, sich in die Höhle des Löwen zu begeben, um einen Verräter wie Brindisi zu rächen.

Der andere Bericht im gleichen Teil der Polizeinachrichten traf ihn mehr. Er war kürzer und weniger spekulativ: »Schüler des Colegio Tecate fanden eine männliche Leiche in einer Schlucht des Berges El Cuchumá. Die Behörden haben seinen Namen bereits bekannt gegeben: José Méndez. Anscheinend handelt es sich um einen Unfall oder Selbstmord. Señor Méndez, der seit Jahren in Tecate lebte, litt, wie seine Frau sagte, unter chronischen Depressionen, die sich in der letzten Zeit verschlimmert hatten.«

Morgado fuhr Richtung Süden. »Noch zehn Minuten, dann bin ich da«, sagte er zu seinen Zuhörern, ein paar Autos hinter ihm.

Aber auch Méndez war kein Unschuldslamm. Er war ein skrupelloser alter Mann, ein kleiner Fisch. Der wahre Grund, warum Morgado diese Aufgabe übernommen hatte, waren die Fotografien, die Harry ihm zum Schluss gezeigt hatte, um ihn zu verpflichten. Sie waren in Farbe. Erst kürzlich aufgenommen. Ein typisch amerikanisches Haus. Klein und aus eichenfarbenem Holz. Ein auffälliges Detail: ein kaputtes Fenster. Der Körper einer Frau auf dem Boden. Notdürftig bedeckt von einem Teppich.

»Nein, Morgado. Das ist nicht Lupita Zendejas. Es ist ihre Schwester. Willst du den Mörder sehen? Wir haben ihn aus nächster Nähe erwischt. Kein schöner Anblick.«

Der Killer, der beim Horton Plaza auf ihn geschossen hatte, lag in einer Blutlache.

»Kennst du seinen Namen?«, fragte Morgado.

»Mauro Quintero. Ehemaliger Zuchthäusler und mit …«

»Ja, ja. Ich kenne die Geschichte.«

»Killer in Diensten von John Salivie.«

»Gehörte er nicht zu den Leuten von Procurador Palacios, Berthas Mann?«

»Diesen Toten kannst du getrost Salivie zuschreiben.«

»Aber ihr habt ihn doch an dem Kontrollhäuschen von Mexicali erwischt, als er auf Bertha und mich geschossen hat. Dort habt ihr den anderen getötet, Juan Reyna.«

»Wer hat dir das gesagt?«

»Der Senator. Auch eine Lüge?«

»Bei deiner Schießerei an der Grenze waren Polizisten des Staates Baja California beteiligt, die ihren Chef, Procurador Palacios, rächen wollten.«

»Rächen?«

»Ja. Bertha hat ihn getötet. Oder ihr Leibwächter, Albert. Der Trottel wollte einen Tauschhandel machen: Er wollte in die Scheidung einwilligen, wenn sie ihm die Kontrolle über das Waffenhandelsnetz des Senators im Gebiet Yuma-Imperial gäbe. Eine ziemlich blöde Bitte.«

»Bist du sicher, dass Bertha darin verwickelt ist?«

Harry klopfte ihm auf den Rücken. Eine Art, ihm zu sagen: Ganz ruhig. Das Schlimmste kommt noch. Steve Adamson gab ihm einen Schimmer Hoffnung: »Sie folgt in allem ihrem älteren Bruder. Sie ist ihm vollkommen ergeben, weil sie in Salivie einen Ersatzvater sieht. Albert bekommt seine Befehle nicht von ihr, sondern vom Senator. Und Sie, Kollege, müssen auf eigene Rechnung und Gefahr herausfinden, auf welcher Seite Bertha wirklich steht. Aber denken Sie daran: Palacios hat ihr vertraut, und jetzt liegt er unter der Erde. Bleiben Sie misstrauisch, Morgado.«

Und jetzt war er auf dem Weg. Auf eigene Rechnung und Gefahr. Wie ein mittelalterlicher Ritter auf dem Weg zum Kreuzzug. Um seinen Glauben an die Gerechtigkeit auf die Probe zu stellen oder in der Schlacht zu fallen, fern der Heimat. Unter Leuten, die anders denken als man selbst.

34

Das Tor zum Herrenhaus Salivie war geschlossen. Er musste pfeifen, damit der Sicherheitsmann herauskam. »Ich bin …«

»Yeah, yeah. Come in«, lautete die Antwort.

Er stellte den Sportwagen in die Garage und ging zum Haus. Bertha lag im Wohnzimmer auf dem Sofa und sah fern. Sie schaute zu ihm auf, als sie ihn wahrnahm, und Morgado dachte, dass sie geweint hatte. »Bertha, wie geht es dir?«

»Geht so. Warum hast du es mir nicht gesagt?«

Morgado erstarrte. So schnell bin ich entdeckt. »Dir was gesagt?«

»Dass du dieses schöne Video hast.«

Morgado schaute zum Fernseher. Bertha sah sich das Video an, das Professor Mario Martín ihm ein paar Tage zuvor in der State University of San Diego gegeben und das er ganz vergessen hatte.

Da war Emilio Esquer live. Die Menge grüßend, an der er vorbeiging. Die Hände von Kindern und alten Menschen schüttelnd. Zusammen mit berühmten Sportlern und hochrangigen Politikern. Dieses anknipsbare Lächeln. Dieses strahlende Glück. Nur Masken, eine Fassade, hinter der ein mit dem Amt, mit der Frau, mit seinem Leben unzufriedener Mann lebte. Emilio Esquer, der Unangepasste, die Fliege im Netz der Familie Salivie, der Promotora, die seinen Namen trug, über die er aber keinerlei Kontrolle hatte. Emilio Esquer, Gouverneur von Baja California, ein Opfer seines eigenen Aufstiegs an die Macht.

»War mein Papa nicht ein großartiger Kerl?« Ein Anflug von Schmerz lag in ihren Worten. Ein Gefühl von Ohnmacht und Enttäuschung.

»Ich habe vieles herausgefunden, Bertha.«

»Über Papas Tod?«

»Ja. Darüber und mehr.«

Sie richtete sich sofort auf und stellte mit einer linkischen Bewegung den Fernseher leiser.

»Hast du getrunken?«

»Zwei oder drei. Und ich habe ein Beruhigungsmittel genommen. Ich war sehr nervös. Ich … bin es noch.«

Morgado ging auf Bertha zu, und sie machte ihm Platz, dass er sich neben sie setzen konnte. »Nervös, wieso?«

»Ich habe meinen Bruder schlecht von dir reden hören.«

»Dein Bruder ist hier?«

Bertha zeigte nach oben. »Er kam am Mittag. Sehr wütend. Er ist oben, in seinem Arbeitszimmer. Und wenn er schlecht von jemandem spricht, dann … ist dieser jemand bald weg vom Fenster.«

»Weg vom Fenster?«

»Er lebt nicht mehr lange. Verstehst du, Liebling?« Bertha fiel ihm um den Hals. »Und ich liebe dich sehr, Darling. Ich brauche dich, du darfst mich nie verlassen. Alle verschwinden. Mein Exmann. Mein Vater. Ich will nicht, dass mit dir das Gleiche passiert.«

»Ich werde nicht verschwinden«, beruhigte Morgado sie.

Bertha sah ihn an. Ihre Gesichter ganz nah beieinander. Ihre Lippen berührten sich fast.

»Was ist mit meinem Vater an jenem schrecklichen Tag passiert?«

»Er wurde getötet, Bertha.«

»Ich weiß. Das habe ich dir ja selbst gesagt.«

»Und wer hat ihn getötet, Bertha, wenn du schon alles weißt?«

Ihre Augen waren glasig. »Meine Familie, Darling. Meine wunderbare Familie. Wer sonst?« Dann verdrehte sie die Augen, und ihr Körper glitt aus Morgados Armen auf den Perserteppich. Schwerelos. Wehrlos. Vor ihrem Vater, der in Schwarz-Weiß zu der Menge sprach, und ihr ein besseres Leben, eine gerechtere Welt versprach.

35

»Rühren Sie sie nicht an, lassen Sie sie schlafen.« Es war Alberts Stimme, der Spezialist für die Siebzigerjahre. Mit seiner Pistole am Gürtel. Er stand da wie ein Wehr.

»Sie sieht nicht gut aus«, murmelte Morgado.

»Machen Sie sich keine Sorgen. Sie hält was aus, sie hat nicht mit der Wimper gezuckt, als ich ihren Exmann erledigt habe.«

Morgado wusste nicht, was er tun sollte. Sollte jetzt nicht besser das Einsatzkommando des FBI aufmarschieren? Hört ihr denn nicht?, dachte er.

»Und wie viele noch?«

Albert zuckte die Achseln und lächelte wie ein Footballchampion. »Mit Ihnen dürften es zweiundzwanzig sein. Kommen Sie, der Senator wartet auf Sie. Er will, dass Sie ihm als Beichtvater dienen.«

»In Sachen Katechismus war ich noch nie gut«, versuchte Morgado zu scherzen.

Sie gingen die Treppen hinauf. Albert hinter ihm. Gelangweilt.

»Warum mussten sie sterben? Keiner hätte geredet. Die

einen, weil sie die Wahrheit nicht kannten. Und die anderen, weil sie nicht sterben wollten.«

»Fragen Sie das den Chef.«

Er öffnete die Tür zum Arbeitszimmer und stieß Morgado hinein. Dort befand sich Senator Salivie. Und ein bekanntes Gesicht. Wo habe ich das schon einmal gesehen? Ja. Von Weitem. Hinter ... Eiskalter Schweiß brach ihm aus. Der Senator sah seine Panik und lachte ihm ins Gesicht. »Dieser Raum ist elektronisch vom Rest des Hauses isoliert. Überhaupt gibt es im ganzen Haus Störsender. Sie können jetzt also die lächerlichen Dinger ablegen, die das FBI Ihnen auf den Körper geklebt hat.«

Morgado setzte sich in einen gepolsterten Sessel. Die Beine versagten ihm den Dienst.

»Im Senat meines Landes zu sitzen, heißt Zugang zu *real power* zu haben. Habe ich Ihnen nicht gesagt, dass ich den Vorsitz im Komitee für Military Intelligence des Senates habe?«

Morgado hörte die Worte von Berthas Bruder, hatte aber nur Augen für dessen Begleiterin.

Senator Salivie bemerkte es und beschloss, die guten Manieren nicht zu vernachlässigen. »Verzeihen Sie die Unhöflichkeit. Rechtsanwalt Morgado, ich möchte Ihnen Special Agent Ann Douglas vorstellen, abgestellt für das RR-Center des FBI in Los Angeles. Die rechte Hand eines sehr intelligenten, aber in politischen Fragen nicht gerade sensiblen Mannes, Steve Adamson. Aber ich glaube, Sie beide kennen sich bereits.«

»Von Weitem«, antwortete Morgado.

Ein Gesicht aus dem verfallenen Hangar am Rand von El Centro. Die Abhörspezialistin, die mit der Parabolantenne.

Die Agentin zeigte keine Regung, dass sie ihn erkannt hatte oder sich irgendwie für ihn interessierte. Sie war dort, um den Preis dafür zu kassieren, dass sie die gesamte Operation des FBI an einen ehrenwerten Senator verraten hatte.

»Wissen Sie, warum das FBI mich gerne als Verbrecher sehen will?«

»Weil Sie im Alter von sechzehn Jahren Emilio Esquer getötet haben.«

»Nein, nicht deswegen. Außerdem hat meine Mutter ihn umgebracht, Gott hab sie selig. Ich habe ihn nur festgehalten, damit er nicht fliehen konnte; ich und Genaro Noriega, mein Vater. Der mir alles gezeigt hat. Der einen Mann aus mir gemacht hat. Ich bin ein Noriega, ein Salivie. Toughe Leute. Leute, die Befehle erteilen. Ich habe Gott sei Dank nichts mit Schwächlingen zu tun.«

»Wie die Esquers?«

Der Senator sah ihn verächtlich an. »Ja. Wie die Esquers. Wie alle Esquers der Welt.«

»Man könnte den Eindruck gewinnen, dass Sie mich da mit einschließen.«

»Man könnte nicht nur den Eindruck gewinnen. Schauen Sie sich doch an, Sie sind lächerlich. Ein braves Hündchen. Ein Kanarienvogel, der das Futter frisst, das ich ihm hinwerfe. Merken Sie es denn nicht? Diese ganze Ermittlung war eine Doppelblindstudie. Ein Hindernistest, um zu sehen, wie weit Sie kommen.«

»Und ich bin bis zur Wahrheit gekommen«, sagte Morgado bockig.

Der Senator lachte wieder. Die FBI-Agentin schien ebenfalls amüsiert zu sein. Morgado begriff, dass bezüglich seiner Person beide einer Meinung waren.

»Danke, vielen Dank, Morgado. Sie haben uns viel Zeit und Geld gespart.«

Morgado dämmerte so allmählich, welche Rolle der Senator ihm bei der Ermittlung zugedacht hatte.

»Wissen Sie, warum man Hunde wie Sie auf die Jagd mitnimmt? Damit sie die Enten aufscheuchen und die Karnickel aus dem Bau holen.«

»Sie haben mich zum Bellen rausgeschickt. Wollen Sie mir das sagen?«

»Wir wollten, dass misstrauische Leute Ihnen Glauben schenken. Wir wollten, dass sie Ihre Wahrheitsliebe, Ihr ehrliches Engagement, Ihr echtes Interesse daran, herauszufinden, was geschehen ist, erkannten.«

»Sie haben mich vorgeschickt.«

»Damit die letzten Zeugen aus den Löchern kommen und wie die Enten und Karnickel die Segnung eines Gewehrschusses entgegennehmen.«

Morgado verspürte den Drang, sich zu übergeben. Die Übelkeit wallte in seiner Brust auf und ab.

»Alfonso Brindisi, José Méndez und Lupita Zendejas.«

»Aber …«, wollte Morgado ihn korrigieren.

»Aber was? Jetzt ist keiner mehr da, der irgendwelche Gerüchte erzählt. Die Legende des Gouverneurs, der an einem Infarkt starb, während er es mit seiner Geliebten getrieben hat, wird die einzige Wahrheit sein. Nicht die Wahrheit, die Sie herausgefunden haben. Für die gibt es keinerlei Zeugen mehr.«

Morgado lachte, mit dem Leben versöhnt, als hätte er völlig vergessen, in welcher Notlage er sich befand. »Sie irren sich, Herr Senator. Es gibt sehr wohl noch einen Zeugen.«

Der Senator verstand Morgados Andeutung. »Ja natürlich. Ich selbst.«

»So ist es. Und es ist vielleicht zu spät, dass diese Wahrheit ans Licht der Öffentlichkeit kommt und die Meinung der Leute verändert, aber sie steht in Berichten. Und eines Tages, wenn Sie und ich nicht mehr leben, wenn es niemanden mehr stört, dass diese Geheimnisse offengelegt werden, wird die Wahrheit herauskommen. Die wahre Geschichte dieser Zeit, dieser Region der Welt.«

Senator Salivie nahm ein Glas von seinem Schreibtisch und prostete ihm zu. »Vielleicht haben Sie doch noch einen Nutzen. Wenn Sie mir Reden wie diese schreiben, nehme ich Sie vielleicht unter Vertrag.« Die Agentin lachte über den Scherz.

»Albert, komm her und nimm diesen Clown mit.«

In dem Moment sprang Morgado auf einen Stuhl und auf den Schreibtisch. Senator Salivie wollte ausweichen, aber ihm blieb keine Zeit. Morgado riss ihn von seinem Stuhl und beide fielen zu Boden. Die FBI-Agentin packte Morgado am Hals, als er versuchte, den Senator zu treten. Morgado spürte den Zug an seinem Hals. Sie rollten alle drei unter den Schreibtisch.

»Schafft ihn weg!« Das war die Stimme des Senators, die eher wütend als ängstlich klang.

»Ich komme«, erwiderte Albert. Der Leibwächter hob Morgado wie eine Puppe hoch und warf ihn gegen die Wand. Morgado verlor nicht das Bewusstsein, aber einen Moment lang wusste er nicht, wo er war. Seine Ohren rauschten. Albert kam mit finsterer Miene auf ihn zu, die Pistole auf seine Augen gerichtet. Da ertönten die ersten Schüsse. Albert hielt inne, dann flog er durch die Luft. Die FBI-Agentin, die dem immer noch am Boden liegenden Senator aufhalf, versuchte aufzustehen. Ein Schuss blies ihr den halben Kopf weg. Halb sitzend hob der Senator die Hände hoch, zum Zeichen, dass er sich ergab. Morgado ging davon aus, dass das FBI-Kommando mit Harry und Adamson an der Spitze gekommen war, um ihn zu retten, gerade noch zur rechten Zeit. Stattdessen sah er Celina, gekleidet wie immer: mit ihrer tadellosen Hausmädchenuniform. In der Hand eine riesige Pistole. Sie war allein, ohne Rückendeckung.

36

Celina fasste ihn am Arm und setzte ihn auf den Boden. »Bleiben Sie hier. Alles wird gut. Keine Sorge.«

Aber Morgado, der kein Rauschen mehr in den Ohren hatte und wieder klar sehen konnte, hatte noch Grund zur Sorge. »Bertha. Sie ist unten. Sie sah nicht gut aus. Kümmer dich um sie.«

Celina nickte.

»Ich muss meinen Leuten Bescheid geben.«

Unten hörte man Schreie und Schüsse. »FBI!«, rief jemand an der Tür zum Arbeitszimmer.

»Freunde, auf drei!«, antwortete Celina.

Zwei Agenten mit kugelsicheren Westen traten ein. Sie stellten sich zwischen Celina und den Senator. In dem Moment betrat Harry den Raum. »Morgado!«

»Hier bin ich. Angeschlagen, aber okay.«

Harry schaute wieder Celina an. »Und wer sind Sie?«

»First Lieutenant der Navy Intelligence.«

»Sind Sie auch hinter dem da her?« Harry zeigte auf Senator Salivie.

»Waffenschmuggel. Er gehört mir. Ich war sechs Monate *undercover* an ihm dran.«

Die FBI-Leute lächelten über die freche Antwort der Frau mit der militärischen Ausbildung.

Harry sprach leise mit Steve Adamson. »Er gehört Ihnen«, sagte er. »Er ist ein heißes Eisen und beim FBI nicht so gut aufgehoben.«

Morgado fragte noch einmal: »Wie geht es Bertha?«

»Ich weiß nicht. Sie wird gerade untersucht. Geh hinunter und schau selbst nach.«

Das tat er. Zwei Sanitäter des FBI kümmerten sich um sie, jemand kam mit einer Trage.

»Einmal Magen auspumpen und das wars.«

Bertha war bewusstlos. Morgado gab ihr einen Kuss, bevor sie mit dem Krankenwagen weggebracht wurde. »Ist es lebensgefährlich?«, fragte er.

Ein FBI-Agent zeigte ihm ein leeres Röhrchen. Barbiturate.

»Ist es lebensgefährlich?«, fragte er wieder.

»Wenn sie die Tabletten nicht bald rausholen, stirbt sie.«

Steve kam mit Senator Salivie in Handschellen die Treppe herunter. Morgado hielt sie an. Er wollte den beiden noch ein paar Fragen stellen. »Habt ihr gehört, was in dem Arbeitszimmer gesprochen wurde?«

Steve schüttelte den Kopf.

»Sehen Sie, Sie haben nichts gegen mich in der Hand«, sagte der Senator.

»Ich schon«, sagte Celina und zeigte ihm ein dreieckiges Gerät. »Hier sind all seine Gespräche der letzten beiden Wochen, einschließlich dem, das der Senator mit Miguel Ángel Morgado in seinem Arbeitszimmer geführt hat, und den Mordaufträgen betreffend Brindisi, Méndez und Zendejas. Ich kann Ihnen eine Kopie zur Verfügung stellen, aber die Beweise bleiben in der Obhut der Navy.«

Morgado erschrak, als er den Namen Zendejas hörte. »Seid ihr sicher, dass es Lupita gut geht?«

»Ja, Kollege. Auch wenn ich einen Maulwurf in meiner Mannschaft hatte. Das mit Lupita hat Harry gemanagt und Agentin Douglas hatte keine Zeit, herauszufinden, dass ihre Schwester die Tote war und nicht Lupita.«

»Trotzdem können Sie die Anklage gegen mich vergessen. Sie sind ohne Erlaubnis hier eingedrungen, und dafür werden Sie bezahlen.« Senator Salivie machte den Anwesenden klar, auf welcher Seite die Macht war.

»Einen Moment noch«, bat Morgado und ging in die Küche. Er füllte das leere Tablettenröhrchen mit grünem Spülmittel. Dann kehrte er in das Wohnzimmer zurück und zeigte es dem Senator. »Erinnern Sie sich an die Schwefelsäure, die man über den Gouverneur von Baja California geschüttet hat?«

Der Senator wurde blass. »Sie werden doch nicht zulassen, dass dieser Verrückte …«

»Erinnern Sie sich daran, wie Sie Emilio Esquer festgehalten haben, damit die anderen ihm diese Substanz ins Gesicht schütten konnten?«

»Tun Sie doch was! Halten Sie ihn zurück!«

Steve Adamson ließ den Senator los. Harry Dávalos ging zur Seite.

»Jetzt wird es dir genauso ergehen«, drohte Morgado.

»Ich wollte es nicht tun. Meine Mutter hat mich gezwungen. Sie und Genaro Noriega. Ich habe mich nur ihren Befehlen gebeugt.« Der Senator wich zurück und bedeckte sein Gesicht mit den Händen. Genau wie vermutlich Emilio Esquer im Jahr 1963.

»Du hast gesehen, wie sein Gesicht weggeätzt wurde. Du hast ihn schreien hören. Jetzt wirst du um Gnade flehen. Jetzt tut es dir weh.«

»Nein! Bitte nicht ins Gesicht!«

Morgado schüttete ihm die Flüssigkeit über den Kopf. Der Senator schrie, als wäre es tatsächlich Schwefelsäure. Als er keinen Schmerz verspürte, ließ er überrascht die Arme sinken. Darauf hatte Morgado gewartet. Der Schlag traf genau die Nase des Senators. Dann strömte das Blut, unaufhaltsam.

37

Celina drückte ihm zum Abschied einen Kuss auf die Wange. Morgado fiel ein, dass er sich noch gar nicht bedankt hatte. »Ich hätte nie gedacht, dass du mein Schutzengel sein wirst.«

»Und ich hätte nie geglaubt, dass du mir die Arbeit so leicht machen wirst. Wie bist du auf die Idee gekommen, dich auf den Senator zu stürzen?«

Morgado lächelte, um zu verbergen, dass er sich schämte. Aber Celina hatte sein Erröten bemerkt. »Los. Ich will es wissen.«

»Hast du noch nie vom Lonesome Ranger gehört?«

Celina musste so lachen, dass ihr die Tränen kamen. »Du bist verrückt, Morgado. *Too crazy for me.*« Sie umarmten sich.

»Wenn du nach Camp Pendelton fährst, schau bei mir vorbei.«

»Wenn du ein Wochenende frei hast, lade ich dich nach San Felipe ein.«

»Surfst du gern?«

»Ich liege gern in der Hängematte und schaue den Möwen zu.«

Celina musste wieder herzhaft lachen. »Also abgemacht.«

Harry wollte ihn loseisen. »Komm schon, Dickschädel.«

»Superman der Armen, gefällt dir das nicht besser?«

»*Whatever.* Ich habe schon mit dem Krankenhaus gesprochen. Bertha wird durchkommen. Sie haben ihr den Magen ausgepumpt, sie liegt jetzt auf der Intensivstation und ist noch nicht aufgewacht. Aber ihr Zustand ist stabil.«

»Was passiert mit ihr?«

»Vielleicht wird sie ins Zeugenschutzprogramm aufgenommen. Es wird keine belastenden Beweise gegen sie geben. Das verspreche ich dir. Aber du darfst lange, lange Zeit keinen Kontakt zu ihr aufnehmen.«

Morgado betrachtete die Lichter San Diegos, als sie über eine der Brücken fuhren. »Sag mir eines, Harry.«

»*Shoot me.* Solange meine Nase heil bleibt.«

Morgado akzeptierte seinen neuen Status als boxender Ermittler. »Als ich dich angerufen und um Hilfe bei den Ermittlungen gebeten habe, da habe ich gedacht, du hättest nur aus reiner Höflichkeit geantwortet. Du hättest mich nicht sonderlich ernst genommen. Dann musste ich feststellen, dass du Bertha zu mir geschickt hattest, so als wolltest du einem mächtigen, einflussreichen Senator einen Gefallen tun. Aber ich hätte nie gedacht, dass du einen ganzen Thinktank des FBI mobilisierst, um mich zu schützen. Warum, Harry?«

»Die Ermittlungen gegen den Senator waren bereits in vollem Gange, und ich habe eine Art Woody Allen gebraucht, dem ich vertrauen konnte.«

»Du meinst den Filmemacher?«

»Ja. So in der Art: Er klaut, rennt weg und wird geschnappt. In deinem Fall: Du bist in das Haus Salivie gekommen, hast ermittelt und wurdest geschnappt.«

»Ich bin also eine Schaufel, mit der man die Scheiße ans Tageslicht holt, ein Werkzeug zu deinen Diensten.«

»Das hat der Senator gesagt, nicht ich.«

»Und woher weißt du das?«

Harry grinste breit. Er konnte das Lachen nicht mehr zurückhalten.

»Welche Bundesbehörde, glaubst du, hat dir in der Obhut des Zolls in Calexico die störungssicheren Mikrofone verpasst, die immer noch in den Klamotten stecken, die du ja anscheinend nie wechselst?«

»Verfluchter Mistkerl!«

»Eine Schaufel. Stimmt, Morgado. Eine hervorragende Schaufel zum Ausgraben. Das bist du. Und darauf solltest du stolz sein. Ich wäre auch gern so eine gute Schaufel wie du.«

Morgado war sauer. Nicht weil man ihn im Ungewissen gelassen hatte, sondern weil er nicht bemerkt hatte, wie seine Ermittlungen von Anfang an manipuliert wurden. Er war nur eine Maschine mit Fernbedienung, die in der Vergangenheit anderer Leute herumwühlte.

»Nimm es dir nicht so zu Herzen. Denk daran, du warst nie allein«, versuchte Harry ihn aufzumuntern.

»Warum habt ihr Alfonso Brindisi und José Méndez nicht geschützt, wenn ihr gewusst habt, in welcher Gefahr sie waren, weil sie mit mir gesprochen haben?«

»Sie waren außerhalb unseres Zuständigkeitsbereichs. Mexiko ist Mexiko.«

»Ach komm, Harry. Sonst hat euch das doch auch nicht daran gehindert, euch in unsere Angelegenheiten einzumischen.«

»Sonst, du sagst es. Aber jetzt werden alle Bemühungen, Agenten und Geldmittel auf den Kampf gegen den Terrorismus konzentriert. Was die Kleinkriminellen angeht, haben wir bei uns einen Leitspruch: ›Sollen sie sich gegenseitig umbringen.‹ Es sei denn, natürlich, sie haben einen arabischen Namen. Dann ist es wieder unsere Aufgabe, sie zu finden und auszuschalten. Wie damals im Wilden Westen. John Wayne reitet wieder.«

Morgado konnte gegen dieses Argument nichts einwenden. So war sie, die Welt von heute: ein Hinterhalt. Das Gesetz des Stärkeren im öffentlichen wie im privaten Leben. Es gab keine Landeshoheit mehr und keine unverletzlichen Grenzen. Handschuhe waren überflüssig. Die Schläge kamen direkt. Ohne Schiedsrichter.

»Lupita Zendejas war eine andere Sache«, sagte Harry. »Das war auf unserer Seite des Grabens, und wir haben sofort eingegriffen.«

»Wie geht es ihr?«

»Gut. Den Umständen entsprechend gut.«

Morgado schaute die CDs durch und steckte eine in die Anlage von Harrys Wagen.

»Was hast du eingelegt?«

»Led Zeppelin. *Houses of the Holy.*«

Und während sie auf die Berge zufuhren, tönte Robert Plants Stimme *Over the Hills and Far Away.*

»Ich will sie sehen«, sagte Morgado.

»Lupita Zendejas?«

»Ja.«

»*No problem.* Sie ist einem sicheren Haus. In Alpine. Es liegt auf unserem Weg.«

38

Lupita Zendejas saß in einem Schaukelstuhl vor einem großen Fenster, das auf einen Weg hinausging. Als sie die näherkommenden Schritte hörte, wusste sie, wer der Besucher war. »Kommen Sie herein, Miguel Ángel.«

Morgado blieb neben ihr stehen. Er legte die Hand auf ihre Schulter und drückte sie leicht.

»Es tut mir leid«, sagte er. »Es war meine Schuld. Ich hätte Sie warnen müssen.«

Sie sah ihn an, und in ihrem Blick war kein Schmerz. »Schuld? Weil sie mich mitten am Tag von meinem Zuhause weggeholt und mich in ein Haus mit so einem tollen Ausblick gesteckt haben?«

Morgado wusste nicht, was er sagen sollte. Hatte der Tod ihrer Schwester sie so durcheinandergebracht, dass sie jeglichen Bezug zur Realität verloren hatte? Er drehte sich zu Harry um. Der sah so aus, als amüsierte er sich königlich. Dann tauchte eine ältere Frau auf, die Lupita sehr ähnlich sah.

»Kennen Sie meine Schwester, Miguel Ángel?«

Harry lachte auf.

»Die Fotos, die du mir gezeigt hast, waren die getürkt?«

»Ja, ja.«

»Und das mit Brindisi und Méndez?«

»Die sind wirklich tot. Aber nicht du warst das Ziel unserer Täuschung. Das war der Maulwurf im FBI. Special Agent Ann Douglas.«

»Ihr habt gewusst, dass sie die Informantin des Senators war?«

»Wir wussten es nicht, aber sie war die Verdächtige *number one.* Wir haben ihr gesagt, Lupita Zendejas sei das Mordopfer.«

Morgado erinnerte sich dran, dass der Senator in seinem Arbeitszimmer Lupita als eine der eliminierten Zeugen genannt hatte. Diese Information kam von der FBI-Agentin.

»Albert hat auf einen Schatten geschossen, der sich im Haus von Lupita Zendejas bewegte«, erklärte ihm Harry.

»Tricks über Tricks.«

»Vernebelungstaktik. Dasselbe, was sie gemacht haben, als sie den Gouverneur deines Staates in El Centro getötet haben.«

Lupita Zendejas entging nicht ein Bruchteil des Gesprächs. »Sind Sie dahintergekommen, Miguel Ángel?« Das war die Frage einer Frau, die vier Jahrzehnte in Ungewissheit gelebt hat.

»Ja, bin ich.«

»Worauf warten Sie dann? Erzählen Sie mir alles von Anfang an.«

Morgado nahm einen Stuhl und setzte sich neben Lupita Zendejas. Die alte Dame war vor lauter Spannung ganz hibbelig.

»Es ist eine äußerst seltsame Geschichte.«

»Glauben Sie, das weiß ich nicht?«

»Und nicht sehr angenehm.«

»Das müssen Sie mir nicht sagen.«

»Sie begann in den Vierzigerjahren zwischen einem sehr ehrgeizigen jungen Mädchen und ihrem Freund, Genaro Noriega. Sie wurde von ihm schwanger, während sie gleichzeitig mit einem vor kurzem nach Mexicali gekommenen Ingenieur liiert war.«

»Emilio Esquer.«

»Ja.«

»Und dann?«

»Amalia Salivie heiratete Emilio, und sein Sohn, angeblich eine Frühgeburt, der jetzige Senator John Salivic, wurde der Erstgeborene der Familie.«

»Alles wegen der Macht, vermute ich.«

»Sie vermuten richtig.«

Harry ließ sie allein. Morgado wollte ihr nicht direkt in die Augen sehen. Er starrte auf den dunklen Wald in der Ferne. Voller wilder Pflanzen und Spuren von alten Bränden, vor denen das Grün des vergangenen Jahres nicht haltmachen wollte.

»Ganz ruhig, junger Mann. Erzählen Sie mir von Emilio.«

»Mach ich.«

Sie legte ihre Hand auf die von Morgado, um ihn zu ermuntern, mit seinem Bericht fortzufahren. Morgado schluckte. *And she's buying a stairway to heaven.* Und die Treppe in das Paradies der Erinnerung, den Garten Eden eines gelösten Falles.

»Er war ein vielschichtigerer Mensch, als ich geglaubt hatte.«

Lupita Zendejas nahm dieses indirekte Kompliment wohlwollend zur Kenntnis und lächelte. »Ja«, sagte sie leise, »und viel verwundbarer. Er hat geglaubt, Politik zu machen, wäre wie Staumauern bauen. Als ob man den Widerstand des Menschenmaterials berechnen könnte wie bei Stahl oder Beton, aber da hat er sich ganz schön geirrt.«

Morgado schaute Lupita Zendejas an und sah sie in einem anderen Licht. »Sie sind das widerstandsfähigste Menschenmaterial, das ich kenne.«

»Ich bin nur eine Legende. Ich lebe nur von Mund zu Mund, von Gerücht zu Gerücht. Aber wenn mich diese Legende für immer mit Emilio verbindet, will ich nicht klagen. Jetzt sind auch Sie mit uns verbunden, haben Sie es bemerkt?«

Morgado konnte das nicht bestreiten. »Ja, jetzt bin ich ein Teil von ihr.«

»Los. Spannen Sie mich nicht länger auf die Folter. Erzählen Sie mir alles. Mein Schmerz spielt keine Rolle. In meinem Alter treibt mich nur noch der Schmerz an, er gibt mir die Kraft, weiterzuleben.«

Morgado schaute wieder zu dem Wald und dem Weg. Ein Abgrund unter einer lustlosen Sonne. »Es war Mord, Lupita. Es gab nie einen Herzinfarkt.«

»Was war es dann?«

»Eine Falle«, schob Morgado schnell hinterher. »Eine Abrechnung.«

»War das alles?«

»Ein Verrat, um genau zu sein. Verrat von seiner Familie, seinem politischen Zirkel, seinen Partnern.«

»Sie haben ihn fallen lassen, wollen Sie das sagen?«

Morgado suchte nach einer Form, sie nicht allzu sehr zu verletzen. »Es war, als hätten sich alle abgesprochen, ihn zu töten. Jeder trug dazu bei, dass er der Falle im Motel nicht entkommen konnte.«

Mit zittrigen Händen holte Lupita Zendejas ein Stofftaschentuch aus ihrer Tasche. »Fahren Sie fort, junger Mann. Lassen Sie sich von mir nicht aufhalten.«

»Er war ihnen nicht mehr nützlich. Denke ich.«

Lupita Zendejas schlug die Hand vor den Mund. Ihr kamen fast die Tränen. »Ich … denke das auch. Und wissen Sie warum?«

Morgado wusste nicht, was er sagen sollte.

»Weil er kein mächtiger Mann mehr war, sondern etwas, das ihnen zuwiderlief. Und gefährlich dazu.«

»Gefährlich?«

»Ja. Er war ganz außer sich. Verstehen Sie? Er war ein verliebter Mann.«

Epilog

In den folgenden Wochen glätteten sich die Wogen. Morgado kehrte nach Mexicali in sein chaotisches Apartment zurück und fand keine ihn überwachenden Agenten vor. Es gab auch keine Schüsse aus dem Hinterhalt. Die hohen Kreise hatten beschlossen, den Fall von Procurador Palacios als Abrechnung unter Drogenhändlern zu den Akten zu legen.

Hin und wieder dachte Morgado an Bertha Esquer, aber die einzige Nachricht, die er über Harry Dávalos von ihr hörte, war, dass sie beim Bundesgericht gegen ihren Bruder aussagte und dass sie ins Zeugenschutzprogramm aufgenommen worden war. Sie war also in Sicherheit, aber außer Reichweite.

Nicht alles lief glatt in seinem Leben. Als in haushaltspraktischen Dingen völlig unbegabter Mann fortgeschrittenen Alters kämpfte Morgado gerade gegen einen technischen Notfall erster Güte an, als es Freitagmittag an seiner Tür klingelte. Hoffentlich sind das nicht die Killer von Senator Salivie, schoss es ihm durch den Kopf. Morgado hatte nur einen Schraubenzieher als Verteidigungswaffe. Und den Anführer der *Cuervos.* Aber Jimmy nahm das Klingeln locker und öffnete die Tür. Morgado hörte Stimmen auf Englisch und auf Spanisch. Und Gelächter.

»Dein Typ ist gefragt.«

Morgado ließ die Kaffeemaschine, aus der Wasser rann, stehen und sah nach, wer gekommen war. Es war Celina. Nicht das Hausmädchen im englischen Stil mit Schürze und Häubchen und auch kein First Lieutenant der Navy in Uniform. Einfach eine Frau in Jeans und einem T-Shirt von Futurama.

»Ich komme, um dich abzuholen«, sagte sie mit einem spöttischen Lächeln.

Morgado war überrascht. Jimmy öffnete eine Bierdose und hielt sie Celina hin, die sie dankend annahm.

»Um nach San Felipe zu fahren?«

»Komm mal raus.«

Draußen stand ein Geländewagen mit Vierradantrieb und zwei Surfbrettern auf dem Dach.

»Gib mir die Schlüssel«, sagte Jimmy.

»Welche Schlüssel?«, fragte Morgado.

»Die von deiner Bude.«

Morgado wusste nicht recht, wie ihm geschah, und gab ihm die Schlüssel.

»Gute Fahrt«, sagte Jimmy. Dann ging er in Morgados Apartment, machte die Tür zu und ließ ihn einfach draußen stehen.

»Lass uns fahren«, befahl Celina.

»Ich weiß ja nicht einmal deinen richtigen Namen.«

»Heute mal wieder Celina. Gefällt er dir?«

»Seit ich ihn zum ersten Mal gehört habe.«

Morgado stieg in den Geländewagen ein. »Müssen wir nichts zu essen kaufen?«

»Schau mal, was da hinten liegt.« Hinten gab es keine Sitze. Nur eine von einer Seite zur anderen aufgespannte Hängematte. Und ein Survival-Kit der Streitkräfte der Vereinigten Staaten.

»Ich gehe davon aus, dass wir nicht im Hotel übernachten, oder?«

Celina lächelte wie ein Hausmädchen, das man bei einem Fehler ertappt hat.

»Ich hoffe, du denkst nicht, was ich gerade denke«, sagte Morgado.

»Mach dir keine Sorgen, Michelangelo. Ich habe auch einen Erste-Hilfe-Kasten für dich dabei.« Dann ließ sie den Geländewagen an, als wäre es ein Panzer.

»Weißt du, wo San Felipe liegt?«, fragte Morgado, der Touristenführer.

»Ich weiß, wo du bist. Und das genügt. Übrigens, hast du eine Lebensversicherung?«

»Nein, und auch keine Kondome.«

Celina musste den ganzen Weg über diesen Scherz lachen. Erst viel später, unter dem strahlenden Sternenhimmel, stellte Morgado fest, dass das amerikanische Heer die Bedürfnisse seines aktiven Personals sehr gut kannte.

Celina, die nackt neben ihm lag, fragte ihn: »Was denkst du?«

»Im Hinblick auf dic Zukunft sind wir alle untere Schichten.«

»Vergiss diese Terminologie, Morgado. Es ist nur eine Form, die Zeit zu katalogisieren.«

»Oder das Leben, das wir führen.«

»Was auch immer. Ja. Eines Tages werden wir ein Leichnam oder Asche sein. Und dann Staub. Und am Ende: Vergessen. Das reine Nichts.«

»Aber etwas sollte doch bleiben, findest du nicht?«

»Es bleiben wir, du und ich, hier und jetzt. Was wir getan haben. Unsere Arbeit. Unsere Pflicht. Selbst wenn morgen der Fall von Senator Salivie in einem geheimen Archiv landet und die Beweise gegen ihn sich in Luft auflösen. Weißt du, wie viele Millionen er in die letzte Wahlkampagne gesteckt hat? Für wie viele Firmen er Interessenvertreter spielt? Hast du eine Ahnung, was für Gewinne er mit diversen Ölgesellschaften und Stromkonzernen im Mittleren Osten macht?

Und dann noch seine Verträge mit dem Pentagon. Unser lieber Präsident wird ein paar harte Worte zu hören bekommen, dafür, dass er sich wie ein ungezogener Junge benommen hat, und jeder wird hübsch zu seinen Geschäften zurückkehren. *Business as usual.*«

Morgado seufzte, das war eine große Pleite. »Der Geist des Menschen strebt weiter nach Gerechtigkeit. Der Geist bleibt«, sagte er in seiner Rolle als Strandphilosoph.

»Unsere Körper genügen mir schon, Miguel Ángel. Warum müssen da die Geister mitspielen?«

»Die Toten leben in uns«, sagte Morgado überzeugt, »rastlos, bis in alle Ewigkeit ...«

»Lass das jetzt, Miguel Ángel«, flüsterte Celina ihm ins Ohr. »Ich werde dir die Ewigkeit in einem Augenblick zeigen.«

Ja, da war der große Geist in Person. Etwas, das leckt, kratzt, schlägt und streichelt. Etwas, das inmitten des Nichts aus vollem Halse schreit. Ungehemmt. Ohne Narben.

Schmierenkomödie

1

Er flog ganz nah am Boden und folgte den Seitenstraßen Richtung Wüste. Er flog mit ausgestreckten Armen und geschlossenen Beinen, wie ein Superheld aus dem Comic. Fliegen war eine Kraft, ein Abenteuer, das sein Herz schneller schlagen, seinen Kopf frei werden ließ.

Er flog über Cañons und Pässe. Das Gelände wurde immer abschüssiger, bald zeigten sich die ersten Ausläufer des Gebirges. Riesige Felsen und dicht belaubte Bäume kamen ihm entgegen. Er wich ihnen aus, indem er ein wenig die Arme bewegte. Er konnte sich in der Luft halten, so lange er wollte. Das wusste er.

Und genau in dem Moment, als er die Spitze eines Felsvorsprungs erreicht hatte und die Sonne am bergigen Horizont unterzugehen begann, beschlich ihn das Gefühl, dass irgendetwas nicht stimmte. Dass er beobachtet wurde. Er hob den Kopf, konnte aber nichts Ungewöhnliches oder Bedrohliches erkennen. Aber das Gefühl, beobachtet zu werden, ließ ihn nicht los. Er beschloss, so hoch wie möglich aufzusteigen, um das ganze Gebiet zu überblicken, bevor die Dunkelheit es vor ihm verbarg.

Kaum war er ein wenig höher gestiegen, krallten sich zwei Klauen in seinen Rücken und ein Schnabel zerfetzte die Muskeln seiner Unterarme. Der Schmerz kam blitzartig. Er wollte das Gleichgewicht halten, einen kühlen Kopf bewahren. Was passiert hier? Was ist das für ein Monster, das mich angreift? Blut rann über seinen Körper. Er stürzte in einer spiralförmigen Bewegung nach unten. Ein totes Blatt, vom Baum des Himmels gefallen.

Er war kurz davor, das Bewusstsein zu verlieren. Die Schmerzen wurden unerträglich. Er schrie. Er kreischte. Er heulte. Und durch seinen Schrei zerbarst die ganze Erde in tausend Teile, der gesamte Planet explodierte vor seinen Augen. Jetzt schwebte er mitten im Nichts, in totaler Leere. Aber das war kein Trost, denn der Schmerz hielt ihn weiterhin fest umklammert, das Blut strömte aus den vielen Wunden. Er schrie noch einmal. Und jetzt zersprang sogar das Nichts.

Morgado erwachte, steif von der Kälte des Morgengrauens und mit Kopfschmerzen. Im Rückspiegel konnte er sein verstörtes Gesicht und das Entsetzen in seinem Blick sehen. Als wollte er sich vergewissern, dass er sich in der Wirklichkeit befand, klammerte er seine Hände um das Lenkrad, bis die Muskeln anfingen zu schmerzen. Nun war er wieder ruhig genug, um sich zu erinnern, was er um 4.30 Uhr auf dem halb leeren Parkplatz des Internationalen Flughafens von Mexicali tat. Er fasste mit der Hand in die Jackentasche und holte das Fax hervor, das man ihm drei Stunden zuvor gegeben hatte. Er las es ebenso ungläubig wie das erste Mal, als er es in Händen gehalten hatte. Darauf stand: »Cessna Mssa 271. Abflug: 1.35 Uhr. Ankunft: 5.18 Uhr. Capitán Varela.«

Morgado faltete das Fax zusammen und steckte es zurück in die Jacke. Er wollte nicht wieder einschlafen, aber er ahnte, dass dieser Traum eine Botschaft seines Unterbewusstseins war, damit er der Wahrheit über den verschwundenen Helikopter ins Gesicht sehen konnte. Träume sind Fingerzeige, Hinweise, die man im Wachzustand nicht wahrgenommen hat. Er legte den Kopf auf den Sitz und schaute noch einmal auf die Uhr: 4.35 Uhr. Er schloss langsam die Augen und dachte an Cecilia Montaño, die ihn in diese ganze Geschichte hineingezogen hatte.

2

»Ein Monat, Morgado, ein Monat, und nicht eine Spur von dem Helikopter. Kommt dir das nicht verdächtig vor? Denkst du nicht, dass die Behörden, in deren sogenannte Kompetenz das Ganze fällt, sich taub stellen?«

Morgado betrachtete ungläubig, wie Cecilia Montaño, seine Jugendliebe und lebenslange Freundin, vor ihm auf und ab ging. Sie war inzwischen mit einem Piloten verheiratet, Jesús Bull Aguirre, einem Chicano. Früher war er bei der Navy gewesen, heute arbeitete er als Experte für wissenschaftliche Expeditionen auf der ganzen Welt. Jetzt war er auf einem von der Partido Naturalista Mexicano finanzierten Flug spurlos verschwunden.

»Du weißt doch, wie Bull ist«, sagte Cecilia mit brüchiger Stimme. »Sie haben ihm zweitausend Dollar Vorschuss bezahlt, und das für eine gute Sache. Er sollte einen Biologen und einen Fotografen nach Baja California und Sonora fliegen, wo die beiden eine Bestandsaufnahme der jahrtausendealten Kakteen machen wollten.«

»Und wozu das?«, fragte Morgado, während er Cecilia anstarrte, unfähig, sich in dem Chaos zurechtzufinden. Für ihn stand Cecilia für den ersten Kuss, die ersten Zärtlichkeiten. Vor mehr als zwanzig Jahren, in einem goldenen Zeitalter, von dem er immer noch zehrte.

»Die Bestandsaufnahme? Erinnerst du dich nicht mehr an die Weltausstellung in Sevilla?«

»Die zur Fünfhundertjahrfeier der Begegnung zweier Welten?«

»Du meinst des Zusammenstoßes zweier Welten, Morgado, oder kapierst du nicht, dass wir davon noch immer blaue Flecken haben?«

Morgado versuchte, einen klaren Kopf zu bekommen. Cecilias Geschichte ergab keinen Sinn für ihn. Und er hatte schon alles vorbereitet, um in die Hauptstadt zurückzukehren, zurück in den Smog des Tals von Mexiko.

»Erklär es mir, bitte«, forderte er sie auf.

Cecilia hörte auf, wie ein Raubtier im Käfig auf und ab zu gehen, und setzte sich auf den einzigen Stuhl, auf dem keine Klamotten von Morgado lagen. »Der Cardón. Hast du nicht vom Cardón gehört, der vor dem mexikanischen Pavillon auf der Expo in Sevilla stand? Ein ungefähr dreißig Meter hoher Kaktus, den die mexikanische Regierung Spanien als Symbol des guten Willens zwischen unseren beiden Völkern, bla bla bla, überreicht hat. Du hast es bestimmt in den Nachrichten gesehen.«

Morgado nickte leicht, in seiner Erinnerung ging ein grünes Licht an. Er sah die Bilder des mexikanischen Pavillons wieder vor sich, die beiden riesigen Xe und den ebenso riesigen Kaktus, den »Stolz Mexikos«, wie er von so einem Möchtegernmexikaner genannt wurde. »Das ist doch schon ein paar Jahre her, oder?«

»Ja, die von der Partido Naturalista Mexicano haben Jahre

gebraucht, um die internationale Finanzierung für ihr Projekt zu bekommen. Viele lokale Umweltschutzgruppen haben gegen diese Schenkung protestiert, aber weil wir ja im Zeitalter der Globalisierung leben, hat niemand auf sie gehört. Die Gruppen haben sich schließlich an Greenpeace, Forest Live und World Nature Army gewandt und gefordert, die Ausgrabung solcher Kakteen zu verbieten.«

»Sind das besondere Arten?«

»Es existieren nur noch ein paar hundert, verstreut in den Wüsten von Baja California und Sonora.«

»Und werden sie nicht von der Regierung geschützt?«

Cecilia sprang auf, als hätte eine Feder sie aus dem Stuhl katapultiert. »Ich bitte dich, Morgado. Sie schützt die Kakteen, wie sie dich und mich schützt. Alles reines Geschwätz. Tote Paragrafen.«

Morgado beschloss, eine vernünftigere Frage zu stellen. »Um was handelt es sich denn bei dem Projekt der Partido Naturalista Mexicano?«

»Die PNM will die Kakteen international schützen lassen, aber dafür braucht man eine genaue Auflistung, wie viele Exemplare es im Norden Mexikos noch gibt. Deswegen haben sie sich entschlossen, sie zu zählen, und Jesús angeheuert.«

»Okay. Weißt du, wer ihn angeheuert hat? Und wer den Hubschrauber bezahlt hat? Wann wurde er angeheuert und zu welchen Bedingungen? Wer waren seine Begleiter? Kanntest du sie?«

Cecilia ging auf Morgado zu und strich ihm über das Haar. »Endlich kommt der Sherlock Holmes in dir raus, Morgado. Das freut mich für dich. Und für mich auch. Denn ich brauche dich jetzt. Auf dem Gymnasium hast du mir immer bei allem geholfen. Hilf mir in dieser Sache, denn die Behörden hier sind alles, nur nicht kompetent.«

Morgado sah die Tränen in Cecilias Augen aufsteigen und stand auf. »Setz dich, Ceci, ich bring dir was zu trinken.«

Die Minibar war fast leer, aber immerhin war noch eine kleine Flasche Brandy darin. Er gab ihn ihr in einem Plastikbecher, und sie stürzte den Inhalt auf einmal hinunter.

»Fühlst du dich jetzt besser, Ceci?«

»Ja. Danke.«

»Wo hat man ihn angeheuert?«

»Du weißt, dass Jesús einen Hangar am Flughafen von San Diego angemietet hat. Dort hat ihn Omar Sepúlveda, der Vertreter der PNM in Mexicali, angesprochen. Aber der Scheck kam aus Mexico City, aus dem Zentralbüro. Die Anweisungen waren sehr präzise. Am 7. Juni sollte er am Flughafen von Mexicali sein. Dort wollten sie ihm die Flugroute und die Gebiete für die Bestandsaufnahme mitteilen. Sepúlveda meinte, der Job würde nicht länger als eine Woche dauern. Und ich hatte mich so über den Auftrag gefreut. Ich dachte, für mich wäre das die Gelegenheit, mal wieder meine Familie zu sehen. Ich hätte nie gedacht, dass ich hier einen ganzen Monat verbringen würde. Auf glühenden Kohlen und ohne Jesús. Das ist nicht fair, Morgado. Ich verstehe nicht, was da passiert ist.«

Cecilia gab ihrer Verzweiflung nach und fing an zu weinen. Still.

»Nun mal der Reihe nach. Wann sind sie verschwunden?«

»Am dritten Tag … Am 10. Juni. Sie sind um 7 Uhr morgens vom Flughafen los. Eine Stunde später haben sie sich noch gemeldet. Dann aber weder um 12 noch um 4, wie es vereinbart war.«

»Und was sagt der Tower?«

Cecilia hatte einen Moment lang wieder ihren distanzierten Blick. »Die sagen lediglich, dass sie irgendwann außerhalb der Reichweite des Radars waren. Anscheinend sind sie in felsiges Gebiet geflogen, wo sie vom Radar nicht mehr erfasst werden konnten.«

»In welchem Gebiet wollten sie an diesem Tag Bestandsaufnahme machen?«

»An einem Ort südlich von San Felipe. Sepúlveda kann es dir genauer sagen. Ich habe seine Adresse notiert.«

Morgado nahm sein Heft vom Nachttisch und schrieb sich die Angaben auf. »Hast du seine Begleiter kennengelernt?«, fragte er, während er sich Anschrift und Telefonnummer der PNM notierte.

»Ja. Sie waren … Entschuldigung …« Cecilia erstarrte für einen Moment, dann fuhr sie mit ruhiger Stimme fort. »Sie sind okay. Der Biologe ist ein junger Mann, vielleicht fünfundzwanzig, kommt gerade von irgend so einem biologischen Institut in Mexico City. Der Fotograf ist aus Tijuana, auch wenn er wie einer aus der Hauptstadt spricht. Ein unsympathischer Riese, der die ganze Zeit Fotos von mir gemacht hat. Wenn ich den Mund aufgemacht habe, ein Foto. Wenn ich mir die Nase geschnäuzt habe, ein Foto. Wenn ich ein Auge zugemacht habe, noch eins. Aber Jesús hat gesagt, er würde sehr professionell arbeiten. Wer weiß. Mir kam er vor wie einer, dem es Spaß macht, andere zu nerven. Aber er war kein übler Kerl. Es war einfach seine Art, sein Wesen.«

»Und weiter? Hat Jesús dir etwas über seine Arbeit erzählt?«

Cecilia seufzte vernehmlich. »Nicht, dass ich wüsste. Jesús war in diesen Dingen ein echter Gringo. Wenig reden. Vertrauliches für sich behalten. Für ihn ist der Job eine Sache, die Familie eine andere.«

»Getrennte Welten.«

Cecilia öffnete ihre Tasche und zog einen dicken Umschlag heraus. »Ich weiß, du nimmst kein Geld von mir an, Morgado. Aber ich glaube, du wirst etwas brauchen für deine Spesen bei den Ermittlungen.«

Morgado sah sie lange an. Cecilia hielt seinen Blick nicht aus und steckte den Umschlag wieder in die Tasche.

»Was ich brauche«, sagte Morgado im Tonfall des redlichen Anwalts, »sind die Telefonnummern und die Adressen von dem Biologen und dem Fotografen.«

»Die haben sie bestimmt bei der PNM.«

»Gut. Gibt es noch etwas Wichtiges?«

Cecilia Montaño ging auf Morgado zu und umarmte ihn, als wäre er ihre allerletzte Rettung. Der Verteidiger der Menschenrechte spürte ihre Verzweiflung.

»Ich will Gewissheit«, flehte Cecilia ihn an. »Ich will wissen, ob ich noch einen Mann habe oder ob ich Witwe bin.«

»Ist das alles, was du willst?«, fragte Morgado vorsichtig.

»Ich will die Verantwortlichen. Das will ich.«

Morgado löste sich von ihr. »Vertrau mir.«

Cecilia hob ihre schmalen Schultern und versuchte, Haltung zu bewahren. »Enttäusch mich nicht, Morgado, wir sind nicht mehr in der Schule.«

»Ist das eine Drohung oder eine Erinnerung?«

»Kümmer dich nicht darum, was ich sage. Ich kann im Moment nicht klar denken.«

Sie umarmten sich noch einmal. Linkisch. Wie zwei Jugendliche beim ersten Date. Wie zwei Freunde, die sich lange nicht gesehen haben.

3

Das Lokalbüro der PNM in Mexicali war düster und staubig. Nichts deutete auf ökologische Ambitionen oder den Einsatz für die Natur hin. Morgado konnte nicht einmal ein Plakat gegen die Umweltverschmutzung oder für den Erhalt des Monarchschmetterlings entdecken. Stattdessen hingen vergrößerte Farbfotos eines älteren Mannes im Sportdress an den Wänden, die ihn beim Wandern, Joggen oder Bergsteigen zeigten.

»Unser Gründer und Vorsitzender Saúl Robirosa«, sagte ein dunkler junger Mann mit Pferdeschwanz, der wie ein Geist aus der Flasche aufgetaucht war.

Morgado fühlte sich unwohl. Mit dem Büro stimmte etwas nicht. Es wirkte wie eine Kulisse für alles Mögliche, nur nicht für eine Gruppe mit ökologischen Zielen. Der Mann auf den Fotos und der junge Mann, der ihm jetzt einen Stuhl anbot, verstärkten das Gefühl noch, dass all das eine Fassade, eine Inszenierung war. Wozu? Für wen? Er stellte sich vor, wie Jesús Bull voller Vertrauen in dieses Büro gekommen war und den Haken nicht gesehen hatte.

»Ich suche Rechtsanwalt Sepúlveda«, erklärte Morgado.

»Der steht vor Ihnen«, sagte der Junge voller Stolz.

»Hast du gerade deinen Abschluss gemacht?«

»Vor einem Jahr. Als Jahrgangsbester. Womit kann ich Ihnen dienen?«

»Die Frau des Piloten Bull hat mich beauftragt, das Verschwinden des Hubschraubers und das Schicksal seiner Besatzung aufzuklären.«

»Nun ja, Sie wissen, dass …«, wollte der frischgebackene Anwalt ihn unterbrechen.

»Ich weiß nur, dass Jesús Bull von Ihnen dafür bezahlt wurde, die Flüge für eine Bestandsaufnahme von Kakteen in den Wüsten von Sonora und Baja California durchzuführen. Und dass er am 10. Juni, das heißt vor achtundzwanzig Tagen, auf dem dritten Flug in den Süden von San Felipe verschwunden ist und alle Suchmaßnahmen zu Luft, Wasser und Land ergebnislos geblieben sind. Die offizielle Version ist, dass sie ins Meer gestürzt sind und die Haie die Besatzung verschlungen haben … Zumindest behaupten das die zuständigen Behörden.«

»Nun, als Zusammenfassung ist es … wie soll ich sagen?«

»Sag gar nichts«, unterbrach ihn Morgado. »Was ich weiß, interessiert mich im Moment weniger. Was ich nicht weiß, beschäftigt mich viel mehr, und das hat mich hierhergeführt. Ich habe es so verstanden, dass du Jesús Bull angeheuert hast. Warum ausgerechnet ihn und nicht einen Piloten von hier, aus Mexicali?«

Der junge Anwalt lächelte wie in einer Zahnpastareklame. Morgado sah zwei Goldkronen an den Vorderzähnen aufblitzen. Fast hätte er sich darin im Spiegel betrachten können. Noch eine Fassade, sagte er zu sich selbst. Das ist mit Sicherheit alles Mögliche, nur kein Gold.

»Immer der Reihe nach«, sagte der junge Anwalt. »Haben Sie ein Dokument, dass Sie als Ermittler oder Vertreter von Frau Cecilia Montaño de Bull ausweist?«

»Ich sehe, Sie kennen sie«, sagte Morgado, während er ihm die Papiere reichte und versuchte, sich wie ein Anwalt mit Engelsgeduld und erstklassigen Manieren zu verhalten.

»Sie war ein paarmal hier«, sagte der junge Mann und hielt die Dokumente gegen das Licht, um ihre Echtheit zu prüfen.

Morgado sah sich scheinbar gleichgültig den bürokratischen Übereifer seines Kollegen an, aber langsam wurde er ungeduldig. »Und?«, fragte er, als der junge Mann ihm die Papiere zurückgab. »Zufrieden?«

»Beeindruckend, Ihre Karriere, Herr Rechtsanwalt, aber wie ich Ihnen schon sagte: Wir, unsere Partei, sind ebenso Opfer dieses Unfalls wie Frau Montaño. Und wir haben nicht genügend finanzielle Mittel, um aufzuklären, was sich wirklich zugetragen hat.«

Jetzt musste Morgado lächeln. Er machte es sich auf dem Stuhl bequem und ging zum Angriff über. »So langsam sprechen wir die gleiche Sprache, Kollege.«

Der junge Mann kreuzte abwartend die Hände vor der Brust. »Ja? Meinen Sie?«

»Genau deswegen bin ich ja hier, um herauszufinden, was sich wirklich zugetragen hat. Und ich glaube, Sie können mir da ein wenig auf die Sprünge helfen. Schließlich hatte Ihre Organisation genügend Geld für eine so aufwendige Expedition. Und jetzt fehlen ihr die Mittel, um das Geschehene aufzuklären?«

Der junge Mann reagierte mit Verzögerung. »Nein! Ich habe mich falsch ausgedrückt! Wenn jemand glaubt, da sei etwas nicht mit rechten Dingen zugegangen, dann Ihre Mandantin. Nicht wir. Für uns sind die Ermittlungen korrekt und beispielhaft abgelaufen. Die Polizei, die Rettungstrupps, der Flugverein und der Jacht-Club haben alle vorzügliche Arbeit geleistet. Wir haben keinen Zweifel daran, dass der Helikopter ins Meer gestürzt ist. Ein Unfall oder ein technischer Defekt. Wenn Cecilia ihren Mann verloren hat und es nicht schafft, damit fertig zu werden, ist das nicht unsere Schuld. Vergessen Sie nicht, wir haben einen erstklassigen

Biologen, Doktor Braulio Topete, und einen ausgezeichneten Fotografen, Ramiro Córdova, verloren.«

»Zwei unersetzliche Verluste«, sagte Morgado in demselben klagenden Ton.

»So ist es. So ist es.«

»Aber eine zusätzliche Ermittlung kann doch nicht schaden, oder?«, legte Morgado nach.

Das Gesicht des jungen Mannes veränderte sich. Er schloss die Augen und schüttelte heftig den Kopf. Es sah ganz so aus, als hätte er jetzt zu seiner Rolle gefunden.

»Keineswegs. Das würden wir begrüßen. Aber unsere Partei ist erst kürzlich gegründet worden und ist ganz auf die Unterstützung durch ihre Mitglieder angewiesen. Wir können also wenig helfen, aber wir stehen Ihnen natürlich zur Verfügung, wann immer wir dienlich sein können.«

»Dann erzähl mir etwas über die Kakteen.«

»Über die Kakteen?«, fragte er irritiert.

»Das war doch der Grund für die Flüge, oder?«

»Ja. Natürlich.«

»Warum die Kakteen?«

»Hat Ihnen das Cecilia nicht gesagt?«

»Sie konnte mir nicht viel über den Grund der Zählung sagen. Hätte man das nicht auch vom Boden aus machen können? Oder ein Gebiet auszählen und statistisch hochrechnen? Was genau ist eigentlich eine Kaktee? Oder ein Cardón?«

»Nun ... ich bin kein Biologe ... und auch kein Mathematiker.«

»Wer war mit dem wissenschaftlichen Teil des Ganzen beauftragt, Kollege?«, fragte Morgado wie ein Großinquisitor.

»Also … ich weiß nicht …«

»Du bist mir eine große Hilfe.«

»Ich habe nur den Gringo angeheuert. Das war meine Aufgabe.«

Morgado sprang plötzlich auf, packte den jungen Mann am Hemdkragen und schleuderte ihn gegen die Wand. Eine der Fotografien des Gründers der PNM fiel ihm auf den Kopf.

»Hä? Nein! Was ist denn los?«, schrie Sepúlveda.

Morgado stieß ihn noch mal gegen die Wand. »Warum hast du Jesús Bull ausgesucht? Warum ihn und keinen anderen? Los, ich will eine Antwort. Und komm mir jetzt nicht wieder mit Kakteen, belügen kann ich mich selbst.«

Der Junge versuchte etwas aus seinem Gürtel zu ziehen. Morgado musste ihm einen Handkantenschlag gegen den Hals versetzen. Sein Kollege fiel halb ohnmächtig zu Boden.

»Was wolltest du mir denn da zeigen?«, fragte Morgado, aber statt einer Antwort hörte er nur ein Keuchen.

Er untersuchte den Gürtel. Ein Springmesser, schwedische Marke. Dann untersuchte er die Taschen in Hose und Hemd. Die erste Überraschung: kein Ausweis der PNM. Die zweite Überraschung: eine Visitenkarte auf den Namen Leonardo Gutiérrez, Student und Mitglied der Theaterwerkstatt Ángeles. Die dritte Überraschung: ein Pistolenlauf in seinem Rücken, ein plötzlicher Schlag, eine strahlend helle Explosion in seinem Bewusstsein, die ihn erblinden ließ.

4

Er irrte mit unsicheren Schritten durch die Wüste, halluzinierend vor Durst. In zerfetzten Klamotten. Der Wind verwehte den Sand, sodass seine Spuren im Nichts verschwanden. Vom Kamm einer Düne aus konnte er in der Ferne einen dunklen Punkt auf dem schneeweißen Vorhang des Sandes ausmachen. Er dachte an eine Oase. Er wollte glauben, dass es so war. Der Ruf des Wassers machte ihn zum Langstreckenläufer, ließ ihn seine letzten Energien mobilisieren. Er stolperte die Dünen hinunter auf der Suche nach diesem schwarzen Punkt, der sich als eine Ansammlung riesiger Kakteen entpuppte.

Hinter dieser Mauer aus Dornen konnte er den Brunnen sehen, wo das kostbare Nass auf ihn wartete. Das Wasser ließ ihm keine Zeit, zu denken. Er betrat den Kakteenwald, zerfetzte seine Haut, um an das Wasser zu kommen und zu trinken, bis er nicht mehr konnte. Das Blut tropfte aus Hunderten von winzigen Wunden an seinem Körper. Aber er war da. Er stieg in das Wasser und badete seinen erschöpften Körper, sein verwüstetes Gesicht. Er öffnete den Mund und wollte trinken, aber er verschluckte sich. Er hustete und hustete und hustete. Bis er seine Augen öffnete und in eine kleine, weiße Sonne blickte.

5

»Sieh mal an, was man findet, wenn man am wenigsten damit rechnet«, sagte eine Stimme, die Morgado nicht identifizieren konnte. »Was meinst du? Kommt er durch?«

»Er kommt durch und er kann auch schon wieder hören«,

sagte eine andere Stimme, während jemand Morgado hochhob und in einen Sessel setzte.

Morgado wollte herausfinden, wem diese Stimmen gehörten, aber der pochende Schmerz in seinen Schläfen hinderte ihn daran.

»Dem haben sie es aber gegeben.«

»Personendaten?«

»Miguel Ángel Morgado. Rechtsanwalt. Kommission für Menschenrechte. Ausgestellt in Mexico City.«

»Ein Hauptstädter?«

»Nein. Er ist hier geboren, aber anscheinend lebt er dort.«

»Der Arme. Das nenne ich Pech.«

»Nehmen wir ihn mit?«

»Weil wir ihn in einem fremden Büro angetroffen haben?«

Morgado blinzelte. Die Bilder gewannen langsam an Kontur: zwei Männer mit schwarzen Sportwesten und dunklen Hosen. Wahrscheinlich Polizisten.

»Don Miguel Ángel, wie fühlen Sie sich?«

»Beschissen«, erwiderte er und wunderte sich selbst, wie kräftig seine Stimme klang. Die beiden in den Westen lachten. Ein Glas Wasser tauchte vor seinen Augen auf, und drei Aspirintabletten fielen in seine rechte Hand.

»Nehmen Sie die«, sagte der Jüngere der beiden.

Morgado fühlte sich besser, nachdem er das Wasser getrunken hatte. Vorsichtig legte er die Hand auf seinen Hinterkopf und tastete die Beule ab, die immer dicker wurde. Sie tat weh. Und wie! »Sind Sie Polizisten?«, fragte er leise und versuchte, nicht noch mehr Schmerzen zu erzeugen, als er ohnehin schon verspürte.

Ein Ausweis der Bundespolizei wedelte ein paar Sekunden vor seinen Augen.

»Und Rechtsanwalt Sepúlveda?«, fragte Morgado, nun schon ein wenig wacher.

»Keine Spur. Wir sind offensichtlich zu spät«, sagte der Größere und Ältere. »Wir haben nur das geplünderte Büro vorgefunden. Und Sie. Ich vermute, Sie schliefen gerade den Schlaf der Gerechten.«

Die Ironie war Morgado nicht entgangen. »Was haben Sie hier gesucht?«, fragte er eher reflexartig als aus wirklichem Interesse. »In was für einer Angelegenheit ermitteln Sie?«

»Schau einer an«, sagte der Ältere. »Das wollten wir Sie auch fragen.«

Morgado richtete sich langsam auf. Mit steifem Hals, denn er wollte um jeden Preis verhindern, dass die Schmerzen wiederkehrten. Der Schwindel kam und ging. Er verspürte leichte Stiche, während die Welt sich stabilisierte. »Ich vertrete die Ehefrau von Jesús Bull, dem Piloten des verschwundenen Hubschraubers. Ich wollte eine Erklärung von seinem Auftraggeber. Als ich gerade dabei war, eine Antwort zu bekommen, hat mich jemand von hinten niedergeschlagen.«

»Ja. Lassen Sie es gut sein«, sagte der Ältere, der die Befehle gab. »Traurige Geschichten rühren mich immer so.«

Morgado merkte, dass der andere sich an der Tür im Nachbarzimmer zu schaffen machte. Der Polizist stellte sich vor. »Mein Name ist Adalberto Cuenca. Drogendezernat. Wir untersuchen auch, was mit diesem Hubschrauber passiert ist.«

»Irgendeine Idee?« Morgado warf den Köder aus.

Adalberto Cuenca wollte gerade antworten, aber sein Kollege gab ihm ein Zeichen, ihm zu folgen.

Morgado blieb allein mit seinem Schmerz im Büro der PNM zurück, das jetzt noch schäbiger und leerer aussah. Sie haben nicht einmal die Fotos des Vorsitzenden dagelassen, dachte Morgado. Die Vorstellung war zu Ende, und weil sie die Kulisse nicht mehr brauchten, hatten sie alles mitgenommen. Die ganze billige Kulisse, mit der sie Jesús und Cecilia getäuscht hatten.

Adalberto Cuenca tauchte im Rahmen der hinteren Tür auf und bedeutete Morgado, ihm zu folgen. Morgado begleitete ihn über einen schlecht beleuchteten Flur in ein Lager. Dort kniete der andere Polizist neben einem blutüberströmten Körper. »Kennen Sie ihn?«

Morgado dachte erst, es wäre der junge Anwalt, aber der Mann war ungefähr vierzig. Kräftig und hässlich, auch ohne die Totenstarre, die seine Züge verzerrte. Eine übertriebene Blässe verlieh seinem Gesicht etwas Vampirhaftes. »Nein, noch nie gesehen.«

Adalberto Cuenca ließ Morgado nicht aus den Augen. »Damit hat man ihn umgebracht«, sagte er und zeigte ihm das Springmesser des jungen Anwalts, das Morgado in den Händen gehabt hatte. »Erkennen Sie es wieder?«

Morgado blinzelte ein paarmal. Er konnte nicht glauben, dass dieses schlechte Theaterstück kein Ende nehmen wollte. »Seltsam!«, rief er aus. »Da ist ja nicht ein Tropfen Blut dran.«

»Ich habe es schon sauber gemacht«, sagte der andere Polizist, ohne den ironischen Unterton des Rechtsanwaltes bemerkt zu haben. »Haben Sie es schon einmal gesehen?«

»Sepúlveda hatte es bei sich. Ich habe es ihm abgenommen, bevor ich niedergeschlagen wurde.«

»Nun, hier haben Sie den Verantwortlichen für Ihren Bluterguss. Und die fast tödliche Waffe.« Cuenca zeigte ihm eine großkalibrige Pistole. »Damit hat man Sie ins Reich der Träume geschickt.«

»War es der Tote?«, fragte Morgado.

Cuenca nickte und steckte die Pistole in eine durchsichtige Plastiktüte. »Sieht so aus, als hätte Sepúlveda sich für seine Hilfe bedankt, indem er ihn ins Jenseits befördert hat. Er muss ihn unter einem Vorwand hierhergelockt haben, denn es gibt keine Blutspuren auf dem Flur. Bei der ersten Unachtsamkeit hat er ihn abgestochen. Wie brutal!«

»Pistole gegen Messer. Das leuchtet mir nicht ein«, sagte Morgado. »Sepúlveda ist mir wie ein verrückter Junge vorgekommen, ein kleiner Schauspieler, der sich für schlauer hält, als er ist. Ich glaube nicht, dass er kaltblütig genug ist, um jemanden so umzubringen, auf diese Weise.«

Jetzt war Cuencas Blick eine blinkende rote Ampel. »Junge? Sepúlveda?«

Und noch bevor Morgado Zeit hatte, sich zu erholen, holte der Polizist ein Foto des Präsidenten der PNM aus der Brieftasche und zeigte es ihm. »Das ist Sepúlveda. Damit Sie nichts durcheinanderbringen.«

»Aha. Und wer hat mich dann die ganze Zeit an der Nase herumgeführt? Wer hat sich für ihn ausgegeben?«

»Jemand, der gekommen ist, um dieses Büro auszuräumen und vielleicht kompromittierende Dokumente verschwinden zu lassen. Die PNM, Señor Morgado, gibt es nicht. Das ist nur eine Briefkastenpartei.«

»Reine Fassade«, sagte Morgado und begann eins und eins zusammenzuzählen.

»Ja. Um gute Geschäfte zu verschleiern.«

»Drogenhandel?«

»Was gibt es für einen besseren Vorwand, sich durch Wüstengebiete zu bewegen und Drogen bis zur Grenze zu bringen, als die Ökologie?«, lautete Cuencas Antwort.

»Aber Jesús Bull muss doch etwas gemerkt haben«, befand der Anwalt.

»Ja, aber zu spät. Er war, wie die Gringos sagen, *an expendable person in this business.*«

Morgado sah sich den Leichnam noch einmal an. Auch er wirkte wie ein Theaterschauspieler, der mitten in der Szene von einem verhängnisvollen Schicksal überrascht wurde. »Aber ... Warum er?«

»Sie haben jemand gebraucht, der nicht mit ihnen in Verbindung gebracht werden konnte. Eine unschuldige und zugleich sehr professionelle Person«, erwiderte Cuenca, als hätte er den Fall bereits gelöst. »Der Mann Ihrer Mandantin hatte, wie wir herausgefunden haben, genau diese Qualitäten.«

»Wann haben Sie all das erfahren? Und warum sprechen Sie von Jesús in der Vergangenheitsform? Haben Sie die Leiche schon gefunden?«

Adalberto Cuenca legte das Messer wieder genau an die Stelle, wo er es vorgefunden hatte. »Wir haben den Hubschrauber gefunden. Wollen Sie ihn sehen?«

Morgado wusste, das war im besten Fall eine informelle Einladung, sich an der offiziellen Ermittlung zu beteiligen. Im schlimmsten Fall war es schlicht und ergreifend eine Falle. »Aber natürlich. Sobald ich den Ausgang wieder sehen kann«, scherzte er.

Morgado fasste noch einmal an die dicke Beule, die sich an seinem Kopf gebildet hatte. Er brauchte einen Eisbeutel, um das Druckgefühl zu lindern.

»Gehen wir?«, fragte Cuenca.

»Jederzeit«, war die Antwort des Anwalts.

Sie gingen zum Ausgang. Cuenca blieb im Türrahmen stehen und sagte zu dem anderen Polizisten: »Godínez, Sie erstatten von diesem Gemetzel Bericht.«

»Wer war der Tote?«, wollte Morgado wissen. »Hatte er irgendeinen Ausweis bei sich?«

»Ein Student, Leonardo Gutiérrez.«

Morgado hielt überrascht inne. »Wie haben Sie ihn identifiziert?«

Adalberto Cuenca zeigte ihm dieselbe Visitenkarte, die der junge Rechtsanwalt bei sich gehabt hatte.

Cuenca öffnete die Tür eines Geländewagens ohne Kennzeichen, der neben Morgados Auto stand, und forderte ihn auf einzusteigen. Morgado weigerte sich. Die Schläge hatten ihn gelehrt, vorsichtiger zu sein. Als man ihn damals entführt hatte, war genau so ein Wagen beteiligt gewesen. »Danke. Ich fahre Ihnen nach.«

»Wie Sie möchten. Aber treten Sie ordentlich aufs Gas. Ich warte nicht auf Sie.«

»Wo fahren wir hin?«, fragte Morgado und stieg in seinen Mietwagen.

»Zum Flughafen. Oder wo, glauben Sie, gibt es sonst Hubschrauber? Im Supermarkt?«

Ohne auf weitere Fragen zu warten, ließ der Polizist den Motor an und fuhr los.

6

Die Straße zum Flughafen von Mexicali war gut ausgebaut. Zu beiden Seiten sah man Milchbauernhöfe und Viehweiden. Morgado trat das Gaspedal bis zum Anschlag durch, um sich von dem schnellen Wagen Adalberto Cuencas nicht abhängen zu lassen. Der überholte Pick-ups voller Luzerne genauso wie brandneue Limousinen, deren Insassen zu ihren Flügen nach Mexico City, Guadalajara oder Hermosillo wollten. Der Polizist schien es sehr eilig zu haben, Morgado den berühmten verschwundenen Helikopter zu zeigen.

Der Kopf tat ihm immer noch weh, aber trotzdem musste der müde Verteidiger der Menschenrechte die ganze Zeit an die verworrene Geschichte denken, in der er nur steckte, nur weil er »Ja« zu einer Jugendliebe gesagt hatte. Ein offenkundig egoistischer Gedanke blitzte in ihm auf, während am Horizont der Flughafen mit seinen blinkenden Lichtern näherrückte: Wenn Jesús Bull ein Opfer der Drogenhändler geworden war, dann war Cecilia wieder frei und würde ihre Ohren für sein Werben nicht verschließen.

Morgado wollte lächeln wie die Detektive im Film, aber der nur wenig gedämpfte Kopfschmerz hinderte ihn daran. Im Rückspiegel sah er das zerschundene Gesicht eines reifen Mannes, der schlecht in Form war. In diesem Moment erkannte er, dass die Geschichte der Toten gerade erst begonnen hatte, und er, Morgado, den wahren Grund nicht kannte, aus dem man ihn hatte umbringen wollen. Er wusste, dass man zur richtigen Zeit die richtigen Fragen an die richtige Person stellen musste. Und er wusste, wer hier geeignet war, seine Fragen zu beantworten: ein Freund aus Kindheitstagen, ein guter Flieger. Der Schutzengel seiner ersten Flugversuche.

7

»Da ist er. Er gehört Ihnen.« Adalberto Cuenca streckte den Arm aus und deutete auf eine mit einem grauen Tuch abgedeckte Masse. Die Umrisse ließen einen kleinen Hubschrauber mit langen Rotorblättern und Heckrotor erahnen. Cuenca ging darauf zu und zog das Tuch weg. »Was sagen Sie dazu?«, fragte er wie ein Kind mit einem neuen Spielzeug.

Morgado trat näher. Der Hubschrauber war dunkelblau und trug das Kennzeichen AMAS 3689JS. Marke Grumman Toyota. Er wirkte weder beschädigt noch so, als hätte er einen Unfall gehabt.

»Der hier hat ein anderes Kennzeichen und eine andere Farbe.«

Cuenca legte seine Hand auf den Türgriff der Pilotenseite und öffnete sie. »Kommen Sie, Morgado. Sehen Sie sich das an. Dann sagen Sie mir, was Ihnen auffällt.«

Der Gestank von zersetztem Blut schlug ihm entgegen. Er hatte ihn sofort bemerkt, als Cuenca die Tür aufgemacht hatte. Auf dem Pilotensitz war ein roter Fleck, der einen Großteil der Rückenlehne einnahm und bis auf den Boden reichte.

»Aufgrund des vielen Blutes und der Spritzer auf dem Boden glauben wir, dass sie ihn von rechts aus nächster Nähe erschossen haben«, erklärte Cuenca wie ein erfahrener Touristenführer im Abenteuerreich des organisierten Verbrechens.

»Und die Kugeln?«

Cuenca schob Morgado beiseite und zeigte ihm zwei Einschusslöcher im Metall der Tür. »Hier und hier. Sie müssen es getan haben, als sie zur Landung angesetzt haben. Der

Gringo hat wohl gemerkt, in was für ein Geschäft er aus Naivität geraten war.«

Morgado holte das Foto von Jesús Bull heraus, das Cecilia ihm einen Tag zuvor gegeben hatte. Er reichte es Cuenca. »Hat man seine Leiche gefunden?«

»Nein. Er wird vermutlich am Fuß irgendeines Kaktus begraben sein. Aber machen Sie sich keine Gedanken, ich bin sicher, zur Sechshundertjahrfeier von Christoph Kolumbus und seiner verdammten Entdeckung werden wir ihn schön versteinert vorfinden. Wir könnten ihn sogar in Sevilla ausstellen. Zusammen mit den Mumien aus Guanajuato.«

Morgado verzog das Gesicht. Er konnte in Lebenden wie in Toten immer nur den Menschen sehen. Cuenca ignorierte das. Er ging um den Hubschrauber herum, als wolle er ihn von allen Seiten inspizieren. Morgado zog ein Stofftaschentuch aus seiner Tasche und schnäuzte sich die Nase. Er warf noch einen Blick in das Innere des Hubschraubers und betrachtete eine Weile die Instrumente. Dann schloss er die Tür. »Verraten Sie mir Ihre Theorie«, bat er. »Was ist wirklich passiert? Und warum?«

Cuenca lachte, als müsste er mühsam nach Luft schnappen. Es war ein trockenes, ersticktes Lachen. »Meine Theorie? Für wen halten Sie mich? Für einen Polizisten aus dem Fernsehen?«

Morgado setzte sich auf einen Plastikstuhl am Ende des Hangars inmitten von Werkzeugen und einem Schweißgerät. Sein Kopf quälte ihn jetzt weniger. Allmählich sah er die Widersprüche in diesem rätselhaften Fall. Die Knoten eines Netzes, das viel größer war, als er zu Anfang vermutet hatte. »Nein«, sagte er ruhig. »So war das nicht gemeint.«

»Wie war es dann gemeint? Oder wollen Sie mir sagen, der Schlag hat Sie dümmer gemacht, als Sie waren?«

Zum hundertsten Mal fasste Morgado an seinen lädierten Schädel und beschloss, erst noch ein paar weitere Teile des Puzzles zusammenzufügen, bevor er selbst seine Theorie darlegte. »Ich spreche davon, dass Sie mir sagen sollen, was Sie wissen. Ich will nicht noch mehr Schläge abbekommen, ohne zu wissen, bei wem ich mich dafür zu bedanken habe.«

Cuenca nahm das Tuch vom Boden und deckte den Hubschrauber wieder ab. »Sie bitten mich um vertrauliche Informationen. Das kostet. Nichts ist umsonst auf dieser Welt.«

»Und nichts so teuer, dass man keinen Preis nennen könnte.«

Cuenca sah Morgado an. Ein Schatten im Schatten. »Also«, sagte er schließlich, »der Deal sieht folgendermaßen aus: Ich sage Ihnen, was ich weiß, und Sie halten sich aus allem raus, bis wir den Fall abgeschlossen haben. Danach ist es Ihre Sache, was Sie mit den Informationen machen.«

Morgado starrte auf die Werkzeuge um ihn herum. »Nein, Cuenca. Die Informationen kann ich mir so oder so beschaffen. Natürlich will ich die Gründe dieses ganzen Schwindels herausfinden. Aber ich will die Wahrheit, nur so kann ich die Überreste des Gringo-Piloten finden. Das ist das Wenigste, was ich für meine Mandantin tun kann.«

Cuenca ging auf Morgado zu und zündete ein Streichholz an. »Sie stehen ganz schön nah am Feuer«, sagte er bedächtig.

»Soll das eine Drohung sein?«

»Das ist eine Tatsache, *amigo*. Dieser Tank mit Propangas ist älter als eine DC-3. Er kann jeden Moment hochgehen.«

Morgado stand ganz langsam auf. Als wäre er müde von dem Schlag und dem ganzen Gerede. »Ich muss mich ausruhen«, sagte er und ließ Cuenca auf sich zukommen.

»Eins will ich Ihnen noch mit auf den Weg geben«, fügte der Polizist hinzu. »Solange ein toter Gringo nicht Polizist oder DEA-Agent ist, ist er nur ein toter Gringo. Keine öffentliche Angelegenheit. Und die mexikanischen Toten sind unser Problem. Privatsache.«

Morgado spielte mit einem Steelson-Schlüssel und dachte, dass alle Polizisten, die er kannte, den Tod mit gleichen Augen sahen. Jede Leiche hatte ihr Massengrab, jeder Tote bekam seine Schaufel Vergessen. »Wissen Sie«, zischte er dem Polizisten zu, »seit ich an diesem Fall arbeite, kommt mir alles wie ein Theaterstück vor, bei dem ich der einzige Zuschauer bin. Und das macht mich wütend.«

»Aber warum? Sie haben doch gar keinen Eintritt bezahlt?«

»Weil niemand mich gefragt hat, was ich von dieser Farce halte«, platzte es aus Morgado heraus.

Cuenca ahnte, was als Nächstes kommen würde. Er hob die Hand, um seine Pistole aus dem Halfter zu ziehen, aber Morgado war schneller. Der Steelson-Schlüssel traf Cuenca in der Magengrube, und als er sich krümmte, ließ Morgado ihn auf seinen Nacken fallen.

»Auge um Auge. Beule um Beule«, sagte Morgado, das Gesetz der Vergeltung von Gleichem mit Gleichem auf seine eigene Erfahrung beziehend.

Um endlich die letzten Zweifel zu beseitigen, filzte er Cuencas Taschen und stieß auf dreizehn Ausweise anderer Polizeiorgane und acht Ausweise von verschiedenen politischen Vereinigungen und Clubs. Alle offensichtlich aufwendig gefälscht. Einer ließ Morgado aufmerken. Darauf stand: »Rechtsanwalt Ambrosio Saucedo, gesetzlicher Vertreter der Partido Naturalista Mexicano. Tel.: 855-65-08. Mexico City.«

»Sieh an, sieh an«, rief er aus. »Der Tag wird besser. Und wie.«

8

»Einen Kaffee, Miguelito? Oder lieber etwas Hochprozentiges?«

Morgado fühlte sich zum ersten Mal seit Beginn dieser Ermittlungen zu Hause. Wie in einem weit zurückliegenden Zuhause, dem seiner Kindheit in Mexicali.

»Kaffee bitte, Don Esteban.«

Der alte Mann nickte und schlurfte in seine kleine Küche. Von dort hörte Morgado ihn sagen: »Mach dir keine Gedanken, Miguelito. Die Zollbeamten haben ihn in Sicherheitsverwahrung genommen. Und ich habe den Mechanikern Bescheid gegeben. Wenn sein Kumpel hier auftaucht, werfen wir ihn raus. Das hier ist ein anständiger Flughafen, nicht wie der in Guadalajara oder Tijuana. Wir sind eine Familie. Nicht mehr und nicht weniger. Und du gehörst dazu. Vergiss das nicht.«

Don Esteban kehrte mit zwei Tassen Kaffee zurück. Morgado wurde allein durch den Geruch in eine andere Zeit versetzt, als es um andere Flüge ging. »Und die Drachen, Miguelito? Was hast du mit den ganzen Drachen gemacht?«

Morgado wusste nicht, was er antworten sollte. Er fühlte

sich schuldig. »Sie sind weg. Glaube ich. Oder mein Vater hat sie verschenkt. Ich hab sie nie mehr gesehen.«

»Schlecht, schlecht. Es war eine sehr schöne Sammlung.«

Morgado musste nicht erst die Augen schließen, um in jene Zeit zurückzukehren, als Mexicali noch ein großes freies Feld war. Eine riesige Landebahn, wo man laufen und laufen und die chinesischen oder japanischen Drachen aus knallbuntem Reispapier steigen lassen konnte, die leicht und gut lenkbar wie keine anderen waren. Manchmal schwebten sie einen ganzen Nachmittag in luftiger Höhe.

Don Esteban zeigte nach draußen, wo verschiedene Linienflieger und eine Vielzahl kleiner Privatflugzeuge aufgereiht waren. »Das war dein Lieblingsspielplatz.«

Morgado nippte an seinem Kaffee, und einen Moment lang waren alle Sorgen und Verletzungen vergessen. »Ja. Hier haben wir alles Mögliche gespielt. Fußball, Baseball, große und kleine Schlachten.«

»Du wolltest immer Pilot werden. Du hast dich durchgemogelt, wo du nur konntest, um in die Flugzeuge zu kommen und Pilot zu spielen.«

Morgado konnte nicht umhin, das mit seiner jetzigen Situation zu vergleichen. »Genau wie jetzt. Ich mogle mich immer noch durch, wo ich kann.«

Don Esteban konterte: »Ja. Ich weiß, du bist Anwalt geworden, einer von der redlichen Sorte, auch wenn ich noch keinen kennengelernt habe, auf den das hundertprozentig zutrifft.«

»Da bin auch ich keine Ausnahme«, gestand Morgado und dachte an den Überraschungsschlag, den er Cuenca verpasst hatte. Dafür hatte er einen Anschiss, aber keinen hochoffiziellen Rüffel verdient.

»Du bist hinter der Sache mit dem Hubschrauber des Gringos her, oder?«

»Deswegen bin ich hier. Wissen Sie etwas darüber, Don Esteban?«

Der Alte reckte sich in seinem Stuhl, um an einen Schrank zu kommen, und fing an, zwischen Benzinscheinen und Ersatzteilbestellungen zu suchen. Morgado sah sich den Wartungshangar an. Der Flughafen von Mexicali war sein Zufluchtsort während der Zeit auf dem Gymnasium gewesen. Er wollte hoch hinauf, um die Wüste zu überfliegen und zu dieser erleuchteten Oase zu kommen, diesem Ort außerhalb der Zeit. Und Esteban, damals einfacher Mechaniker, hatte ihm geholfen, sich in den Kontrollturm zu schmuggeln. Er hatte ihm gezeigt, wie die Flugzeuge funktionieren, wie man die Instrumente im Cockpit lesen muss, wie man Lecks an Ölleitungen oder von Turbulenzen beschädigte Propeller repariert.

Aber der Traum, Pilot zu werden, hatte sich nie erfüllt. Dafür hätte man viele Dollars gebraucht, um bei pensionierten Piloten der amerikanischen Luftwaffe im benachbarten Calexico Flugstunden zu nehmen. Oder sogar noch weiter nach Yuma oder San Diego zu gehen, und sich dort die Kenntnisse anzueignen und genügend Flugstunden zu sammeln, um einen professionellen Pilotenschein zu erwerben.

Morgado hatte sich damit begnügen müssen, in der Kabine dieser blitzenden Flugzeuge zu sitzen und so zu tun, als bediene er die Instrumente. Zwei- oder dreimal war es Esteban gelungen, einen Piloten zu überreden, ihn in einem zerbrechlichen Kleinflugzeug auf einen Rundflug über Mexicali mitzunehmen. Damals hatte er, während er den Flecken seiner Geburtsstadt betrachtete, bereits erahnt, was für ein Gefängnis sie darstellte, und die Entscheidung getroffen, in andere, exotischere Welten zu fliegen. Dorthin, wo eine gute Ernte oder eine mit Dollars bezahlte Arbeit auf der anderen Seite nicht die größten Träume waren.

»Das ist der Bericht, den wir von diesem Hubschrauber haben«, sagte Don Esteban.

Morgado kehrte in die Wirklichkeit zurück und versuchte, sich auf die Dokumente zu konzentrieren, die der alte Mann ihm zeigte. »Flugprotokolle?«, fragte er.

Don Esteban nickte und wies auf ein paar grüne Blätter. »Am 7. Juli ist Jesús Bull gestartet, um zu kontrollieren, ob der Hubschrauber einwandfrei funktioniert. Das vermute ich, weil er nur vier Stunden in der Luft blieb. Der erste richtige Flug fand am achten statt. Abflug um 7 Uhr morgens, Rückkehr um 18.37 Uhr. Fast zwölf Stunden. Der zweite Flug am neunten, dieselbe Startzeit. Rückkehr um 17.45 Uhr. Fast elf Stunden. Der letzte Flug startete wieder um dieselbe Zeit. Sie sind nie zurückgekehrt. Und was sagt dir das, Miguelito? Ich will nur feststellen, ob du immer noch so schlau bist oder ob die Gesetzbücher deinen Verstand angegriffen haben.«

Morgado überprüfte Zahlen und Zeitangaben, bevor er antwortete. »Die Bestandsaufnahme, wenn sie denn überhaupt stattgefunden hat, oder die Suche nach den Drogen hat in einem weiter entfernten Gebiet angefangen und sich dann immer mehr auf Mexicali zubewegt.«

»Kann sein. Kann aber auch nicht sein. Und was noch?«

»Am dritten Tag hat der Pilot den Benzintank nur halb gefüllt. Er wollte eine kürzere Strecke fliegen, aber ...«

Morgado verglich wieder die Tanknachweise. »Die Reservetanks! Er hat die Reservetanks gefüllt. Aber den Haupttank hat er fast leer gelassen.«

»Gut. Und was sagt uns das?«

»Dass er jemanden mit dem alten Trick ›Uns ist das Benzin ausgegangen, wir müssen notlanden‹ überlisten und dann mit dem Hubschrauber fliehen wollte. Oder?«

Don Esteban schlug eine andere Mappe auf und reichte Morgado weitere Dokumente, damit der sie unter die Lupe nehmen konnte. »Vielleicht. Aber was du da erzählst, klingt nach Roman.«

»Und was glauben Sie?«

»Lies das erst mal, dann sprechen wir darüber, was ich glaube.«

Morgado las eine Reihe Zeitungsausschnitte von Anfang Mai. Der Besitzer einer an die Wüste im Süden von San Felipe grenzenden Dattelranch hatte die Leiche eines gut gekleideten Mannes gefunden. Anscheinend war der Mann sowohl an den Verletzungen eines Unfalls gestorben als auch an Dehydration. Bevor er starb, hatte er versucht, an einen Ort zu kommen, wo man ihm helfen konnte. Die Wüste hatte ihn daran gehindert, selbst im milden Mai.

Bei einem anderen Ausschnitt war ein Bild des toten Mannes dabei. Die Bevölkerung wurde um Mithilfe bei der Identifizierung des Toten gebeten, damit man die Familie verständigen konnte. Anscheinend hatte er keine Papiere bei sich gehabt, aus denen hervorging, wer er war und was er in der einsamen Gegend zu suchen hatte.

»Wo haben Sie das her, Don Esteban?«

Als Antwort holte der alte Mann einen Schlüssel aus seinem Schreibtisch und warf ihn Morgado zu. »Siehst du den Fächerschrank da neben der Tür des Hangars? Dieser Schlüssel passt in das Schloss von Fach Nummer neun, dem größten. Schau nach und bring alles her, was du darin findest.«

Morgado tat, wie ihm geheißen. Er öffnete das Fach und fand einen dunklen, verschlossenen Lederkoffer vor. »Was ist da drin?«

»Keine Ahnung. Ich habe nicht gewagt, ihn aufzumachen. Nachdem Jesús' Hubschrauber vermisst war, dachte ich … na ja … dachte ich, sie würden eines Tages kommen und ihn wiederhaben wollen. Bei diesem Koffer waren die Zeitungsausschnitte. Cuenca hat nicht nach dem Koffer gefragt.«

Morgado dachte nicht lange nach. »Haben Sie eine Hydraulikzange?«

»*Yes,* Miguelito. Hinter dir an der Wand.«

Morgado hatte das Sicherheitsschloss des Koffers in null Komma nichts geöffnet. Der Deckel sprang auf und Plastiktütchen voller weißem Staub kamen zum Vorschein.

»Reines Pulver«, sagte Don Esteban. »Das hatte ich mir schon gedacht.«

»Wer hat den denn hiergelassen?«

»Die Passagiere. Der dumme Biologe, der die ganze Zeit von Kakteen geschwatzt hat, obwohl man ihm angemerkt hat, dass er keine Ahnung hatte. Und der Hüne, der behauptet hat, Fotos zu machen, und dabei vergessen hatte, seine Spielzeugkamera zu entriegeln.«

Morgado verschloss den aufgebrochenen Koffer, so gut er konnte, und schob ihn in das Fach zurück, das er sogleich zusperrte, um dann Don Esteban den Schlüssel auszuhändigen. »Wo kamen die beiden her?«

»Aus der Hauptstadt, glaube ich. Nein! Einer war aus Tijuana. Oder zumindest hat er das behauptet. Ich kann es dir nicht mit Sicherheit sagen.«

»Und hat niemand nach ihnen gesucht? Kein Familienangehöriger?«

»Nicht, dass ich wüsste. Nur Cuenca, der angebliche Polizist. Und die Frau von dem Gringo, Cecilia, die war hier, du weißt schon, mit verheulten Augen und einer Miene, die besagte, dass sie auf keinen Fall Witwe sein wollte.«

»Sie hat mich gebeten, in der Sache zu ermitteln.«

Don Esteban tätschelte Morgados Schulter. »Deine Freundin von damals, am Gymnasium, nicht wahr? Mit der du in den Flugzeugen rumgemacht hast. Was für ein verdammt tapferer Prinz bist du geworden, Miguelito.«

9

Der Hubschrauber wackelte. Graue Wolken und Windböen ließen ihn auf und nieder tanzen, als würde er gegen unsichtbare Götter kämpfen. Morgado hielt den Steuerknüppel fest umklammert, alle Sinne wach. Er suchte ein wenig Sicht, sodass er den Turbulenzen entkommen konnte. Auf dem Kopilotensitz saß Cecilia und betrachtete die Blitze und den unaufhörlichen Regen, als hätte das alles nichts mit ihr zu tun. Morgado hatte Angst. Die Treibstoffnadel zeigte weniger als *empty*. Jeden Moment konnten sie wie ein Stein vom Himmel fallen und der Flug wäre zu Ende. Da verzog sich eine Wolke und gab die Sicht auf ein Stück blauen Himmel frei. Morgado steuerte den Hubschrauber auf dieses Loch zu. In dem Moment drückte ihm jemand den Lauf einer Pistole an den Kopf. Er hörte Cuencas Stimme ganz dicht an seinem Ohr: »Bis hierher sind Sie gekommen, Anwalt.« Dann wurde der Hubschrauber von einem Blitz erfasst und drehte sich wie ein Karussell. Morgado spürte den Geschmack von Blut auf seinen Lippen.

Morgado verfluchte sich selbst. Wieder hatte ihn der Schlaf übermannt, beim Aufwachen hatte er sich auf die Zunge gebissen. Ein wenig Blut rann in seinen Mundwinkel. Er wischte es mit dem Taschentuch weg. Der Flughafen lag immer noch im Nebel, obwohl man am Horizont schon das erste Morgenlicht sah. Morgado konsultierte seine Uhr: 4.50 Uhr. Es waren nur fünfzehn Minuten seit dem letzten Nickerchen vergangen. Er streckte sich und gähnte. Noch eine halbe Stunde und ich weiß, woran ich mich zu halten habe, dachte er, jetzt wo die Puzzleteile ihm nacheinander zufielen und sich mühelos verbinden ließen. Hätte ich das geahnt, hätte man mich wenigstens nicht so brutal niedergeschlagen. Diesmal fasste er nicht an seinen Bluterguss. Er hielt die Augen weit offen, den Blick geradeaus gerichtet.

10

Capitán Ramses Jiménez hielt das Flugzeug konstant auf zweihundert Meter Höhe und reichte Morgado das Fernglas. »Ich drehe nach Westen ab, Richtung Sierra Cucapá. Mal sehen, ob Sie was erkennen können.«

Morgado inspizierte das Gebiet, so gut er konnte. Er hatte immer gedacht, die Wüste wäre eine vom Wind polierte Oberfläche, mit glatten Dünen und ohne Risse im Boden. Aber so war es nicht. Unzählige Furchen und Gräben brachen die Erdoberfläche auf und schufen eine Art Mondlandschaft, wo man Felsen und Schluchten, Erdverschiebungen und Cañons ausmachen konnte, in denen salziges, metallisch glänzendes Wasser schimmerte.

»Ein Rotor? Irgendein Metallteil?«, fragte Jiménez.

Morgado suchte erneut das Gebiet ab, das sie jetzt noch langsamer überflogen. Die Erde war dunkel, matt. »Nein. Noch nicht. Es hat in den letzten Wochen ziemlich viel geregnet.«

»Das Klima spielt verrückt. Ein Jahr Dürre, dann wieder Überschwemmungen. Ein guter Monat, dann ein schlechter. Es muss am Ozonloch über der Antarktis liegen. Oder an El Niño. Vielleicht ist es auch nur das Ende der Welt und niemand hat uns Bescheid gesagt.«

Jiménez ließ das Flugzeug sinken. Auf fünfzig Meter Höhe stoppte er das Manöver. »Jetzt sehen Sie zwar nicht mehr das ganze Gebiet, dafür aber mehr Einzelheiten.«

Morgado folgte dem Verlauf eines etwa dreißig Meter tiefen Cañons, aber da gab es nichts Außergewöhnliches. Jiménez ließ das Flugzeug wieder steigen und sah seinen Passagier an. »Esteban, der Chefmechaniker, hat mir erzählt, dass Sie Cuenca, einen Drogenhändler, mitten auf dem Flughafen festgesetzt haben. Wie sind Sie in diese heikle Geschichte geraten? Woher haben Sie gewusst, dass er in diesem Film der Bösewicht ist?«

Morgado antwortete nicht gleich. Er hatte in einer Schlucht etwas aufblitzen sehen. Aber es war nur eine alte Blechdose. »Er hat sich mir gegenüber als Polizist ausgegeben und mich zum Flughafen mitgenommen, angeblich, um mir den vermissten Hubschrauber zu zeigen. Aber der Hangar war nicht gesichert. Es waren keine Polizisten da, die ihn bewacht hätten. Und der Hubschrauber war nicht der von Jesús.«

»Nicht?«

»Schön, er sah so ähnlich aus. Dieselbe Marke, dasselbe Herstellungsjahr. Aber Jesús hatte die Angewohnheit, einen kleinen Talisman oben an der Instrumententafel anzubringen. Und da war nichts dergleichen zu sehen. Nur Blut und Patronenhülsen.«

Capitán Jiménez schaute auf seine Instrumententafel. »Wir Piloten sind sehr abergläubisch.«

Morgado inspizierte weiter die felsige Oberfläche. »Wie weit sind wir von der Ranch entfernt, wo der Tote gefunden wurde?«

»Etwa fünfzig Kilometer südwestlich.«

»Dann fliegen wir jetzt Richtung Osten. Bis auf dreißig Kilometer an die Ranch heran. Ein verletzter Mensch kann kaum weiter gehen.«

»Na dann«, erwiderte Jiménez und brachte das Flugzeug auf den von Morgado gewünschten Kurs.

»Kannten Sie Jesús Bull, Capitán?«

Jiménez schüttelte den Kopf. »Vom Hörensagen. Nicht persönlich. Aber uns alle hat sein Verschwinden berührt. Ich meine, uns Piloten. Dieser Beruf ist sehr riskant. Alles kann jederzeit versagen, Mensch oder Maschine. Und wenn dann noch undurchsichtige Geschäfte dazukommen, umso schlimmer.«

»Wie lange können wir noch fliegen?«

»Der Treibstoff ist kein Problem. Aber es bleiben uns nicht mehr als zwei Stunden Tageslicht. Außerdem habe ich das so verstanden, dass Sie vor Einbruch der Dunkelheit am Flughafen sein müssen, um auszusagen.«

»Ja. Die *federales* wollen Cuenca, oder wie immer er heißen mag, dort vernehmen. Das kommt mir komisch vor. Ich habe keine Ahnung, in was für Machenschaften die alle verwickelt sind. Diese Geschichte hat mehr doppelte Böden, als ich erkennen kann.«

Jiménez hielt das Flugzeug auf hundert Meter Höhe. »Auf Position. Das ist das Gebiet.«

Morgado wandte sich wieder seiner Aufgabe zu. Jetzt konnte er außer der riesigen ockerfarbenen Weite der Wüste ein paar Büsche erkennen und ein Dutzend angefangene Ausgrabungen in einer Erdschicht, deren rote Farbe auf Mineralien hindeutete. »Was ist das?«, fragte er irritiert. »Spuren von Außerirdischen?«

Capitán Jiménez neigte das Flugzeug, damit man die Örtlichkeit besser in Augenschein nehmen konnte. »Probebohrungen. Alt. Mindestens zwanzig Jahre. Aus der Zeit, in der man geglaubt hat, die Halbinsel würde nur so vor Öl und wertvollen Metallen strotzen. Dann ist ein Haufen Bergbauingenieure hier aufgetaucht und hat alles gründlich untersucht.«

»Offensichtlich ein totaler Fehlschlag«, sagte Morgado, während er das Fernglas auf die breiten Öffnungen ins Innere der Erde richtete. In einem dieser riesigen Münder sah er einen Zahn blitzen. »Warten Sie, Capitán. Fliegen Sie noch mal darüber.«

»Über die verlassenen Minen?«

»Ja. Über die neben den Büschen da.«

Das Flugzeug ging auf zehn Meter Höhe hinunter. Die Öffnung hatte einen Durchmesser von ungefähr zwanzig Metern. Auch auf die Entfernung war deutlich erkennbar, dass es sich nicht nur um den Zugang zu einer Mine, sondern um den Aufschlagsort eines schweren Gegenstandes handelte.

»Da, die Spuren.«

Morgado schaute sich an, was der Pilot ihm zeigte: die Spuren einer Notlandung. Das Flugzeug hatte zweimal den Boden berührt, war wieder hochgeschnellt und dann circa fünfzig Meter über sandiges Terrain geschlittert. Am Ende war es in einen der vor zwanzig Jahren ausgehobenen Gräben gefallen, wo es jetzt geschützt vor neugierigen Blicken lag.

»Können Sie landen?«

Capitán Jiménez sah ihn an, als hätte er einen Irren vor sich, der die Dreistigkeit besessen hatte, sein Flugzeug zu besteigen. »Wollen Sie, dass ich mir das Fahrwerk ruiniere?«

»Nein. Sie sollen dort drüben landen, auf dem nicht sandigen Teil der Ebene. Sieht wie ein ehemaliger Weg aus.«

Der Pilot schaute zu der Stelle. »Das ist eine Landebahn. Alt, rissig und voller Löcher, aber noch brauchbar.«

»Werden Sie also landen?«, fragte Morgado voller Hoffnung.

»Wenn meinem Flugzeug etwas passiert, müssen Sie mir dafür aufkommen, in bar«, lautete die Bedingung des Piloten.

»Abgemacht.«

Jiménez ließ das Flugzeug in einer langen Spirale sinken, die ihn direkt zu der verlassenen Piste brachte. Er fuhr die Landeklappen aus und reduzierte die Motorleistung, als die Schnauze des Flugzeug in der richtigen Position war.

»Halten Sie sich fest, *amigo*. Es ist so weit.«

Das Flugzeug landete unbeschadet. Es rutschte ein wenig nach rechts wegen der Steinchen auf der Bahn, aber es gab keine größeren Erschütterungen. Jiménez bremste sanft ab, und das Flugzeug kam weniger als dreißig Meter vor dem Eingang der Mine zum Stehen. Morgado und der Pilot stiegen schnell aus. Die tauben Beine erinnerten sie daran, dass sie seit Stunden unterwegs waren.

Morgado ging zum Minenschacht. Eine fast unbeschädigte zweimotorige Cessna lag auf dem Grund. Nicht einmal die Flügel hatten sich vom Rumpf gelöst, und es waren auch keine Anzeichen von einem Brand zu erkennen. Im Inneren sah es anders aus. Die Frontscheibe war zersplittert und gab den Blick auf die zusammengequetschten Vordersitze und auf Blutflecken frei.

Morgado stieg hinunter. Eine Wolke von Fliegen und eine Ameisenprozession taten sich immer noch an dem üppigen Mal gütlich. Die Leichen dienten den Tieren der Gegend als Nahrungsdepot.

»Irgendwas Wichtiges?«, fragte Jiménez vom Rand der Öffnung, vier Meter über Morgado.

»Nein. Nicht einmal ein Koffer voller Drogen.«

»Vielleicht hat der Verletzte die Fracht an einem sicheren Ort irgendwo hier in der Nähe versteckt«, spekulierte Jiménez.

Morgado kletterte wieder hoch und wischte sich die Hände an der Hose ab. »Der Verletzte konnte gerade noch die in den Zeitungen erwähnte Ranch erreichen. Und bei dem Blutverlust hat er wohl kaum mitbekommen, was er tat.«

»Dann haben Jesús und seine Auftraggeber das hier entdeckt und sich wer weiß wohin aus dem Staub gemacht.«

Morgado untersuchte das Gebiet aufmerksam. Als Erstes entdeckte er die Blutspuren, kleine Fliegenansammlungen, die Richtung Norden verliefen. »Da ist der verletzte Drogenhändler langgegangen«, rief er. »Und da ist ein Hubschrauber gelandet!«

»Schön, Herr Rechtsanwalt. Wenn Sie so weitermachen, werden die Cucapá-Indios Ihnen noch den Titel ›Scharfes Auge‹ verleihen.«

»Oder ›Dummkopf mit Glück‹.«

Morgado blieb stehen. Plötzlich sah er klar, was vor einem Monat an diesem Ort geschehen war. Da waren die Spuren der Navy-Stiefel, die zwischen der Stelle, wo der Helikopter gestanden hatte, und dem Minengraben hin- und hergegangen waren. Nur ein Paar Stiefel.

»Als wäre etwas Schweres aus dem Flugzeug weggeschleppt worden, finden Sie nicht, Herr Anwalt?« Jiménez hatte es auch bemerkt.

Die Spuren, die zum Hubschrauber zurückführten, waren tiefer, als hätte der Besitzer der Stiefel ein großes Gewicht getragen.

Der Pilot kommentierte nicht, dass es keine anderen Fußspuren gab und auch nicht die Ungereimtheit, dass Jesús offensichtlich der Träger war. Was war mit dem Biologen und dem Fotografen, fragte sich Morgado und versuchte, das Schweigen des hinter ihm stehenden Jiménez zu deuten. Offensichtlich ein Zeichen, dass sie unerhörtes Glück gehabt hatten, das scheinbar Unauffindbare zu finden. Leider glaubte Morgado nicht an dieses Glück, vor allem nicht, wenn es so unerhört war wie in diesem Fall.

»Kommt Ihnen etwas komisch vor?«

»Viele Spuren. Viele Zweifel«, lautete die ausweichende Antwort des Anwalts.

Jiménez sah auf die Uhr. »Ich glaube, es ist Zeit, zu verschwinden. Wenn Sie zu Ihrem Treffen wollen, müssen wir jetzt los.«

»Einen kleinen Moment noch, bitte.«

Morgado kniete sich an den Rand des Grabens. Das Flugzeug hatte eine Ware transportiert, an der eine ganze Menge Leute interessiert war. Die kolumbianischen Produzenten, die mexikanischen Partner, die Drogenhändler, die hier abgestürzt waren, die Polizisten, die sie schützten. Viele Leute mussten die Route des Flugzeugs gekannt haben, und viele Leute waren an dem Geschäft und an den Gewinnen beteiligt. Und genau das war die Ungereimtheit. Die einzigen Spuren waren die von Jesús Bull Aguirre. Es sei denn, jemand anderes hätte Navy-Stiefel getragen. Zu viel Zufall. Und wo war Jesús' Hubschrauber? In welcher Schlucht war er verborgen, geschützt vor den Blicken von Freund und Feind, fragte sich Morgado, und was war mit seinen Begleitern, die den Hubschrauber nicht verlassen und Jesús zu ihrem gehorsamen Sklaven oder zum gierigen Komplizen ihrer Träume vom großen Geld gemacht hatten?

Er hatte keine befriedigende Antwort auf all diese Fragen. Erst musste er nüchtern und rational alle Möglichkeiten für das Verschwinden des Hubschraubers durchgehen. Ein Geheimnis mit vielen möglichen Erklärungen, und jede davon – er war der Erste, der das eingestand – so wahrscheinlich, dass man den Fall für abgeschlossen erklären konnte.

»Woran denken Sie?«

Morgado stand mühsam auf und warf einen letzten Blick auf das zerstörte Flugzeug und die Besatzung. »Dass wir Jesús' Hubschrauber niemals finden werden.«

Capitán Jiménez sah ihn schräg an. »Wir sind hier nicht im Urwald. Hier taucht ein Flugzeugrumpf früher oder später auf, auch wenn er in einer Mine gelandet ist. Es sei denn, Sie glauben, es gäbe hier ein Bermudadreieck, das alles verschluckt, was sich in seinem Absorptionsbereich befindet, und es nie wieder rausrückt.«

Morgado dachte, dass es Jiménez so wie allen Piloten gefiel, über außergewöhnliche Phänomene zu spekulieren. Wer in der Nähe des Himmels lebt, ist von schrecklichen Engeln umgeben. »Denken Sie an Amelia Earhart, die berühmte Pilotin.«

»Aber die ist im Pazifik verschwunden«, erwiderte Jiménez. »Obwohl viele behaupten, die Japaner hätten sie gefangen genommen. Oder sie sei von Kannibalen in der Südsee verspeist worden. Oder sie sei auf einer kleinen Insel abgestürzt und an Hunger und Durst gestorben. Welche Version bevorzugen Sie?«

»Dass sie heil und wohlbehalten an ihrem Ziel angekommen ist.« Morgado stieg in das Flugzeug und legte den Sicherheitsgurt an. Der Pilot folgte ihm.

»Das wünschen wir uns alle«, sagte Jiménez. Er ließ den Motor an und rollte über die holprige Bahn. »Sobald wir im Steigflug sind, melde ich unseren Fund. Auch wenn es Drogenhändler sind, die Armen haben ein ordentliches Begräbnis verdient, finden Sie nicht?«

»Warten Sie lieber, bis wir angekommen sind. Sie können es den Polizisten sagen, die auf mich warten. Damit ihnen niemand zuvorkommt und die wenigen Spuren verwischt.«

»Wie Sie meinen.«

Das Flugzeug startete gegen den Wind und gewann sofort an Höhe. Es wurde von den letzten roten, vibrierenden Sonnenstrahlen erleuchtet. Morgado entspannte sich bei dem Naturschauspiel, und Jiménez tat es ihm gleich.

»Das Beste an der Halbinsel sind die Sonnenuntergänge«, gestand Morgado.

Der Pilot nuancierte diesen Anflug von Romantik etwas. »Wenn man keine Frau neben sich sitzen hat.«

»Das hängt ganz von der Frau ab«, warf Morgado ein und dachte an Cecilia Montaño, die sich um einen Mann sorgte, der stolz auf seine Militärstiefel und seine frühere Karriere als Navy-Pilot war und jetzt nur mehr ein lästiges Gespenst, ein beunruhigender Schatten.

11

»Fassen wir also noch mal zusammen«, sagte der schnauzbärtige Comandante der Bundespolizei, Rubén Fonseca.

Morgado stellte seine Tasse Kaffee ab, eine kleine Aufmerksamkeit des Flughafenservice, und ging zu der Karte des Staates Baja California, die eine ganze Wand des Hauptbüros des Flughafens von Mexicali einnahm. Er schaute in sein Publikum: Comandante Fonseca, zwei Polizisten mit Sonnenbrillen, die Adalberto Cuenca bewachten, eine Sekretärin, die alles mitstenografierte, ein Agent der DEA, den alle Anwesenden zu ignorieren schienen – getreu der Anweisung, dass er offiziell nicht da war –, und ein Pilot, Capitán Jiménez, als Experte für den Flugbetrieb in der Region.

»Wir wissen«, erläuterte Morgado, »dass es einen Flugunfall südlich von San Felipe gegeben hat, auf einer der am meisten frequentierten Routen für den Drogenhandel des Landes. Sie wissen das besser als ich. Vielleicht ist der Unfall die Folge eines Streits zwischen den Drogenhändlern an

Bord der Maschine, oder ihnen ist der Treibstoff ausgegangen, oder die Navigation ist ausgefallen. Die Besatzung, so glaube ich, ist dabei zu Tode gekommen. Bis auf einen. Der hat schwer verletzt das Gebiet einer Dattelranch erreicht, wo auch er gestorben ist. Die Drogenhändler, die vergeblich an einer geheimen Landebahn warteten, haben dank den in den Zeitungen veröffentlichten Fotos von ihm erfahren. So wussten sie, dass ihre Partner nicht mit den Drogen abgehauen waren, sondern dummerweise einen Unfall hatten.«

»Und dann haben die Abnehmer eine Bergungsaktion organisiert, um das Geschäft zu Ende zu bringen«, bemerkte Fonseca.

»Genau. Deshalb haben sie Jesús Bulls Hubschrauber angemietet. Zwei von ihnen haben sich als Wissenschaftler und Fotograf ausgegeben. Andere haben das Büro der nicht existierenden Partido Naturalista Mexicano als Tarnung für ihre Operationen aufgebaut. So wie ich es sehe, sind sie am dritten Tag auf die Überreste des verunglückten Flugzeugs gestoßen. Unter dem Vorwand, er solle doch mal nachschauen, was da los sei, ließen sie Bull aus dem Hubschrauber steigen. Und was ist dann geschehen? Ich weiß es nicht. Señor Cuenca oder wie immer er heißt, kann bestimmt was dazu sagen.«

Cuenca schaute demonstrativ zur Seite, als wolle er nicht an etwas mitwirken, was für ihn reine Verleumdung war.

»Na gut«, fuhr Morgado fort. »Dann erlauben Sie mir an dieser Stelle ein paar Spekulationen. Es gibt verschiedene Möglichkeiten. Erstens, Bull hatte bereits geahnt, dass es nicht um eine Bestandsaufnahme von Kakteen ging, sondern dass das Gebiet aus anderen Gründen durchsucht werden sollte. Jesús war nicht dumm. Er ist mit einem Orden ausgezeichnet worden, weil er mehrere Kameraden in Somalia gerettet hat.

Er hat die Lage gleich erkannt. Und genau das verstehe ich nicht. Er hätte einen so gefährlichen Job nie freiwillig angenommen. Er hatte für solche Dinge einen ausgezeichneten Riecher. Wenn Jesús den Job angenommen hat, dann weil jemand ihm dazu geraten hat. Oder weil er sich eine größere Summe davon versprochen hat. Vielleicht ist Bull seinen Partnern zuvorgekommen und hat sich die Beute aus dem Flugzeug geschnappt. Und vielleicht sitzt er jetzt auf Hawaii und lässt es sich gut gehen.«

»Die Gringos sind immer die Bösen«, sagte der DEA-Agent mit rauer Stimme.

Morgado ignorierte ihn und fuhr fort: »Zweite Möglichkeit. Seine Partner haben die Tarnung aufgegeben und Bull gezwungen, sie mit der Beute zu der geheimen Landebahn zu fliegen. Dort haben sie Jesús getötet und begraben. Jetzt mussten sie nur noch eine größere Säuberungsaktion starten und verschwinden. Und damit waren sie gerade beschäftigt, als Cuenca und seine Leute, das heißt die Beschützer der Drogenflieger, gekommen sind und ihren Teil der Beute haben wollten. Ich bin zufällig auch da und bekomme ein paar ordentliche Schläge ab.«

»Das gefällt mir«, rief Fonseca begeistert. »Ein runder, abgeschlossener Fall.«

»Dritte Möglichkeit. Sie finden die Drogen am zweiten Flugtag. Bull und die beiden Drogenhändler, der Wissenschaftler und der Fotograf, beschließen, sich einen Teil davon unter den Nagel zu reißen, am nächsten Tag noch einmal hinauszufliegen und so zu tun, als hätte es einen Unfall gegeben. Sie verstecken einen Teil der Drogen in einem Fach im Wartungshangar und verschwinden ins Landesinnere oder in die Vereinigten Staaten.«

Als guter Anwalt wusste Morgado, dass jetzt der Zeitpunkt für seinen triumphalen Auftritt gekommen war. Also stellte er den aufgebrochenen Koffer auf den Schreibtisch des Büros und öffnete ihn. Cuenca betrachtete nervös den Inhalt.

»Ein kleiner Teil einer riesigen Fracht«, erklärte Morgado.

Der DEA-Agent nahm eine Tüte und öffnete sie mit dem Fingernagel. Er probierte das Pulver und lächelte beruhigt. »Kolumbianische Ware. Die exakte Dosis, genau der richtige Kick.«

»Das ist kein Kaffee, *amigo*«, sagte Cuenca verärgert über den Übergriff auf sein Eigentum. Oder was er dafür hielt.

»Vierte Möglichkeit«, spekulierte Morgado weiter. »Die großen Partner vertrauen den kleinen nicht, ein weiterer Hubschrauber folgt dem von Jesús Bull. Als dieser mit den anderen das abgestürzte Flugzeug findet, werden sie von den Großen überrascht, die sich die gesamte Beute schnappen und alle drei töten: Jesús, den Biologen und den Fotografen. Weil sie keine Spuren hinterlassen wollen, beschließen die großen Bosse, auch den Rest der Drogensucher vom Erdboden verschwinden zu lassen. Aber sie kommen ein wenig zu spät: Offensichtlich hatten der Junge, der sich mir gegenüber als Sepúlveda ausgegeben hat, und der, der mich niedergeschlagen hat, einen Streit. Als Cuenca und sein Begleiter Godínez, zwei der Oberbosse, kommen, um abzurechnen, ist der letzte Überlebende der Flugzeugjäger bereits über alle Berge. Cuenca, der glaubt, ich würde mehr wissen, als ich sage, und der mich für eine weitere Figur auf seinem Schachbrett hält, erfindet eine Geschichte, um mich zum Flughafen zu locken und mir den Hubschrauber zu zeigen, in dem sie Jesús Bull gefolgt sind. Weil ich nicht so reagiere wie erwartet, beschließt er, mich als Köder zu benutzen, damit sich meine Geschichte bestätigt oder damit ich ihn zu den überlebenden kleinen Bossen führe. Aber nichts dergleichen passiert, und so sitzen wir jetzt hier.«

Comandante Fonseca räusperte sich, bevor er sprach. »Diese letzte Möglichkeit gefällt mir. Sie hält die ermittelnden Beamten draußen und gibt die ganze Schuld den Drogenhändlern und ihren Bandenkriegen. Damit ist die Angelegenheit also geklärt.«

»Einen Moment«, sagte der DEA-Agent. »Und die Drogen? Wo bleiben die?«

Fonseca strich sich den Schnurrbart und antwortete in bestem Sportsgeist. »Die bleiben bei uns. Es ist unser Zuständigkeitsbereich. Aber wenn Sie sie analysieren wollen, um festzustellen, woher das Pulver kommt, können Sie ein Tütchen mitnehmen«, entschied er salomonisch.

»Eine kleine Aufmerksamkeit des Hauses?«, fragte der Agent.

»Sagen wir Politik der guten Nachbarschaft.«

Für Morgado hatte das Ganze mehr von einem Treffen unter Freunden als von einer Lagebesprechung. Es herrschte eine Stimmung von getaner Arbeit und Partylaune. Sogar Adalberto Cuenca schien mit seiner Situation zufrieden und wirkte entspannt. Sie alle glauben, sie hätten mich an der Nase herumgeführt, und ich selbst hätte ihnen die Vorlage für diese Posse geliefert, schloss Morgado matt. Er brauchte sich nur die Gesichter der Anwesenden anzuschauen.

»Aber …«, hob er an und ließ das Wort den Zauber brechen, bevor er weitersprach, »ein Punkt beschäftigt mich noch. Und das ist die Frage: Wo ist Bulls Hubschrauber? Wo sind seine Überreste?«

Die Blicke der Anwesenden konzentrierten sich erst auf Morgado und dann auf Comandante Fonseca. »Aber, Herr Anwalt«, erwiderte dieser, »eines Tages werden wir auch den finden. Wir haben nicht genügend Mittel, um jeden Cañon und jeden Hügel in dieser gottverlassenen Gegend zu durchforsten.«

Morgado schwieg. Jetzt schwenkten die Blicke auf Cuenca. Dieser blickte zu Comandante Fonseca und erhielt die Erlaubnis. »Schön. Sehen Sie. Und das sage ich als Zeichen des guten Willens, um Ihnen zu helfen. Sagen wir, dass die vierte Möglichkeit die beste ist, ja? Ich sage nicht, dass sie zutrifft. Aber …«

»Ohne Umschweife, Señor Cuenca«, explodierte Capitán Jiménez, der bis zu diesem Zeitpunkt lediglich zugehört und sich nicht an der Diskussion beteiligt hatte.

»Gut. Sehr einfach. Die Bosse haben die Leichen der Besatzung in ihren Hubschrauber geladen und sie ins Meer geworfen. Dann sind sie zum Hubschrauber des Gringos zurück, haben ihn nach Puerto Peñasco gebracht, ihn auseinandergebaut und die Einzelteile verkauft.«

»Und der Hubschrauber, den du mir gezeigt hast?«, fragte Morgado.

»Das war der von den Bossen. Die Blutflecken stammen von den übereinanderliegenden Leichen, als sie sie ins Mar de Cortés geworfen haben.«

»Und das ist alles?«

»Das ist alles, was ich mir vorstellen kann. Vor allem ohne Verteidiger an meiner Seite. Wollen Sie das nicht übernehmen? Ich zahle gut und bar.«

Comandante Fonseca und die anderen Polizisten lachten amüsiert über Cuencas Scherz.

»Gehen wir zur Staatsanwaltschaft, Adalberto, sogar du hast ein Recht auf Wahrung der Menschenrechte«, entschied Fonseca und erklärte das Treffen damit für beendet.

12

Morgado schaute zu, wie sie das Büro verließen. Es blieben nur der DEA-Agent, Capitán Jiménez und er zurück – ein Anwalt mit einem offiziell abgeschlossenen Fall.

»Ich habe mit Esteban gesprochen«, sagte Jiménez, »und er hat mir noch weitere Einzelheiten berichtet. Ganz schön hinterhältig die Kerle, nicht?«

»Eine Wahrheit auf hundert Lügen. Ein gerechter Fall auf tausend ungerechte. Das ist der Durchschnitt in diesem Land«, erwiderte Morgado, ohne auf Jiménez einzugehen. Er dachte daran, wie er Cecilia die Nachricht überbringen, wie er ihr sagen sollte, dass die Leiche ihres Mannes auf dem Meeresboden oder im Bauch eines Hais lag. Und alles in dem Wissen, dass es sich um eine Lüge, einen Irrtum handeln konnte.

Jiménez gab sich nicht geschlagen. »Ich bin mit Esteban die Flugdokumente noch einmal durchgegangen. Ich habe den Eindruck, dass Sie nicht gesehen haben, was wirklich passiert ist. Nur ein Pilot wie Cuenca oder ich konnten das auf den ersten Blick sehen. Deshalb …«

»Was? Was sagen Sie da?«, fiel ihm Morgado ins Wort, diesmal ganz Ohr, was Jiménez zu sagen hatte.

»Die Benzinabrechnungen …«

»Nein! Das mit Cuenca.«

Capitán Jiménez erstarrte. »Cuenca ist Pilot, wenn auch kein guter. Er ist mit seinem Hubschrauber am 8. Juni hierhergekommen. Und auch er ist herumgeflogen. Er hat versucht, mit seinem Hubschrauber Bull überallhin zu folgen. Aber es war schon zu spät. Bull hatte bereits am ersten Tag zugeschlagen. Am 7. Juni.«

»An dem Tag ist er nur vier Stunden geflogen«, erinnerte sich der Anwalt der genauen Zahlen.

»Mit vollem Tank?«, hakte Jiménez nach. »Wenn Sie die Unterlagen durchgehen, werden Sie feststellen, dass er am nächsten Tag wieder eine ganze Tankfüllung bezahlt hat.«

»Dann hat Bull gelogen?«

»Genau. Und das Rauschgift, das haben der Biologe und der Fotograf kurz vor ihrem ersten Flug am 8. Juni dort deponiert. Es kam woanders her.«

»Aber dann hat Bull gewusst, wo das abgestürzte Flugzeug war«, schloss Morgado. »Und am 7. Juni ist er hingeflogen und hat die Fracht geborgen. Cuenca hat sie überrascht und mit seinen Killern getötet. Wollen Sie das sagen?«

»Cuenca hat sie weder überrascht noch getötet. Bull hat den Biologen und den Fotografen mit auf die andere Seite genommen und sie der DEA übergeben. In unsere Hände. Verstehen Sie? Cuenca hat die ganze Geschichte erfunden, damit die anderen Bosse ihm glauben. Das Blut in seinem Hubschrauber ist Viehblut, kein Menschenblut. Das haben Cuenca und Bull hinter dem Rücken der anderen so ausgemacht.«

»Woher wissen Sie das?«, fragte Morgado.

Diesmal lachte Capitán Jiménez offen. »Das hat Bull mir erzählt.«

In diesem Moment fiel auf dem Bürotisch die Tüte mit

dem Kokain um und der Inhalt verteilte sich in alle Richtungen.

»Um ein Haar, *amigo*«, sagte der DEA-Agent und machte ein ganzes Tarnmanöver zunichte. »Probieren Sie. Wofür halten Sie das?«

Morgado nahm ein wenig von dem Pulver mit dem Fingernagel und leckte daran. Er musste länger als eine Minute husten, um sich nicht zu verschlucken. »Kreide ist das nicht!«

»Es hat uns ein paar hunderttausend Dollar gekostet, daranzukommen, und jetzt wollen wir sehen, wie es verteilt wird, über welche Kanäle es vertrieben wird. Kennen Sie die Kontrastmittel, die man Kranken injiziert, um festzustellen durch welche Arterien oder Venen sie hindurchgehen und durch welche nicht?«

»Ja, ich weiß, was Sie meinen.«

»Nun, dieser Koffer ist unser Kontrastmittel. Und wir wollen, dass er das bleibt, bis wir das letzte Glied der Drogenkette erreicht haben. Verstanden?«

»Und Bull?«, fragte Morgado, zusehends verärgert über das, was er da hörte.

Der Agent sammelte das Kokain sorgfältig wieder auf. Capitán Jiménez ging auf Morgado zu und übergab ihm ein Fax. Darauf stand: »Cessna Mssa 271. Abflug: 1.35 Uhr. Ankunft: 5.18 Uhr. Capitán Varela.«

»Jesús Bull gibt es nicht mehr«, erklärte der Pilot. »Aber wenn Sie ein paar Stunden auf ihn warten, können Sie ihm Hallo sagen.«

»Und Cecilia? Warum hat man ihr nichts gesagt?«

»Bull wollte das nicht. Und wir auch nicht. Man sollte sie für eine verzweifelte Witwe halten, damit alles echt wirkte.«

Morgado fühlte sich schlecht, als hätte man ihn erneut

geschlagen. Sowohl Cecilia als auch er waren Teile einer Maschinerie, die sich nur für die Ergebnisse interessierte, für die Aufführung des Stücks »Helden und Trottel«.

»Und Cuenca?«

Der DEA-Agent antwortete sofort: »Eine größere Arterie, aber nicht die größte. Außerdem ist er auf unserer Seite. Im Moment zumindest.«

»Und der Junge, der sich als Sepúlveda ausgegeben hat?«, platzte es schließlich aus Morgado heraus. »Und die Partido Naturalista Mexicano? Theater im Theater? Was für eine Rolle spielen Sie, Jiménez, der freiwillige Erkundungspilot, der sich freundlicherweise bereit erklärt hat, mit mir die Wüste abzufliegen und bereits im Vorfeld wusste, wo das abgestürzte Flugzeug war? Los, sagen Sie es mir!«

Capitán Jiménez vergewisserte sich, dass der Schreibtisch vollständig gesäubert war und dass sein Partner das Kokain gut verstaut hatte, bevor er antwortete: »Harry Dávalos, ein FBI-Agent, hat von Ihnen gesprochen. Er hat gesagt, man könne Ihnen vertrauen, aber Sie wären unberechenbar in Ihren Reaktionen. Wenn wir Ihnen gegenüber die Karten auf den Tisch legen, dann deswegen, weil wir im Gegenzug erwarten, dass Sie die Ermittlungen einstellen. Ein Schritt weiter und Sie versenken uns das Schiff.«

»Oder sprengen uns den Hubschrauber«, scherzte der andere Agent.

»Und Cecilia und Jesús? Wie geht das weiter?«

»Cecilia wird um 5.18 Uhr hierherkommen, den Flug nach Kalifornien nehmen und zusammen mit ihrem Mann spurlos verschwinden«, erwiderte Jiménez.

»Für uns«, fügte der Wächter über das Kokain hinzu, »ist Cuencas Geschichte die offizielle Version. Und wenn seine

Partner in Kolumbien sie ihm abnehmen, umso besser. Er rettet seine Haut, wir schmuggeln uns in sein Verteilernetz ein. Für rechtliche Zwecke ist Bulls Hubschrauber der, der hier auf diesem Flughafen steht, und seine Leiche ruht in den Gewässern des Golfs von Kalifornien. Es wird eine Sterbeurkunde ausgestellt und das wars.«

»Wir wollen, dass Sie uns Ihr Wort geben, nicht in dieser Geschichte herumzuwühlen, damit Ruhe einkehrt und Gras über die Sache wachsen kann. Zu unser aller Bestem.«

Morgado stand auf, er wollte weg hier. Capitán Jiménez packte ihn am Arm. »Cecilia wird es gut gehen. Weder wir noch Sie wollen sie doch irgendeiner Gefahr aussetzen.«

»Wie rücksichtsvoll«, spottete Morgado. »Deswegen haben Sie sie auch hier in Mexicali im Ungewissen gelassen, als bewegliche Zielscheibe zwischen Drogenhändlern, Polizisten und Ihren verkleideten Agenten. Damit sie keiner Gefahr ausgesetzt ist, vermute ich.«

»Unannehmlichkeiten unseres Berufs, was wollen Sie? Weiße Schäfchen gegen reißende Wölfe?«

»Ich weiß nicht, was ich will«, erwiderte Morgado. Er wusste selbst am besten, dass das stimmte: Die Ermittlung verlief im Sande, und er ruhte wie ein blinder Fisch unter Tonnen von Wasser im tiefen Mar de Cortés. »Sagen Sie mir eines, Capitán: Warum dieser ganze Schwindel, mir den Absturzort des Flugzeuges zu zeigen? Warum haben Sie mich dorthin gebracht? Warum wollten Sie, dass ich das ganze Szenario sehe?«

»Wir wollten sichergehen, dass die Empfehlungen stimmten. Auch wenn das FBI auf Ihre Lauterkeit Stein und Bein schwört, mussten wir Ihre Fassade testen. Sie sind vor einer Woche nach Mexicali gekommen, aus familiären Gründen, wie ich verstanden habe. Aber Sie kommen aus Mexico City. Sie könnten genauso gut ein Mitglied des Drogenkartells sein, ein neues Puzzleteil, das wir noch nicht kennen. Was Sie mit Cuenca gemacht haben, war interessant.«

»Sie haben den Köder ausgeworfen und darauf gewartet, dass ich anbeiße«, brachte es Morgado auf den Punkt.

»Nun«, erwiderte Jiménez, »Sie kamen auf die Bühne, wenn Sie es so nennen wollen, als die Frau von Jesús Bull Kontakt mit Ihnen aufgenommen hat. Seitdem sind wir an Ihnen dran.«

»Und Sie haben auch Cecilia misstraut. Oder irre ich mich?«

»In diesem Beruf«, erklärte der Pilot, »können wir uns den Luxus nicht leisten, etwas nicht zu checken.«

»Betrachten Sie es als Theaterstück«, sagte der andere DEA-Agent. »Ein einwandfreies Theaterstück, glaubwürdig für alle, Sie eingeschlossen.«

»Das kann ich nicht«, sagte der Anwalt der bühnenreifen Fälle. »Bei den Theaterstücken stehen am Ende sogar die Toten auf und verbeugen sich vor dem Publikum. Hier nicht.«

»Wie scharfsinnig«, sagte Jiménez. »Aber wir haben schon genug Zeit verloren. Was sagen Sie zu unserem schamlosen Vorschlag? Sind Sie einverstanden?«

»Geht es Cecilia gut?«, fragte Morgado.

»Es geht ihr gut und es wird ihr weiterhin gut gehen. Wir haben sie unter besonderen Schutz gestellt.«

»Dann sage ich Ja, allerdings unter bestimmten Bedingungen.«

»Bedingungen?«, fuhr Jiménez auf. »Sie können uns keine Bedingungen stellen.«

»Ich kann meine Informationen an die Presse weitergeben«, drohte Morgado.

Jiménez stürzte sich fast auf Morgado, aber sein Partner hielt ihn zurück. »Was verlangen Sie?«, fragte er.

»Dass Jesús so was nicht noch mal macht. Keine verdeckte Mission. Ich will, dass Cecilia sich nie wieder wie eine verzweifelte Witwe fühlt wegen eines Jobs, den die DEA ihrem Mann aufgetragen hat. Kommandieren Sie Jesús an den Schreibtisch ab, er soll wieder ein Pilot ohne Geheimdienstambitionen werden. Kein 007 mehr für die DEA. Verstanden?«

Jiménez entspannte sich. *»Look at him«*, sagte er zu seinem Partner. *»Love is the most splendid thing in the world.«*

Der andere Agent widersprach ihm sofort: *»Love is the most stupid thing in the world, man. And it smells like shit.«*

13

Morgado schaute zum x-ten Mal auf die Uhr. 5.10 Uhr morgens. Der Nebel begann sich aufzulösen. In dem Moment landete auf der Landebahn ganz in seiner Nähe ein Flugzeug. Die Lichter einer Fahrzeugkarawane waren auf der Zufahrtsstraße zum Flughafen zu sehen. Das erste Auto fuhr auf den Parkplatz und checkte das Gelände. Seine Scheinwerfer fielen direkt auf Morgados Auto. Hoffentlich sind das die Gringos, dachte er und wartete ruhig weiter. Die anderen beiden Autos fuhren ebenfalls auf den Parkplatz und stellten sich neben das erste. Die DEA-Männer verteilten sich. Capitán Jiménez machte Morgado ein Zeichen, sich ihnen anzuschließen. Ein Agent öffnete ihm die Autotür. »Hier entlang, Señor.«

Capitán Jiménez zeigte auf das Auto in der Mitte, ein Oldsmobile mit Scheiben aus polarisiertem, kugelsicherem Glas. Darin saß sehr aufrecht und steif Cecilia Montaño.

»Hallo, Ceci, wie geht es dir?«

»Hallo, Morgado. Gut. Und dir?«

Es war ein gezwungenes Gespräch, ein unangenehmer Abschied.

»Du hast Glück gehabt, Ceci. Jesús geht es gut, bald wirst du wieder bei ihm sein.«

»Dieser Mistkerl!«, explodierte Cecilia. »Glaubst du, dass er mir nie gesagt hat, dass er ein Agent der Regierung ist? Und ich renne wie ein dummes Huhn vom Roten Kreuz zur Luftrettung, von der Polizei zur Marine und versuche, ihn zu finden, und er sitzt glücklich und zufrieden in den Vereinigten Staaten und kratzt sich den Bauch. Ich bin ja so dämlich.«

Morgado ging es genauso. Er war wie ein Spürhund von einer Fährte zur nächsten, von einem Schlag zum nächsten gehetzt, und das alles für nichts. Wie Cecilia hatte er bei diesem Fall von Anfang an auf verlorenem Posten gekämpft. »Wir sind getäuscht worden«, sprach er das Offenkundige deutlich aus.

»Verzeih, dass ich dir so viel Probleme gemacht habe«, sagte Cecilia aufrichtig. »Ich wusste nicht, das Jesús so ein *son of a bitch* ist. Ein Mistkerl, dem es scheißegal ist, was ich fühle.«

»Er hat nur seine Pflicht erfüllt, Señora«, bemerkte Jiménez, der das Gespräch mit angehört hatte.

»Ja, seinem verdammten Land, aber nicht mir gegenüber!«, rief Cecilia aus. »Wie tapfer! Nicht wahr?«

Morgado störte sich nicht an Jiménez, fasste Cecilias Hände und sagte: »Mach dir keine Gedanken um mich, Ceci. Es war mir ein Vergnügen, dir zu helfen.«

»Ein wenig schmerzhaft, oder?«, mischte sich Jiménez ein, der nicht von Cecilias Seite wich.

»Ich lasse mich von Jesús scheiden. Es ist mir egal, was aus ihm wird. Ich will nichts mehr von ihm wissen. Nie mehr.«

Morgado gab ihr keine Antwort. Er küsste Cecilia auf den Mund und half ihr, aus dem gepanzerten Wagen auszusteigen.

»Das Flugzeug wartet auf uns«, sagte Jiménez und nahm Cecilia mit.

»Du weißt, wo du mich findest«, rief Morgado ihr zu.

Der andere DEA-Agent, der nie seinen Namen genannt hatte, kam mit einem korpulenten Mann in blauem Hemd und weißer Hose auf Morgado zu. »Bevor wir verschwinden, wollte ich Ihnen einen alten Freund vorstellen.«

Morgado sah, wie Cecilia in das Flugzeug stieg. Erst da bemerkte er den Mann, der ihm gerade vorgestellt werden sollte. Der DEA-Agent und der kräftige Mann lachten, als amüsierten sie sich gerade über einen Insiderwitz.

»Erkennen Sie ihn nicht, *amigo?*«, fragte der Agent. »Er ist einer von uns.«

Morgado sah ihn genauer an. Die Gesichtszüge kamen ihm bekannt vor, aber irgendetwas stimmte nicht.

»Damit Sie sehen, dass auch bei diesem Theaterstück die Toten auferstehen«, erklärte der Agent. »Das ist unser Freund, der Ermordete im Büro der Partido Naturalista Mexicano.«

»Aus irgendeinem Grund musste das Messer ja sauber sein«, sagte Morgado. »Sie sind der, der ausgesehen hat wie eine Leiche, nicht wahr? Der zu viel Puder im Gesicht abbekommen hat.«

»Wenn es nur das wäre«, sagte der kräftige Mann. »Entschuldigen Sie die Unannehmlichkeiten.«

»Meinen Sie den Schlag?«, fragte Morgado und widerstand der Versuchung sich an die Beule zu fassen.

»Wir meinen *alle* Unannehmlichkeiten«, erwiderte der Agent der DEA. »Anscheinend sind wir etwas übers Ziel hinausgeschossen. Aber alles im Dienste der gerechten Sache.«

Morgado dachte an den Koffer voller Rauschgift, wie er von Mexicali nach Calexico reiste. Wie die Drogen im Süden Kaliforniens verteilt werden würden. Er dachte an die Bandenkriege, an die Partys in Hollywood, an die Überfälle, begangen von Jugendlichen, die Geld für ihre tägliche Dosis brauchten.

»Ein sehr gutes Kontrastmittel«, sagte er, als spräche er zu sich selbst. »Gut geeignet, um festzustellen, in welchem Zustand der Körper der Vereinigten Staaten ist. Finden Sie nicht?«

Die beiden Männer sahen ihn einen Moment lang an, dann gingen sie ohne das Lächeln, das sie bis dahin begleitet hatte, von dannen.

»Bis zur nächsten Theateraufführung!«, rief Morgado ihnen zu.

Die Cessna rollte auf die Bahn, hob problemlos ab und nahm Kurs Richtung Norden. Morgado blieb mitten auf dem Parkplatz stehen, bis sie am Horizont verschwunden war. Dann holte er sein Gepäck aus dem Kofferraum und lief zum Passagierterminal des Flughafens von Mexicali. Sein Flug ging um 6.30 Uhr. Er erledigte alle Formalitäten am Schalter der Mexicana und blieb dann wie ein Eisblock sitzen, ohne zu wissen, was er tun sollte. Er beschloss, die Schlüssel seines Mietwagens bei der Agentur abzugeben, und ging danach in das Panoramacafé des Flughafens. Der einzige Gast um diese Zeit war Don Esteban.

»Zurück ins Hauptstadtland, Miguelito?«

»Ja.«

Der alte Mann nahm eine Tüte von dem Stuhl neben sich und übergab sie Morgado. »Ein kleines Geschenk. Zur Erinnerung.«

Morgado betastete die Verpackung, und sein Gesicht strahlte vor Freude.

»Ich musste dafür extra ins Nuevo Japón gehen, aber ich glaube, das war es wert.«

Morgado holte aus der Plastiktüte eine lange Röhre aus blauem und rotem Papier und zwei lange, schmale Holzstücke. »Ein japanischer Drachen!«, rief er freudig, als er seine Erwartung bestätigt sah.

»Damit du ihn in der Hauptstadt fliegen lassen kannst.«

»Um mich an die guten alten Zeiten zu erinnern.«

Don Esteban klopfte ihm mit der Hand auf den Rücken. »Alle Zeiten sind gut, Miguelito. Sogar die jetzigen. Und mach dir keine Gedanken. Heute haben wir erledigt, worum du uns gebeten hast. Die Kerle aus dem Flugzeug werden ein christliches Begräbnis bekommen. Auch wenn sie es nicht verdient haben.«

Morgado umarmte den alten Mann. »Danke für alles, was du für mich getan hast, aber vor allem für den Drachen. Das ist das Beste, was ich auf dieser Reise nach Mexicali bekommen habe.«

»Das glaube ich nicht«, sagte Don Esteban und übergab ihm einen gefalteten Zettel.

»Und was ist das?«

Anstelle einer Antwort stand der alte Mann auf und verschwand ohne Abschiedsgruß. Kurz vor dem Ausgang des Cafés zwinkerte er ihm zu. Morgado faltete den Zettel auseinander und las: »P.O. Box 19279827, San Diego, Kalifornien, 92192. Cecilia Montaño.« Jetzt wusste Morgado, dass er ruhig schlafen und träumen und ohne Eile so lange fliegen konnte, wie er wollte. Die Welt kam wieder ins Gleichgewicht. Die Turbulenzen ließen nach. Der Himmel war wieder frei von Wolken und klar in alle Richtungen.

»Sie wünschen?«, fragte die Kellnerin und brach den Zauber.

»Wings of desire«, antwortete Morgado. Reiner Reflex.

Als er diese Worte aussprach, wurde dem Anwalt des Traumes vom Fliegen klar, dass er wieder frei war, wie die unerschrockenen Drachen seiner Kindheit.

Gabriel Trujillo Muñoz

Gabriel Trujillo Muñoz wurde 1958 in Mexicali in Baja California geboren, direkt an der Grenze zu den Vereinigten Staaten, und studierte an der Universität von Guadalajara Medizin. In den Achtzigerjahren – er arbeitete damals als Chirurg – nahm er intensiv am künstlerisch-intellektuellen Leben Mexicalis teil und begann, Essays, Lyrik und Romane zu schreiben, die das Leben in der Grenzregion reflektierten. Mit der zunehmenden Professionalisierung des nordmexikanischen Literaturbetriebs in den letzten Jahren trat die Medizin immer weiter zurück, und das Schreiben wurde zu seinem Hauptberuf.

Heute ist Trujillo Muñoz einer der meistveröffentlichten Autoren seiner Heimat. Zudem hat er eine Professur für Kommunikationswissenschaften an der Universidad Autónoma de Baja California inne und fungiert als Herausgeber der Zeitschrift *Semillero.* In all diesen Funktionen steht sein Engagement für die Einzigartigkeit der »frontera« und ihrer kulturellen Identität im Mittelpunkt. Diese Grenze, an der die USA und Mexiko, Reich und Arm, Norden und Süden so radikal aufeinandertreffen und Menschen und Drogen gehandelt werden, ist seine Kontrastfolie für die nationale Identität Mexikos, aber auch ganz allgemein für den Menschen an der Wende zum 21. Jahrhundert.

Von besonderer Bedeutung hierbei ist die Kriminalliteratur. Erstmals wandte sich Trujillo Muñoz diesem Genre 1987 zu mit seinen Erzählungen *Lucky Strike* und *De sueños y nostalgia. Lucky Strike* und eine weitere Erzählung wurden 1990 in die erste Krimi-Anthologie Mexikos, *En la línea de fuego,* aufgenommen. 1995 veröffentlichte er seinen ersten Kriminalroman *Mezquite Road,* in dem erstmals Miguel Ángel Morgado auftaucht, ein auf Menschenrechte spezialisierter

Anwalt, eine neue Art Detektiv. Mit ihm hält in die mexikanische Kriminalliteratur eine neue, periphere Sichtweise Einzug. Mit *Mezquite Road* war Trujillo Muñoz Mitinitiator eines regelrechten Krimibooms Mitte der Neunzigerjahre in Mexiko, der mit der bis dahin in der Literatur vorherrschenden Konzentration auf die Hauptstadt brach und das gesamte Land als literarischen Schauplatz von Korruption, Verrat, Sehnsüchten und Leiden entdeckte.

Trujillo Muñoz' Tätigkeit als Schriftsteller wurde mit zahlreichen Preisen gewürdigt. So erhielt er beispielsweise den Premio Estatal de Literatura 1992 in der Kategorie Kulturjournalismus, 1994 in der Kategorie Roman, 1994 und 1996 in der Kategorie Poesie und 2000 in der Kategorie Erzählung, Zudem erhielt er 1998 den Premio Excelencia Frontera, 1999 den Premio Narrativa Colima und 2004 den Premio Nacional de Poesía Sonora.

Bibliografie

Romane und Erzählungen:

Lucky Strike (1987); *De sueños y nostalgia* (1987); *Mexicali: crónicas de infancia* (1990); *Miríada* (1991); *Laberinto* (1995); *Mezquite Road* (1995); *El futuro en llamas* (1997); *Conjurados* (1999); *Espantapájaros* (1999); *Tijuana City Blues* (1999); *Orescu. La voz* (2000); *Orescu. La sangre* (2000); *Orescu. La luz* (2000); *Trebejos* (2001); *Mercaderes* (2002); *El festín de los cuervos* (2002; enthält die Kurzromane *Mezquite Road, Tijuana City Blues, Loverboy, Puesta en escena, Laguna Salada*); *La memoria de los muertos* (2006).

Lyrik:
Poemas (1981); *Rituales* (1982); *Percepciones* (1983); *Moridero* (1987); *Tras el espejismo* (1989); *Mandrágora* (1989); *Atisbos* (1991); *A plena luz* (1992); *Don de lenguas* (1995); *Alfanjes* (1996); *Cirugía mayor* (1997); *Constelaciones* (1997).

Gabriel Trujillo Muñoz ist zudem Autor und Herausgeber mehrerer literatur- und kulturwissenschaftlicher Bände.

Miguel Ángel Morgado: Die Wurzeln des Grenzdetektivs

Von Gabriel Trujillo Muñoz

Alle Menschen erzählen. Unser Alltag ist voll von Geschichten, die wir uns gegenseitig erzählen und die somit unsere persönliche Lebenswirklichkeit mit der anderer Menschen verknüpfen. Fiktionale Prosa geht einen Schritt weiter als die Realität: Sie ist der Wipfel eines Baumes, dessen Wurzeln in den alltäglichen Dingen liegen, unseren Routinen, unserer Freude und unserem Frust als Teil eines Staates, einer Epoche oder einer speziellen Gemeinschaft.

Einen Roman zu schreiben, ist für diejenigen, die diese alte und ehrwürdige Kunst ausüben, eine Möglichkeit, das Gewusste mit dem Erfundenen zu kombinieren, die empirische Erfahrung unserer Welt mit den Landschaften unserer Fantasie zu vermischen. In meinem Land war der Roman meist zu gleichen Teilen eine Hommage an die Vergangenheit und ein Versprechen für die Zukunft. Eine Beschwörung jener Geister, die uns als Volk verfolgen: Freiheit und Unabhängigkeit, Ungerechtigkeit und Rebellion, das Zentrum und die Peripherie. Das, was wir sein wollen und niemals erreichen.

Heute, wo das Lokale und das Globale zusammenfallen, wo die Besonderheiten jeder Kultur zum Gegenstand der Gegenwartskunst werden, bin ich Teil dieser Bewegung. Ich schreibe über Mexicali, die Stadt an der Grenze zu den Vereinigten Staaten von Amerika, genauer gesagt, zu Kalifornien und Arizona. USA und Mexiko, diese beiden Staaten repräsentieren sowohl die allerneuesten gesellschaftlichen Entwicklungen als auch die unberührte Landschaft des alten Westens.

Meine Geschichten greifen auf, was es ausmacht, an der Peripherie zweier grundverschiedener, hier zusammenprallender Welten zu leben, an der Stelle, wo die hispanoamerikanische und die angelsächsische Kultur sich überschneiden.

Ich schreibe über das, was mir nahe ist: von meinen Leuten und ihrer Vergangenheit, vom Leben auf der Trennlinie zweier unterschiedlicher Kulturen. Aber ich schreibe mit dem Instrumentarium der alltäglichen Geschichten, in der Sprache meiner Zeit und meines Umfelds. Ich möchte das erzählen, was noch nicht erzählt wurde, denen eine Stimme geben, die in unserer Literatur bisher noch keine hatten: den Immigranten der Grenze, den Gründern der Wüstenstädte.

Wir müssen allen unseren Erzählungen Gehör schenken, allen Worten, die uns als Mitglieder einer Welt vereinen, die noch viele Geschichten zu erzählen hat. Kreativität entsteht zu Hause, dort, wo die ältesten und gleichzeitig modernsten, die lokalsten und gleichzeitig globalsten Dinge zu finden sind. Aus diesem Grund schreibe ich Kriminalromane: um die Geheimnisse meiner unmittelbaren Umwelt aufzudecken, den Knoten zu zerschlagen, der unseren Durst nach Gerechtigkeit und Wahrheit abwürgt. Ich schreibe gegen das Vergessen, damit die Vergangenheit lebendig unter uns weilt und nichts und niemand, der sie missbraucht und verzerrt, straffrei bleibt. Meine Romane sind Fiktion, aber alle Fiktion ist ein Wunsch, das Richtige zu tun. Eine Grenze zum Überschreiten.

Miguel Ángel Morgado ist ein Ermittler, der auf das große Mysterium der Grenze zwischen Mexiko und den Vereinigten Staaten von Amerika gestoßen ist. Dieses Land ist vollgesogen mit Geheimnissen, Intrigen und Verbrechen, denen man nie auf den Grund kommt, ganz gleich, wie viele Jahre lang sie hinter einem Dokument, einer Fotografie oder einer Stimme verborgen waren. Morgado ist mehr als ein Detektiv, er ist ein Ausgräber, der die Realität des Lebens an der Grenze freilegt, der die Gewalt dokumentiert, die uns in allen möglichen Formen, Personen oder Umständen begegnet. Ein hartnäckiger Mann. Seine Welt ist die Weite der nordmexikanischen Wüste. Mit den offiziellen Lügen, den internationalen Absprachen und der Gleichgültigkeit gegenüber dem Leid der anderen kann und will er sich nicht abfinden. Er ist ein Kreuzritter, dessen einzige Waffen Starrsinn und Ausdauer sind.

Die Übersetzerin

Sabine Giersberg, geboren 1964 in Bonn, studierte nach einer Ausbildung zur Diplomübersetzerin Hispanistik und Lusitanistik an der Johannes-Gutenberg-Universität in Mainz. Von 1992 bis 1999 war sie wissenschaftliche Mitarbeiterin am Romanischen Seminar obiger Universität, seither ist sie als freie Übersetzerin und Spanischdozentin tätig.

metro – Spannungsliteratur im Unionsverlag

»Die *metro*-Bände gehören auf jeden Fall zum Besten, was derzeit an sogenannter Spannungsliteratur zu haben ist.« *Michaela Grom, Südwestrundfunk*

Bernardo Atxaga *Ein Mann allein*
Der große Roman einer vom Scheitern ihrer Revolution enttäuschten Generation – im Rhythmus eines Thrillers geschrieben.

Lena Blaudez *Spiegelreflex; Farbfilter*
Im westafrikanischen Benin ist Vodou Staatsreligion und damit so real wie Profikiller, Bürokraten und internationale Abzocker.

Patrick Boman *Peabody geht fischen; Peabody geht in die Knie*
»Peabody ist der niederträchtigste Ermittler, der jemals in Szene gesetzt wurde.« *WDR*

Hannelore Cayre *Der Lumpenadvokat*
»Eine verblüffende Geschichte voller Haken und Kapriolen.« *Le Figaro*

Driss Chraïbi *Inspektor Ali im Trinity College*
Inspektor Ali aus Casablanca kombiniert wie Sherlock Holmes und kommt daher wie ein marokkanischer Bauer.

Liza Cody *Gimme more*
»Mit Birdie Walker gelingt Cody ein großer, ein wunderbarer Bluff.« *Die Zeit*

José Luis Correa
Drei Wochen im November; Tod im April
Privatdetektiv Ricardo Blanco ermittelt an einem Ort, den es für die Kriminalliteratur erst noch zu entdecken gilt: Las Palmas auf Gran Canaria.

Pablo De Santis *Die Übersetzung; Die Fakultät; Voltaires Kalligraph; Die sechste Laterne*
»De Santis ist ein meisterhafter Erzähler. Kafka und Agatha Christie hätten ihr Vergnügen daran.« *NDR*

Garry Disher *Drachenmann; Hinter den Inseln; Flugrausch; Schnappschuss*
»Garry Disher ist zurzeit einer der besten Kriminalschriftsteller der Welt.« *WDR*

Rubem Fonseca *Bufo & Spallanzani; Grenzenlose Gefühle, unvollendete Gedanken; Mord im August*
Rubem Fonseca zeichnet witzig, satirisch, virtuos und opulent die Bourgeoisie Brasiliens.

Jorge Franco *Paraíso Travel; Die Scherenfrau*
»Jorge Franco gehört zu denjenigen kolumbianischen Schriftstellern, an die ich die Fackel mit Freude weiterreiche.« *Gabriel García Márquez*

Jef Geeraerts *Der Generalstaatsanwalt; Coltmorde*
»Geeraerts legt die Mechanismen von Korruption, Machtmissbrauch, politischer Gewissenlosigkeit und religiösem Wahn bloß.« *ZDF*

Friedrich Glauser *Schlumpf Erwin Mord; Matto regiert; Der Chinese; Die Speiche; Die Fieberkurve; Der Tee der drei alten Damen*
»An Glauser kommt kein Krimifreund vorbei.« *Peter Zeindler*

Joe Gores *Hammett* – Die Vorlage für den gleichnamigen Film von Wim Wenders

Jean-Claude Izzo Die Marseille-Trilogie: *Total Cheops; Chourmo; Solea*
»Izzo besingt seine Stadt wie ein Liebender.« *Stadtmagazin Krefeld*

Stan Jones *Weißer Himmel, schwarzes Eis; Gefrorene Sonne; Schamanenpass*
»Jones lässt uns in die Seele der Ureinwohner Alaskas schauen.« *Hessischer Rundfunk*

H. R. F. Keating *Inspector Ghote zerbricht ein Ei; Inspector Ghote geht nach Bollywood; Inspector Ghote hört auf sein Herz; Inspector Ghote reist 1. Klasse*
»Ghote gehört in den Pantheon der literarischen Detektive.« *100 Masters of Crime*

Yasmina Khadra *Morituri; Doppelweiß; Herbst der Chimären*
»Hier sieht man mal wieder, wie wichtig Literatur ist.« *Elke Heidenreich*

Thomas King *DreadfulWater kreuzt auf*
»King muss als einer der wichtigsten Autoren der Native Americans gelten.« *Die Welt*

Bill Moody *Solo Hand; Moulin Rouge, Las Vegas; Auf der Suche nach Chet Baker; Bird lives!*
»Zwischen jeder Zeile klingt wunderbarer Jazz durch.« *Badische Zeitung*

Bruno Morchio *Kalter Wind in Genua*
»Morchio gehört zum Olymp der italienischen Krimiautoren.« *Noir Magazine*

Christopher G. Moore *Haus der Geister; Nana Plaza; Stunde null in Phnom Penh*
»Konsequente Action, meisterhafte Sprache, dazu angelsächsischer Humor at its best.« *DeutschlandRadio*

Katy Munger *Beinarbeit; Gnadenfrist; Miststück*
»Eine tolle Heldin: Casey ist eine Mischung aus Philip Marlowe und Femme fatale.« *Brigitte Young Miss*

Peter O'Donnell *Modesty Blaise – Die Klaue des Drachen; Die Goldfalle; Operation Säbelzahn; Der Xanadu-Talisman; Ein Hauch von Tod*
»Mit Modesty wird es nie langweilig, höchstens einmal lebensgefährlich.« *Michael Kleeberg, FAS*

Celil Oker *Schnee am Bosporus; Foul am Bosporus; Letzter Akt am Bosporus*
»Celil Oker ist der Grandseigneur des türkischen Krimis.« *Stuttgarter Zeitung*

Leonardo Padura *Adiós Hemingway;*
Das Havanna-Quartett:
Ein perfektes Leben; Handel der Gefühle; Labyrinth der Masken; Das Meer der Illusionen
»Wir erleben Havanna live.« *NZZ*

Pepetela *Jaime Bunda, Geheimagent*
Was ist die Steigerung von James Bond? Jaime Bunda, Angolas effizientester Geheimpolizist!

Roger L. Simon *Die Baumkrieger*
»Simon bündelt explosive Konflikte zu einer spannenden Story.« *Das Magazin*

Susan Slater *Die Geister von Tewa Pueblo*
Tewa Pueblo in New Mexico liegt auf kargem Land. Die Eröffnung eines Spielkasinos verspricht Reichtum – doch um welchen Preis?

Clemens Stadlbauer *Quotenkiller*
»Manchmal glaubt man sich in einem Film der Marx Brothers.« *Wien Live*

Paco Taibo II *Vier Hände*
»Paco Ignacio Taibo II: ein Vagabund auf diesem Planeten.« *L'Humanité*

Masako Togawa *Schwestern der Nacht; Trübe Wasser in Tokio; Der Hauptschlüssel*
»Das Fremde und das Bekannte verschmelzen geheimnisvoll, die Spannung ist erschreckend.« *Ruth Rendell*

Gabriel Trujillo Muñoz *Tijuana Blues; Erinnerung an die Toten*
»Gabriel Trujillo Muñoz ist der fantasievollste und originellste Autor Mexikos, eine echte Entdeckung.« *Reforma*

Nury Vittachi *Der Fengshui-Detektiv; Der Fengshui-Detektiv und der Geistheiler; Der Fengshui-Detektiv und der Computertiger; Shanghai Dinner*
»Ein gelungenes Crossover mit Kultpotenzial.« *Der Standard*

Manfred Wieninger
Der Engel der letzten Stunde
»Gutes Buch, gutes Buch. Österreichische Krimiautoren haben einfach Saft.« *Die Weltwoche*

Helen Zahavi *Donna und der Fettsack; Schmutziges Wochenende*
»Zahavi gewinnt dem Machtkampf zwischen Mann und Frau bizarre Seiten ab.« *Stern*